KB270074

무모한 사랑 ②

RECKLESS

by Amanda Quick

Copyright (c) 1992 by Jane A. Krentz

All rights reserved.

무모한 사랑 ②

아만다 퀵

이은정 옮김

이은정

경기 김포 출생
연세대학교 교육학과, 동 대학원 졸업
역서로 『사막의 여왕』, 『세가지 소원』 외 다수
현재 전문번역회사 코러스에서 활동중

무모한 사랑 ②

지은이 / 아만다 퀵
옮긴이 / 이은정

펴낸이 / 한익수
펴낸곳 / 도서출판 큰나무

초판 인쇄 / 1996년 12월 15일
초판 발행 / 1996년 12월 20일

등록 / 1993년 11월 30일(제5-396호)
주소 / 120-090 서울시 서대문구 홍제동 215
전화 / 736-9653 · 736-6960 팩스 / 732-8694

ISBN 89-7891-034-3
ISBN 89-7891-035-1(전2권)

▶ 잘못된 책은 바꾸어드립니다.

값 6,000원

유크 루이에게,
나를 쉴 새 없이 놀라게 만드는
예술적 재능과 상상력에
진심으로 감사하고 있어요.

무·모·한·사·랑·2

12

포비는 벽난로에 불을 붙이고 나서 석조로 된 작은 방안을 둘러보았다. 그녀는 이 방이 가브리엘의 서재라는 것을 금세 알 수 있었다.

자신이 꼭 투명인간이라도 된 듯한 기분에다가 이 방이 가브리엘과 밀접하게 연관된 곳이라는 생각에 거부할 수 없는 호기심이 일었다. 이곳에서 그녀는 그의 마음과 영혼을 느낄 수 있었다.

그의 서재를 발견한 것은 정말 우연한 일이었다. 저녁식사 후 그로부터 피해 있을 만한 장소를 찾아나섰다가 탑 꼭대기에 있는 이 방을 발견한 것이다. 그녀는 오늘 밤을 이곳에서 지낼 생각으로 베개와 이불을 가져왔다.

그러나 가브리엘이 오늘 밤 자신의 권리를 행사하기 위해 수단과 방법을 가리지 않을 것이란 생각을 지울 수 없었다. 그도 결국은 육체적 쾌락을 즐기는 남자일 뿐이니까.

또한 그는 명백한 도전을 그냥 놓쳐버릴 만한 사람이 아닐 뿐더러, 사실상 그에게 그런 도전을 하게 만든 책임은 어느 정도 그녀에게 있었다.

의협심이 강한 기사에게 도전장을 내미는 것이 언제나 실수였다.

만약 그녀가 그에게 자신의 상황을 설명하려고 노력했더라면 그런 대결은 피할 수 있었을지도 모른다. 그러나 지금은 너무 늦어버렸다. 이미 일은 벌어지고 말았다.

게다가 그녀는 뭔가 설명할 기분이 아니었다. 너무나 상처를 받았고 몹시 화가 나 있었던 것이다.

그녀는 닐 벡스터 때문에 여러 달 동안 쓸데없는 죄의식에 시달리며 시간을 허비했다는 생각이 들자 비명을 지르고 싶었다.

그가 정말로 나를 속였단 말인가?

믿기 어려운 일이었다. 그러나 그녀는 무슨 일이 있었는지 분명한 얘기를 들었다.

한편 가브리엘이 그녀의 모험을 도와주겠다며 자신을 어떻게 속였는지 생각하자 그녀는 울고 싶었다. 가브리엘이 그녀에게 거짓말을 했다는 사실에 그녀는 가장 깊은 상처를 받았던 것이다.

솔직히 그녀도 처음부터 그에게 한두 가지 문제를 비밀로 해왔다는 것만은 인정해야 했다. 하지만 그를 속일 의도는 전혀 없었다. 그것은 그녀가 직접 통제할 수 없는 불운한 환경 때문에 일어난 일이었다.

그러나 그녀가 생각하기에 가브리엘은 그럴 만한 변명의 여지가 없었다. 하지만 가브리엘은 그것을 모르는 것 같았다.

오늘 있었던 일을 다른 모든 일에 우선해서 다룬다는 것은 너무 벅찼다. 그녀에게는 생각할 시간이 필요했다. 다음에 무엇을 할 것인지 결정할 시간이 필요했던 것이다. 어떻게든 그녀는 자신의 결혼생활을 제대로 영위할 방법을 찾아야 했다.

포비는 가브리엘의 책상을 마주하고 앉았다. 여기가 그의 집필 장소란 생각이 들었다.

벽난로 불빛이 비추는 방안에 앉자, 그녀는 그와 더 가까워진 느낌이었다. 손을 뻗어 그의 펜 하나를 집어들었다. 그는 이 펜을 사용해 소설을 창작했을 것이다. 그녀는 온통 그런 생각에 몰두했다.

그녀의 공상은 창밖에서 긁는 듯한 소리 때문에 중단되었다. 포비는 깜짝 놀라 펜을 놓고 그 자리에서 일어났다. 또다시 소리가 나자 그녀는 너무 놀란 나머지 손으로 입을 막았다.

나뭇가지가 벽에 긁히는 소리는 아니었다. 이 방은 지상 3층에 있었기 때문에 창밖에는 나무가 없었다.

미끄러지고 긁히는 소리가 다시 들렸다. 포비는 불안하게 침을 삼켰다. 그녀는 유령을 믿지 않았지만 이곳은 낡은 성이었고 한때 폭력과 피가 난무했던 곳이었을지도 모른다.

어두운 그림자가 창의 좁은 난간에 내려앉으면서 부드럽게 쿵 하는 소리가 났다. 그러더니 손 하나가 창문으로 거칠게 올라왔다. 포비는 문 쪽으로 재빨리 물러나 자물쇠를 더듬어 찾았다.

그녀가 막 비명을 지르려던 참이었다.

탑의 창문이 벌컥 열리고 가브리엘이 방안으로 훌쩍 뛰어올라왔다. 길고 굵은 밧줄이 그 뒤로 흘러내려와 있었다. 포비는 그것이 지붕에 매달려 있다는 것을 알았다. 그녀는 다가오는 두려움과 함께 놀라서 벌어진 입을 다물지 못한 채 그를 바라보았다.

"잘있었소, 나의 신부?"

장갑을 벗는 가브리엘의 눈동자는 불빛에 태연하게 반짝였다. 숨가빠하는 기색도 전혀 없었다.

그는 고상하게 차려입은 웃옷과 스카프를 벗었다. 그의 흰 셔츠는 먼지로 더러워져 있었고 부츠는 심하게 닳아 있었다.

"결혼식 날 밤에 당신이 엉뚱한 행동을 한다 해도 놀라지 말아야 한다고 생각했지."

포비는 마침내 제 목소리를 찾았다.

"가브리엘, 어쩜 이런 바보 같은 행동을……. 목숨을 잃을 수도 있었어요."

그녀는 그 옆을 지나쳐서 창밖으로 몸을 내밀었다. 굵은 밧줄이 높은 곳에 매달려 있었다. 땅에까지 닿는 긴 줄이었다. 포비는 끔찍한 상상에 눈을 꼭 감아버렸다. 가브리엘의 몸이 바닥에 부서져 있는 모습이 눈앞에서 아른거렸다.

"불을 아주 잘 지펴놨소."

가브리엘은 불길이 있는 쪽으로 손을 뻗었다.

"오늘 밤은 밖이 좀 차군."

포비는 다시 창문 안쪽으로 고개를 들여놓고 그를 돌아보았다.

"지붕에서 내려오셨군요."

그는 어깨를 으쓱해 보였다.

"그 방법밖에 없었어. 방문은 잠겨 있는 것 같고 달리 어쩔 도리가 없었어."

포비는 도저히 참을 수가 없었다.

"남편의 권리를 행사하려고 목숨을 걸어요?"

그녀는 소리를 질렀다.

가브리엘의 눈동자가 그녀의 몸을 훑었다.

"다른 방법을 생각할 시간이 없었어."

"미쳤어요?"

포비는 그를 향해 뭐라도 던지고 싶었다.

"정말 멍청하고 어리석은 짓이에요. 믿을 수가 없군요. 대체 상식이 있는 사람이에요?"

"당신 말이 더 이상하군."

"말도 안돼요. 당신은 죽을 수도 있었다구요."

그는 어깨를 으쓱했다.

"배의 돛대를 올라가는 게 제일 위험한 짓이지."

"세상에, 이건 『성채의 여인』에 나오는 바로 그 장면이잖아요!"

포비는 그를 향해 뛰어가서 그 앞에 멈췄다.

"이런 일을 다시는 하면 안돼요, 알았어요?"

가브리엘의 눈동자는 이글거리고 있었다. 그는 그녀의 얼굴을 두 손으로 감쌌다.

"당신이 내게서 또다시 도망친다면 다시 그렇게 할 거야."

“가브리엘, 난 너무나 무서웠어요. 눈을 감을 때마다 당신의 몸이 바닥에 쓰러져 있는 상상이 든단 말이에요. 앞으로는 위험을 무릅쓰는 그런 어리석은 짓은 하지 말아요.”

그는 재빨리 강렬한 키스로 그녀의 항의를 막았다.

“다시는 내게서 도망치지 않는다고 약속해 줘.”

그녀는 그의 가슴에 대고 손가락을 펼쳐 그의 거친 얼굴을 더듬었다.

“약속할게요. 당신도 그렇게 심술궂고 무모한 일을 다시는 하지 않겠다고 맹세하세요.”

그는 엄지손가락으로 그녀의 볼을 쓰다듬었다.

“당신이 나를 그렇게 걱정한단 말이지?”

그녀의 아랫입술이 떨리고 있었다.

“내가 당신 걱정을 얼마나 하는지 정말 모를 거예요.”

“그러면 또다시 내게서 도망치거나 문을 걸어잠그지 마. 당신이 또다시 그런 짓을 하면 밧줄을 타고 성벽을 내려가다 죽는 한이 있어도 당신을 끝까지 쫓아갈 거니까.”

“하지만 가브리엘…….”

“지옥까지도 따라갈 거야.”

가브리엘은 부드러운 음성으로 다짐했다.

포비의 마음은 어느새 봄눈 녹듯 녹아내리고 있었다.

“가브리엘…….”

“자, 이리 와, 성채의 아가씨.”

가브리엘은 그녀를 가까이 끌어당겼다. 그는 그녀의 엉덩이 선을 쓸어내리며 자신의 근육질 허벅지 사이로 그녀를 끌어당겼다. 포비가 가느다란 신음 소리를 내자, 가브리엘은 그녀를 머리 끝에서 발끝까지 태워버릴 것 같은 키스로 그녀의 입술을 다시 막았다.

따스한 느낌이 그녀의 온몸으로 서서히 퍼지고 있었다. 그것은 눈물이 날 정도로 날카로운 욕망과 한데 엉켰다. 그녀는 눈썹을 내리깔고 두 팔로 그의 목을 감싸며 뜨거운 열기에 굴복하고 말았다.

"이게 바로 우리가 원하던 거야."

가브리엘은 숨을 내쉬었다.

"당신을 처음 만났을 때부터 난 알고 있었어."

"정말이에요?"

포비는 이제 거의 서 있을 수가 없었다. 그녀는 그의 강한 턱에 입술을 댄 채 매달려 있다시피 했다. 그러다 다시 고개를 돌려 그의 목에 입을 맞추었다.

"난 당신이 내가 당신에 대해 느꼈던 것 같은 느낌을 나한테서 느꼈을 거란 생각을 하기가 힘들었어요."

가브리엘은 그녀의 볼에 대고 미소를 지었다.

"당신이 나한테 느꼈다는 그 느낌은 정확히 어떤 거지?"

그녀는 몸을 떨었다.

"당신을 사랑해요."

"아, 포비."

그녀가 벽난로 앞 카펫 위에 깔아놓은 이불에 그녀를 누이는 그의 손에 조심스레 힘이 들어갔다.

포비는 마치 방이 빙글빙글 도는 것 같았다. 잠시 후 그녀는

누워 있었고 그녀의 치마는 무릎까지 부풀려 올라와 있었다. 그
녀는 가브리엘이 그녀 옆으로 몸을 뻗어오는 것을 느꼈다.

그의 다리는 그녀의 다리와 엉켜 그녀를 바닥에 지그시 누르
며 허벅지를 벌리기 위해 안간힘을 썼다. 눈을 떴을 때, 그녀는
가브리엘이 자신의 얼굴을 유심히 들여다보고 있다는 것을 알았
다.

"가브리엘, 이런 일에 대해 많은 생각을 해봤어요."

"그래?"

그는 그녀의 반응을 기다리며 입술을 그녀의 입술에 천천히
비벼댔다.

"네. 전 당신의 키스가 좋아요. 그리고 당신이 나를 애무하는
방식도 마음에 들어요."

"나 역시 기분이 좋아."

가브리엘은 그녀 어깨의 우묵하게 파인 부분에 따스하게 입을
맞추었다.

"당신을 애무하는 게 즐거우니까."

"그렇지만,"

포비는 재빨리 말을 덧붙였다.

"우리가 결혼을 확정짓기 전에 잠시 기다리는 것이 최선이 아
닐까 하는 생각이 들어요."

"난 당신이 이제 더 이상 내게 화를 내지 않을 거라고 생각했
는데?"

가브리엘은 그녀의 귓불을 가볍게 깨물었다.

"그래요."

그녀는 솔직히 인정했다. 그가 이렇게 자신을 타오르게 만드는데 어떻게 화를 낼 수 있단 말인가?

"하지만 우리가 분명히 해둬야 할 문제가 좀 있어요. 오늘 저녁식사중에 있었던 문제처럼. 가브리엘, 우린 아직 서로를 잘 모르고 있어요."

"당신은 내게서 도망가지 않겠다고 했잖아."

"난 달아나지 않아요."

그녀는 그를 안심시켰다.

"우린 남편과 아내로 살 거예요. 내 말은 우리가 실질적인 남편과 아내가 되기 전에 서로를 더 잘 알아야 하지 않겠느냐는 거예요. 내 말이 무슨 뜻인지 아실 거예요."

그는 또다시 두 손으로 그녀의 머리를 감싸쥐었다. 포비는 눈을 내리깔고서 그를 쳐다보았다. 불빛은 그의 날카로운 얼굴을 더욱 날카롭게 보이게 했으며 그의 눈동자의 신비로움을 더해주었다.

"나를 사랑한다는 말을 다시 한 번 해줘, 포비."

"사랑해요."

그녀가 나지막이 속삭였다.

그는 천천히 미소를 지었다.

"우린 결혼했어. 더 이상 기다릴 필요는 없는 거야."

포비는 용기를 냈다.

"하지만 난 당신이 나를 어떻게 느끼는지 아직 확실히 알지 못해요, 가브리엘. 사실, 난 당신이 잘못된 기사도 정신에서 내게 청혼했다는 사실이 두려워서 달아났던 거예요."

그는 다시 귓불을 잇새에 넣고 그녀가 깜짝 놀랄 만큼 세게 깨물었다.

"나를 믿어, 포비. 당신에게 청혼한 것은 기사도 정신에서 그런 것이 아니야."

"확실해요? 난 정말 당신이 나와 억지로 결혼하는 건 원치 않아요."

그는 그녀의 눈을 바라보았다.

"난 이 세상 그 어느 것보다 당신을 원해."

그녀는 가브리엘의 눈동자에서 욕망을 읽었다.

"가브리엘, 정말이에요?"

"내가 얼마나 당신을 원하는지 보여주지."

가브리엘은 입술로 그녀의 입술을 지그시 눌렀다. 그는 그녀에게 자신을 느끼게 만들어주기 위해 그녀의 입술 사이로 혀를 밀어넣었다.

여자의 육감으로 포비는 이것이 가브리엘이 자신의 느낌을 그녀에게 말해주는 방식이라는 것을 알았다.

그는 그녀를 사랑하고 있었다.

그의 감정이 그녀의 감정과 일치하지 않는다면 이렇게 그녀와 애정행위를 할 수 없을 것이다.

가브리엘은 그녀 드레스의 끈을 발견하고 재빠른 동작으로 그것을 풀었다. 잠시 후, 드레스와 그 안에 입었던 페티코트를 벗은 포비는 맨살에 닿는 화롯불의 따스한 기운을 느꼈다. 가브리엘의 손바닥이 그녀의 젖가슴을 스쳤다.

유두에 닿는 손가락의 거친 느낌 때문에 그녀는 화들짝 놀랐다. 그리고 자신이 스타킹을 제외하고는 완전히 벌거벗고 있다는 것을 알고는 눈이 휘둥그래졌다.

"괜찮아, 포비. 당신은 정말 사랑스러운 여자야."

가브리엘의 손길이 그녀를 어루만지고 탐색하면서 그녀의 몸을 스쳐갔다.

"아름다워."

그는 고개를 숙여 그녀의 젖가슴 사이의 계곡에 따뜻한 키스를 퍼부었다.

포비는 몸을 활처럼 구부렸다. 그녀의 당황스러움도 그 안에서 느끼는 절박한 욕구의 충격에 의해 급속히 희미해져갔다.

그의 손이 그녀의 종아리를 감싸고 나서 다리를 따라 허벅지로 올라왔다. 그는 그녀의 가터를 풀지 않았다. 포비는 스타킹만 신고 있다는 것이 정말 이상한 느낌을 준다고 생각했다.

그녀는 그의 어깨 쪽으로 얼굴을 돌려 호기심 어린 손길로 그의 셔츠를 벗겼다. 곱슬곱슬한 가슴털의 촉감에 그녀는 완전히 매료되었다. 자신도 모르게 그녀는 충동적으로 혀끝을 그의 따뜻한 피부에 댔다. 가브리엘은 숨을 빨아들였다.

"맛이 좋은데요."

그녀가 속삭였다.

그의 거친 신음 속에는 부드럽고 쉰 듯한 웃음 소리가 녹아 있었다. 그는 그녀의 엉덩이를 손으로 감싸고 지그시 눌러댔다.

"난 오랫동안 당신을 원해왔어."

포비는 그가 착 달라붙는 승마용 바지 밑으로 보내는 다급한 마음을 느낄 수 있었다. 그런 욕망의 증거는 그녀를 여성의 감성으로 가득 채웠다. 그녀는 황금빛으로 반짝이는 환상에 사로잡혔다.

그러나 이것은 꿈이 아니라고 자신에게 끊임없이 상기시켰다. 이것은 현실이었다.

"난 오랫동안 당신을 사랑해 왔어요."

그는 그녀의 허벅지를 따라 올라가 촉촉한 그녀의 샘을 찾아 손을 넣었다. 그가 손가락으로 살짝 건드리자 그녀는 부드러운 신음 소리를 냈다.

"그래, 그거야, 포비."

가브리엘은 숨을 내쉬었다. 그는 급하게 옷을 벗었다.

포비는 반쯤 내리뜬 눈으로 그가 부츠를 벗어던지는 모습을 바라보았다. 잠시 후 그는 바지를 벗기 위해 일어났다.

포비는 그런 상태에 있는 남자를 한 번도 본 적이 없었다. 입술은 바짝 타들어가고 시선은 그를 향해 날아다녔다.

가브리엘은 그녀 옆에 다가와 무릎을 꿇고 그녀를 끌어당겨 앉게 했다. 그리고는 그녀를 가슴에 바싹 끌어안았다.

"두려워하지 마, 포비. 무슨 일이 있어도 두려워하지 마."

그녀는 두 팔로 그의 허리를 감싸고 그를 힘주어 안았다.

"두려워하지 않아요."

"나를 믿어?"

"네, 언제나 그랬고 영원히 그럴 거예요."

"당신이 그렇게 말해줘서 기뻐."

그는 그녀의 목덜미에 입을 맞추고 나서 그녀를 바닥에 뉘였다.

"난 당신이 그러리라고 생각지 못했어요."

"뭘 말이지?"

그는 그녀의 목을 살짝 깨물며 물었다.

"당신이 그토록 소설 같은 분일 줄은……."

포티는 기어들어가는 목소리로 말했다.

가브리엘이 빙긋 웃었다. 포비는 얼굴이 화끈거렸다.

"우리, 오늘 밤을 멋진 전설처럼 만드는 거야. 중세의 음유시인이 되어보는 것도 좋지 않겠어?"

그녀의 살결에 닿는 그의 입은 약과 같았다. 그녀를 달래기도 하고 간지럽히기도 하다가 그녀의 반응을 유도하며 자극하기도 했다.

그의 손길은 흠칫 놀랄 만큼 자극적으로 그녀를 탐하며 그녀를 스쳐갔다. 비록 그가 그녀를 딱딱한 바닥에 누르고 있었지만, 그녀는 자신 위에 누운 그의 무게에 흠뻑 빠져 있었다.

호기심 많은 소녀처럼 그녀는 강인해 보이는 그의 등의 윤곽을 어루만져보고 나서 탄탄한 둔부의 근육을 손가락으로 느껴보았다. 그가 무척 강하다는 느낌을 받았지만 그녀의 손끝이 스칠 때마다 그는 몸을 떨었다.

포비는 자신이 그의 반응을 충분히 받아들이지 못한다는 것을 알았다. 그러나 그는 그녀가 슬쩍 건드리기만 해도 마치 그의 몸 속 깊숙한 곳에 불을 지른 것처럼 반응했다.

"더 이상 기다릴 수 없어."

가브리엘의 음성은 열정으로 탁해 있었다.

"나에게 당신을 열어줘, 포비. 당신 안으로 들어가고 싶어, 그렇지 않으면 미쳐버릴 것 같아."

그녀는 떨리는 다리를 벌렸다. 그는 그녀의 허벅지 사이로 들어와 그녀에게 닿을 때까지 몸을 천천히 위로 움직였다. 포비는 그의 힘이 얼마나 큰가를 느끼며 고개를 바닥에 힘없이 떨구었다.

"가브리엘?"

"나를 감싸안아, 포비."

그는 그녀의 무릎 밑에 손을 넣고 그녀의 다리를 들어올렸다. 그런 다음 다리의 위치를 제대로 잡아주었다.

"그래, 그렇게 하는 거야. 손은 내 어깨에 놓고. 꼭 잡아, 포비. 당신이 할 수 있는 한 힘껏."

그녀는 미끈하면서도 힘이 넘치는 그의 어깨를 꼭 붙잡았다. 그러나 이상하리만치 너무나 힘이 들었다.

어쩜, 이럴 수가.

하지만 그를 사랑한다고 되뇌이면서 그녀는 그가 하는 만큼 자신도 이 결합을 위해 할 수 있는 일을 찾아 몸을 활처럼 구부렸다. 마침내 그들은 중세의 전설에 대한 애정이 같았던 만큼 이런 열정에서도 하나가 될 수 있었다.

"그래, 그거야."

가브리엘은 그녀의 목에 입을 맞추고 몸을 그녀 쪽으로 좀더 강하게 밀었다.

"지나치게 힘이 들어가 있긴 하지만 당신은 이미 아주 촉촉해져 있어. 첫 번 항해가 얼마나 험난할지 모르지만 나를 믿기만 하면 돼. 모든 일이 순조로울 거야."

"알았어요, 가브리엘."

그녀는 초조해하며 몸을 들어올렸다.

"당신을 원해요."

"난 당신을 충분히 받아들이지 못할 것 같아."

그는 아래로 손을 뻗어 손가락으로 그녀를 열고 아늑한 곳으로 서서히 들어갔다.

포비는 숨을 죽였다. 무엇을 기대해서가 아니라 그녀 내부에서 그를 느끼고 싶었기 때문이었다. 그녀는 본능적으로 그를 감싸고 있는 다리에 힘을 주었다.

"포비, 기다려. 난 당신에게 상처입히고 싶지 않아."

가브리엘의 얼굴은 절제하느라 힘이 들어간 탓에 굳어 있었다. 그러나 포비가 엉덩이를 한 번 더 들어올리자 그에게 용기가 생기는 모양이었다.

"오, 그래, 그거야."

그는 단번에 강력하게 그녀에게로 들어갔다.

포비는 충격과 놀라움에 휩싸였다. 갑작스레 몸에 힘이 주어지고, 가브리엘의 무게 아래 갇힌 것 같은 느낌이었다.

그가 내게 들어온 거야.

그녀는 그 고통이 어땠는지 말할 수 없었다. 자신이 무엇을 느꼈는지도 알지 못했다. 그 감정은 말로 표현하기 힘들었다. 그녀는 부드러운 비명을 지르며 가브리엘의 어깨를 힘껏 붙들었다.

가브리엘은 다시 한 번 몸을 떨었다.

"계속해, 손발을 내 쪽으로 향하고. 내가 당신에게 너무나 깊이 빠져버려 헤어날 수 없다는 것을 하느님은 알고 계실 거야."

포비는 침을 꿀꺽 삼켰다.

"이 정도면 충분하다고 생각해요."

그녀는 기어들어가는 음성으로 말했다.

"이제는 그만해야겠어요."

"지구가 갈라져서 나를 산 채로 삼켜버린다 해도 지금 그만둘 수는 없어."

가브리엘은 어느 정도 몸을 뺐다가 다시 천천히 그녀에게 몸을 밀어붙였다.

"당신은 믿을 수 없을 정도로 황홀해. 이렇게 좋은 느낌은 지금까지 한 번도 없었어."

포비는 다리로 그의 허리를 계속 감고 있었다. 처음에 들었던 자극적인 말들은 산산이 흩어져버렸다. 그녀는 조금 불편함을 느꼈지만 정말로 고통스러운 것은 아니었다. 이처럼 자신의 몸 속에 가브리엘을 갖는다는 것은 아주 낯설고 이상한 느낌이었다. 그러나 그는 분명 쾌감을 찾고 있었고, 그녀는 그를 너무나 사랑하기 때문에 그가 추구하는 만족감을 거부할 수가 없었다.

"나를 붙잡아."

가브리엘의 목소리는 거칠었다.

"나를 붙잡아, 포비. 난 당신을 원해."

그녀는 두 팔로 그를 꼭 붙잡고 그에게 매달리는 것으로 그의 요구에 맞춰주었다. 그는 어느 순간 짓눌린 듯한 비명을 지르며 그녀 위에 완전히 굳어져 누워버렸다. 그가 그녀 속에서 움직일 때 그의 등과 둔부의 근육은 강철처럼 단단했다.

그런 다음 그는 그녀 위에 그대로 쓰러졌다.

포비는 잠시 동안 가브리엘 밑에 누워 있다가 그의 숨소리가 회복되는 것을 들었다. 그의 등을 느린 동작으로 어루만지면서 포비는 그곳이 땀으로 축축히 젖어 있는 것을 알았다. 그가 힘든 경주를 끝낸 종마 같다는 생각이 들었다.

그녀의 종마.

잠시 후, 가브리엘은 신음 소리를 내며 마지못해 그녀에게서 몸을 일으켰다. 그는 옆으로 몸을 굴려 누운 다음 팔로 그녀를 안았다.

"다음에는 기분이 좀더 나을 거야, 포비. 약속하지."

"이번에도 나쁘지 않았어요."

그녀는 솔직히 말했다.

"좀 이상하긴 했지만 나쁘진 않았어요."

그는 힘없이 웃었다.

"다음에 당신은 즐거워서 비명을 지를 걸? 맹세하지, 그 일에 모험을 걸어볼 생각이야. 성공적으로 완수할 때까지는 쉬지 않겠어."

포비는 미소를 지으며 땀에 젖은 그의 가슴에 누워 팔짱을 꼈다.

"난 비명을 지르는 것 같은 숙녀답지 못한 행동은 절대 하지 않을 거예요."

"두고 봐."

그는 팔을 빼고 나서 그녀의 헝클어진 머리카락에 손가락을 넣었다.

"당신 머리카락이 몸만큼 뜨겁군. 당신은 정말 놀라운 여자야."

"그래요?"

"그럼, 그렇구 말구."

그는 눈을 감았다.

"우리 잠시 쉬었다가 옷을 입고 내 침실로 내려가도록 하지."

"난 여기가 좋아요."

가브리엘은 눈을 뜨지 않았다.

"난 첫날밤을 내 서재 바닥에서 지내고 싶은 생각은 없어."

그러나 그는 그녀를 단단히 안은 채 금세 잠이 들어버리고 말았다.

잠시 그를 바라보고 누워 있던 그녀는 차츰 새로운 느낌이 들었다. 다리 사이가 쓰라려왔고, 그에게서 풍기는 사향 내음이 그녀의 온몸을 휘감고 있는 듯했다. 끈적끈적하고 후덥지근하면서도 조금은 불안한 마음이 들었다.

이런 게 결혼생활이구나.

그녀는 감당해 낼 수 있을 거라는 자신감이 생겼다. 실제적인 사랑의 행위는 흥분할 만한 것이 아니었지만 따뜻한 접촉만큼은 좋았다. 전희는 확실히 즐거웠다.

그러나 정말로 기쁜 것은 가브리엘이 이제 그녀의 사람이라는 황홀한 사실이었다.

그녀는 사랑하는 남자와 결혼했고, 비록 그가 직접 말로 사랑을 표현하는 데 문제가 있긴 했지만 그녀를 사랑하는 것만은 분명했다. 많은 여자들이 그런 말을 들을 정도로 운이 좋지 않다는 것을 그녀도 알고 있었다.

대다수의 사람들에게 있어 결혼이란 재산이나 사회적 지위, 유산이 개입되는 실질적인 문제였으니까.

그런 세상에서 그녀는 사랑해서 결혼한, 드물게 운이 좋은 여자였다. 그런데 그녀는 오늘 아침 도망을 치는 바람에 모든 것을 거의 망칠 뻔했다. 아마도 가브리엘이 그녀를 무모하다고 불렀을 때는 그런 이유가 있었을 것이다.

포비는 몸이 저려오는 느낌 때문에 조심스럽게 팔을 뻗어보았다. 가브리엘의 팔이 그녀의 가슴에서 스르르 흘러내렸다.

그는 깨지 않았다. 몹시 피곤했던 모양이었다. 그로서는 적어도 힘든 하루를 보냈다고 할 수 있었다.

그녀는 천천히 일어나 앉아 서재를 둘러보았다. 그녀는 가브리엘과는 대조적으로 점점 말똥말똥해지고 있었다. 잠은 이제 뒷전이었다. 그리고 책장 안에 들어가 있는 가브리엘의 책들이 그녀를 부르고 있었던 것이다.

그녀는 슬그머니 일어나 미리 가져다 놓았던 흰색의 얇은 면직물 잠옷을 입었다. 그런 다음 가장 가까이 있는 책장으로 갔다

유리 뒤켠에 진열된 가죽 표지의 책들을 살펴보면서 깊은 인상을 받았다. 그러나 이 정도는 그가 소장하고 있는 훌륭한 물건 가운데 극히 일부일 뿐이라는 생각이 들자 그녀는 고개를 절레절레 흔들었다.

가브리엘과의 결혼이 주는 즐거움 가운데 하나는 바로 그의 서재에 접근할 수 있다는 것이었다.

그녀는 까치발을 하고 서서 다음 줄에 있는 책들의 제목을 훑

었다. 눈길이 낯익은 책에 머물렀을 때 그녀는 깊은 숨을 내쉬었다. 그녀는 잠깐 자신의 눈을 의심했다. 그러나 금박으로 새겨진 제목은 분명히 '성채의 여인'이었다.

그것은 바로 다름아닌 그녀의 책이었다. 그녀는 확신할 수 있었다.

깜짝 놀란 그녀는 어깨 너머로 가브리엘을 힐끗 바라보았다. 그는 움직이지 않았지만 눈을 뜨고 있었다. 가물거리는 불빛 때문에 읽을 수 없는 표정을 하고 그는 그녀를 망연히 바라보고 있었다.

"내가 모험을 완결짓겠다고 말했을 텐데."

그는 조용히 말했다.

"무도회 시즌이 끝나기 전에 당신에게 『성채의 여인』을 찾아주겠다고."

포비는 그를 향해 천천히 돌아섰다.

"책을 찾고서도 왜 제게 말하지 않았죠? 가브리엘, 난 이해가 안돼요."

그녀는 다른 가능성이 떠오르자 표정이 밝아졌다.

"잠깐만요. 그 책은 결혼 선물이죠, 그렇죠?"

"포비, 내 말을 들어봐."

그러나 포비는 자신의 생각에 푹 빠져 있었다.

"대단히 놀라워요. 제가 당신의 계획을 망쳐놔서 정말 미안해요. 하지만 걱정하지 마세요, 난 너무나 기쁘니까요. 어디서 이 책을 찾았어요? 누가 이 책을 갖고 있었죠?"

그는 벌거벗은 것도 신경쓰지 않고 천천히 일어나 앉았다. 난

로의 불빛이 그의 넓은 어깨 위에 너울거리며 그의 피부를 타오르는 황금빛으로 물들였다. 그는 한쪽 무릎을 세우고 그 위에 팔을 괴었다. 에메랄드빛 눈동자는 온통 골똘히 생각에 잠겨 있었다.

"내가 그 책의 주인이야, 포비."

포비는 침을 꿀꺽 삼켰다.

"무슨 말이에요? 어떻게 이 책을 얻었어요?"

"우리가 벡스터의 배를 습격했을 때, 그의 선실에서 가져온 거야."

가브리엘의 목소리에는 높낮이가 전혀 없었다.

"벡스터는 교수형보다 물에 뛰어드는 쪽을 택했지. 그는 배 밖으로 뛰어들어 사라졌어. 익사한 것으로 생각돼."

"당신이 그 사람의 배를 습격했다구요?"

포비는 갑자기 무릎에 힘이 빠지는 것을 느꼈다. 창가의 의자에 천천히 무너지듯 앉으며 그녀는 두 손으로 무릎을 꼭 잡았다.

"오, 하느님. 가브리엘, 당신은 남태평양의 해적이었나요? 믿을 수가 없어요."

'그렇게 얘기해 줘서 고마워. 난 절대 해적이 아니었어. 진주 무역을 하면서 살아가는 부지런한 사업가였지. 벡스터는 남태평양의 섬에 도착해 해적질을 하고 있었어."

"말도 안돼요. 닐은 그런 일을 할 사람이 아니에요."

"당신이 그 사실을 믿고 안 믿고는 중요하지 않아. 어쨌든 그것은 사실이니까. 벡스터는 합법적인 해운업을 하는 쪽보다는 그 방면이 더 쉽고 효과적이라는 것을 알았던 거지. 그는 내 사업과 다른 사람의 일에 방해가 됐어. 누군가 그를 제거해야만 했다구."

"방해?"

그 단어가 포비의 마음속에 소용돌이쳤다.

가브리엘의 표정은 험악해졌다.

"벡스터는 자기가 탄 배를 가까스로 장악해 두목이 된 다음, 내 배를 두 척이나 습격하고 그 과정에서 수많은 사람을 죽였지. 흑진주와 금, 다이아몬드로 만들어진 값비싼 보석 세트를 포함해 엄청나게 많은 물건을 훔쳐갔어. 그 사건 후로 난 더 이상 해를 입기 전에 그 자를 찾아야 한다고 결심했었어."

포비는 깜짝 놀라며 그를 쳐다보았다.

"세상에, 믿을 수가 없어요. 내가 널을 몰라도 그렇게 몰랐다니."

"그 자는 당신 아버지를 속여 돈을 뜯어내려는 계획을 세우는 동안 자신을 란셀롯으로 연기했던 거야. 벡스터는 영악한 녀석이지. 당신만이 그런 속임수에 넘어간 여자는 아니야."

포비의 얼굴은 붉게 달아올랐다.

"나를 바보 같다고 하는 소리예요?"

가브리엘의 표정은 부드러워졌다.

"당신은 바보가 아니라 순진하다고 해야겠지. 여자들은 벡스터 같은 인간에게 약하거든. 그들은 벡스터가 만들어내는 환상을 믿고 싶어하지."

무릎을 쥐고 있던 포비의 손에 힘이 들어갔다.

"당신 얘기는 마치 벡스터를 란셀롯이라고 믿었던 다른 여자들을 알고 있다는 얘기로 들리는군요.”

“남태평양의 섬에서 벡스터는 자신을 합법적인 해운업으로 성공한 사람이라고 자처하고 다녔으니까. 그 자는 다른 배에 함정을 파는 데 이용하기 위한 정보를 얻으려고 해운업을 하는 사람들 틈에 어울렸지.”

가브리엘의 눈동자는 날카로웠다.

“벡스터는 화물과 항로에 대한 자세한 정보를 얻으려고 여자를 강탈해 가기도 했지.”

“여자를?”

“아내와 딸 그리고…….”

가브리엘은 잠시 망설였다.

“다른 사람들을. 그 자가 유혹하면 그들은 그가 원하는 정보를 기꺼이 알려주었으니까.”

“이제 알겠어요.”

포비는 상황을 논리적으로 생각하느라 잠시 말을 하지 않았다.

“당신이 내 책을 줄곧 갖고 있었군요. 당신이 내 모험의 대상이었어요.”

“당신이 그런 식으로 말한다면 그렇다고 해두지.”

그녀는 그를 뚫어져라 쳐다보았다.

“왜 내게 말하지 않았어요?”

“거기엔 이유가 많아. 중요한 이유 가운데 하나는 당신이 그 책의 주인을 엽기적인 해적이라고 생각하고 있었기 때문이지.”

그녀는 떨떠름한 미소를 지었다.

“물론이에요. 내가 당신을 나쁜 사람이라고 생각할까봐 당신으로서는 그 책을 갖고 있다는 사실을 인정한다는 게 당연히 두려웠겠죠."

"빌어먹을."

가브리엘은 눈살을 찌푸렸다.

"그것을 인정한다는 사실이 두려웠던 게 아니라 나한테는 다른 계획이 있었던 거야."

"다른 계획이라니오?"

"난 이런 말도 안되는 일이 있을 줄 충분히 짐작했지."

가브리엘은 거칠게 말했다.

"모든 것을 털어놓기로 했으니까 처음부터 시작하지. 서섹스에서 당신을 만나고부터 난 당신을 원했어. 그 책은 당신을 얻기 위한 열쇠였지."

포비의 눈이 휘둥그래졌다.

"당신이 처음부터 나와 결혼하고 싶어했다는 말이에요? 가브리엘, 그 말은 정말 멋있어요. 진작에 그렇게 말씀하셨어야죠."

가브리엘은 자리에서 일어나 벽난로 선반을 손바닥으로 내리쳤다.

"망할, 당신은 왜 자꾸 나를 영웅다운 생각으로 가득찬 기사로 여기는 거야?"

그는 고개를 돌려 그녀를 노려보았다.

"난 당신을 원했다고 말했어. 노골적으로 말하자면 결혼에 대한 생각은 없었어. 우리 관계가 처음 시작되었을 때, 그런 생각은 없었지. 다만 당신과의 잠자리를 원했던 거야. 그 문제는 그렇게 되는 거라구."

"그렇군요."

그녀는 무슨 말을 해야 좋을지 몰랐다. 적어도 그는 그녀를 원했었다는 생각만이 들 뿐이었다.

"나를 더 잘 알기 위해 내 모험을 도와주겠다고 하신 거군요?"

"당신과 함께 자기 위해서야, 빌어먹을."

그녀는 희망을 갖고 미소를 지었다.

"그러니까 당신의 생각은, 말하자면, 처음부터 숭고한 것은 아니었다 이거죠?"

"당신은 그렇다고 생각하겠지."

"하지만 그 생각을 빨리 바꾸셨잖아요, 중요한 건 그 점이에요. 당신의 생각은 나를 알게 되면서 숭고해진 거라구요."

"망할, 당신은 진실이 코앞에 있어도 보지 못할 거야."

가브리엘은 승마용 바지 쪽으로 손을 뻗어 거친 동작으로 후닥닥 입었다.

"내 생각은 당신이 클레링턴 백작의 딸이라는 것을 알고 나서 개선된 것이 아니야. 더 나빠졌으면 나빠졌지."

"나빠져요?"

그는 역겹다는 몸짓을 했다.

"포비, 당신의 정체를 알았을 때, 난 당신을 이용해 당신 가족들에게 복수하려는 다급한 목적으로 당신을 찾았던 거야. 당신 아버지에게 모멸감을 주기 위해 당신을 유혹하려 했다구, 이제 알겠어?"

그녀는 눈물을 참고 용감하게 미소를 지었다.

"복수하는 것이 당신의 처음 목적이었을지 모르지만 어쨌든 그 계획을 계속 밀고 나가진 않았잖아요, 안그래요? 그 대신 나와 결혼했어요."

그는 손을 허리춤에 얹고 그녀를 바라보았다.

"그랬지."

"그 얘기는 당신이 타고난 고결한 성품이 궁극적으로 그런 행동을 하게 이끌었다는 뜻이에요."

"당신이 그토록 믿고 싶어한다면, 당신에게 반박하는 '나'라는 사람은 대체 누구냐 말이야?"

"당신은 타고난 고결한 성품 때문에 나와 결혼한 거예요."

포비는 떨리는 입술을 이로 억눌렀다.

"나를 사랑해서 결혼한 건 아니에요, 그렇죠?"

그의 눈동자가 반짝거렸다.

"그 점에 대해서는 나를 나무라지 마. 그것을 내 탓으로 돌릴 수는 없어. 당신을 사랑한다고 말한 적은 없다구, 안그래? 난 당신을 원했다고 말했고, 그것은 사실이야. 전적으로 사실이라구."

"당신은 내가 앞으로 어떤 위험에 휘말릴까봐……그걸 통제하려고 나와 결혼한 거예요."

"확실히 말해두지만, 난 그렇게 고상한 사람이 아니야. 기사다운 내 충동은 8년 전에 모두 다 타버렸어. 남태평양에서의 생활은 그런 것을 소생시켜 줄 만한 것이 아니었어. 난 더 이상 사랑과 정의의 영웅적 화신이 아니라구!"

"그렇다면 왜 나와 결혼하셨어요?"

그녀는 급기야 소리를 질렀다.

"당신이 훌륭한 백작부인이 될 거라고 생각했기 때문이지."

그도 고함을 질렀다.

"당신의 혈통은 나무랄 데 없고, 더 중요한 건 짜증날 정도로 무모한 행동방식은 용기와 대담성을 상징하는 것이었으니까. 그런 부분들은 내 아이들을 기르는 데 필요하다고 생각되는 자질이지. 더욱이 난 최근에 만났던 다른 여자들보다 당신이 더 흥미롭다고 생각하니까. 그리고 당신을 원하니까."

"하지만 당신은 나를 사랑하지 않아요."

"난 그런 말은 절대 하지 않아."

"알아요, 하지만 당신이 그렇게 하는 법을 배울 수 있다고 생각해요. 그래서 내가 오늘 일생 일대의 가장 큰 모험을 감행했던 거예요."

그는 의심스러운 표정을 지었다.

"당신은 지금 나와 결혼한 것을 일생 일대의 가장 큰 모험이라고 말하는 건가?"

"그래요."

"정말 지독한 모욕이군. 난 당신에게 좋은 남편이 될 거라고 생각하는데."

"그래요?"

그는 그녀 앞으로 위협하듯 한 걸음 다가왔다.

"그래, 그렇게 할 거야. 바꿔 말하면, 아내다운 아내를 기대한다는 말이기도 하지."

포비는 고개를 한쪽으로 기울이고 그를 유심히 살펴보았다.

"당신이 보기에 아내다운 아내는 어떤 사람이죠?"

그는 손끝으로 그녀의 턱을 쥐었다. 그의 눈길은 분노로 반짝이고 있었다.

"당신은 지금 의도적으로 나를 자극하고 있어. 그래도 난 내가 당신에게 원하는 것을 말하겠어. 아내가 남편에게 보여줘야 하는 것은 아내다운 존경과 복종이지."

"당신을 존경해요, 가브리엘. 하지만 복종은 내 특기가 아니에요."

"그렇다면 그 기술을 배워야 할 거야."

"제발, 가브리엘. 그렇게 위협적일 필요는 없잖아요. 당신에게 복종하라며 나를 때리진 않을 거라는 걸 난 알고 있어요."

"그렇게 생각하나?"

그녀는 허탈한 미소를 짓고 뒤로 물러났다.

"당신의 고결한 성품으로는 여자에게 폭력을 행사하지 못할 거예요."

"제발, 내가 고결한 성품을 가졌다는 생각 같은 건 좀 날려버릴 수 없어?"

"당신이 내게 남아 있는 마지막 환상마저 빼앗아가진 못할 거예요."

그녀는 책장으로 가서 유리문을 열었다.

"그것으로 뭘 하려는 거야?"

"당신은 순수하고 고결한 마음으로 나를 사랑한다고 말했던 유일한 사람인 닐 벡스터가 내게 거짓말을 했다고 말했어요."

포비는 책꽂이에서 『성채의 여인』을 빼냈다.

"그리고 난 나를 조금도 사랑하지 않는 남자와 결혼했다는 걸 알았어요. 그런 운명만은 피하자고 언제나 다짐해 왔는데. 모든 것을 생각해 볼 때, 이건 내가 꿈꾸던 결혼이 아니에요.”

“포비⋯⋯.”

“잘자요.”

그녀는 무거운 책을 품에 꼭 안고 문으로 걸어갔다.

“망할, 포비, 당신에게 하고 싶은 얘기가 있어.”

“무죠? 고결한 성품에 관해서? 난 이제 확실히 알게 되었어요. 그 문제에 대해서라면 더 이상 얘기할 필요 없어요.”

그녀는 문을 열고 나선형 계단을 내려가기 시작했다. 맨발에 닿는 돌계단의 촉감은 지독히도 싸늘했다.

$$13$$

왜 입을 다물지 못했을까?

가브리엘은 펜을 한쪽으로 치우고 글쓰는 작업을 포기했다. 그는 자리에서 일어나 창가로 갔다. 비가 내리고 있었다. 간밤에 지붕에서 내려오는 데 사용했던 밧줄이 아직도 유리창 밖에서 한가로이 흔들거렸다.

지난밤 잠에서 깨어 포비가 『성채의 여인』 필사본을 보고 있는 광경을 목격했을 때 아무 말도 하지 말았어야 했다.

그가 『성채의 여인』을 어떻게 손에 넣게 되었으며, 닐 벡스터가 어떤 인간인지 사실대로 얘기하는 것까진 문제가 없었지만 나머지 얘기는 절대 하지 말았어야 했다.

그는 존경과 복종에 대한 자신의 훈계를 생각하며 눈살을 찌푸렸다. 결혼 첫날밤에 그런 아내의 도리를 생각하게 해준다는 것은, 그녀에게 이 결혼이 환상적인 결합이라는 것을 확인시켜 주는 최선의 방법은 결코 아니었다.

그녀는 그가 처음부터 그녀와 사랑에 빠지게 되었고 그의 의도가 고상한 것이었다고 믿고 싶어하는데, 왜 자신이 그녀를 그런 생각에서 벗어나게 해야 했단 말인가?

왜 그녀의 환상을 깨뜨려야겠다는 생각을 했는지 그 자신도 도무지 알 수가 없었다.

가브리엘은 하루 종일 그 문제를 곰곰이 생각해 보았지만 왜 그랬는지 해답을 찾을 수가 없었다.

어제 아침 그녀가 달아났을 때 그는 몹시 분노했었다. 그녀가 간밤에 탑의 방문을 잠갔을 때도 여전히 화가 풀리지 않고 있었다. 그렇지만 화가 나는 가운데도 두려움이 생기는 것을 어쩔 수 없었다.

그녀에게 모든 것을 설명하기 전에 그녀가 『성채의 여인』을 보게 되지 않을까 두려웠었던 것이다.

그녀가 자신을 고상하고 고결한 성품을 지닌 사람으로 믿는 것도 원치 않았지만 엽기적인 해적으로 생각하는 것은 더더욱 원치 않았다.

단지 서로가 솔직하기만을 바랐다.

창가에서 돌아서는 그의 표정이 돌이킬 수 없는 후회의 감정으로 굳어 있었다. 좋든 나쁘든 그녀는 이제 진실을 알게 되었다.

지난밤 이후로 두 사람은 상당히 솔직해지긴 했다.

그녀는 처음에 단지 그녀와 잠자리를 같이하려는 생각을 가졌던 남자, 그리고 복수를 위해 그녀를 이용하려 했던 남자와 결혼을 했다. 그리고 그는 그녀의 가문과 용기, 그에게 재미있는 동반자가 되어줄 것이란 이유 때문에 그녀와 결혼했다.

만약 그 정도로 사랑에 대한 그녀의 환상을 깨뜨리는 것이 부족하다면, 다른 것은 아무것도 소용없을 것이다. 가브리엘은 눈살을 찌푸렸다. 어찌 됐건 그는 입을 다물었어야 했다. 그랬더라면 문제는 훨씬 간단했을 것이다.

그러나 어쩌면 이렇게 된 것이 나을는지도 몰랐다. 결국 그는 자신이 삶에 대해 실용적이고 현실적인 접근을 했다는 자부심을 느꼈다.

이제 그는 더 이상 감상적이고 낭만적인 젊은이는 아니었다. 세상을 있는 그대로 다룰 줄 아는 남자였던 것이다.

포비가 그를 마치 애완견처럼 자신의 모험으로 이끌 수 없다는 사실을 아는 것이 중요했다. 그는 그 동안 의협심이 강한 기사 역할을 충분히 해왔다.

그러나 이제 그녀는 그의 아내이기 때문에 남편의 진정한 본질을 알아야 할 필요가 있었다.

가브리엘은 책상으로 돌아가 펜을 집어들었다. 그리고는 몇 분 동안 조그만 칼로 펜촉을 날카롭게 갈았다. 그런 다음 다시 자리에 앉아 '무모한 모험'을 두 절 정도 완결지으려고 노력했다.

그로부터 한 시간쯤 후, 구겨진 종이에 에워싸인 가브리엘은 마침내 작업을 포기하고 포비가 무엇을 하고 있는지 알아보기 위해 아래층으로 내려갔다.

그는 그녀를 서재에서 찾을 수 있었다.

소리없이 문을 열고 들어간 그는 잠시 동안 물끄러미 그녀를 바라보았다. 첫날밤의 사건들이 떠오르자 가슴이 죄어왔다.

포비는 창가 의자에서 슬리퍼를 신은 발을 호박색 드레스 치마 밑에 집어넣은 채 웅크리고 앉아 있었다. 좁은 창을 통해 여과되는 희미한 햇살이 그녀의 검은 머리 주위에 따스한 후광을 빚어내고 있었다. 그녀의 목 주위로 흰색의 작고 말끔한 주름장식이 있었다.

죄책감이 비수처럼 날카롭게 가브리엘의 가슴을 파고들었다.

그녀는 아침부터 줄곧 그렇게 울고 있었던 모양이었다.

'포비?'

그가 부드럽게 그녀의 이름을 불렀다.

"네?"

그녀는 무릎 위에 놓아둔 책에서 시선을 떼지 않고 대답했다.

"당신이 무엇을 하는지 보러 왔어."

"책을 읽고 있어요."

그녀는 여전히 고개를 들지 않았다. 그 책 때문에 완전히 진이 빠진 것 같았다.

"그랬군."

가브리엘은 문을 닫고 포비 쪽으로 다가갔다. 그는 벽난로 옆에 걸음을 멈추고 서서 고개 숙인 그녀를 내려다보았다.

무슨 말을 해야 할지 알 수 없었다. 그러나 적당한 말을 찾아보려고 무진 애를 썼다.

“지난밤에는…….”

“네?”

그녀의 무감각한 표정으로 인해 그는 또다시 어떤 말을 해야 할지 몰라 허둥댔다. 그는 숨을 깊이 들이쉬었다.

“결혼 첫날밤에 당신이 기대했던 바에 못 미쳤다면 사과하겠어.”

“자책하지 말아요.”

그녀의 시선은 계속 책을 향하고 있었다.

“당신이 최선을 다했다는 것 알고 있어요.”

그녀의 공손한 어조에 그는 기분이 조금 나아졌다.

“그래, 그것은 사실이야. 포비, 이제 우리는 남편과 아내가 됐어. 우리 두 사람 사이가 완전히 솔직해진다는 것이 중요한 거야.”

“알아요.”

포비는 책장을 넘겼다.

“당신이 그 일을 즐겁게 만들려고 무척 노력했기 때문에 당신에게 불평하거나 못마땅해할 생각은 없어요. 하지만 당신은 솔직한 것에 대해 지나치게 예민하기 때문에 오히려 난 둔감해지려고 하는 거예요.”

그는 눈살을 찌푸렸다.

“그런 거야?”

“네. 솔직히 말해 실망했어요.”

“그래, 나도 알아. 하지만 문제는 당신이 결혼생활에 대해 지나치게 비현실적인 생각을 갖고 있기 때문이야.”

"나도 그렇다고 생각해요."

포비는 다시 책장을 넘겨 삽화를 유심히 보았다.

"하지만 그것은 부분적으로 당신 잘못이기도 해요. 브랜틀리 저택의 미로에서 그런 일이 있고 나서, 난 우리가 실제로 결혼을 하면 그와 똑같은 흥미로운 감정을 경험하게 될 거라고 생각했어요. 난 그것을 기대했어요, 내 경험은 너무나 흥분되는 것이었으니까요."

가브리엘은 그녀가 그날 있었던 대화 내용이 아니라 자신의 애정행위를 말하고 있다는 사실에 얼굴을 붉혔다.

"포비, 난 그 얘기를 하는 게 아니야."

"그래요?"

그녀는 마침내 고개를 들고 약간 의아한 눈빛으로 그를 바라보았다.

"미안해요, 무슨 얘기를 하셨는데요?"

그는 그녀를 붙잡고 흔들고 싶은 심정이었다.

"당신이 『성채의 여인』을 발견한 다음에 우리가 나눴던 대화를 얘기하는 거라구."

"아, 그것 말이군요."

"그래, 그거야. 빌어먹을. 애정행위에 대한 얘기라면, 조금도 두려워할 필요 없어. 다음엔 좀 나아질 거라고 얘기했잖아."

포비는 무엇인가 생각하는 듯 입술을 오므렸다.

"아마 그럴 테죠."

"아마라는 말은 필요없어."

"그렇다면 다시 한 번, 아마 그렇겠죠."

가브리엘의 눈살이 심하게 찌푸려졌다.

"그렇다면 당신을 곧장 침실로 데려가 보여줘야겠군."

"아니오, 괜찮아요."

"왜지?"

가브리엘은 벽난로 선반을 손으로 꼭 쥐었다. 그러지 않았다면 그는 두 손으로 그녀의 목을 움켜쥐었을는지도 모른다.

"벌건 대낮이라서? 베일을 쓴 대담한 아가씨께서 갑자기 새침하고 단정하게 변했다고 말하지 마. 내가 그렇게 젠체하는 사람과 결혼했던가?"

"그런 게 아니에요."

그녀는 시선을 다시 책 쪽으로 돌렸다.

"당신이 나를 진정으로 사랑한다는 확신이 들 때까지는 그런 행위가 나아질 거라고 생각지 않기 때문이에요. 그래서 당신이 그렇게 하는 것을 배울 때까지는 그런 일은 없을 거라고 다짐했어요."

벽난로 선반을 붙잡고 있는 그의 손에 더욱 힘이 들어갔다. 대리석이 부서지지 않은 게 기적이었다. 그는 천사처럼 고개를 숙이고 있는 그녀를 노려보았다.

"당신은 작은 악마야. 이게 당신의 게임인가? 그래?"

"당신에게 확실하게 말해두지만, 난 게임 따윈 하지 않아요."

"당신은 결혼 전에 하던 식으로 나를 계속 다룰 수 있다고 생각하는 건가? 난 이제 당신의 남편이지 당신이 개인적으로 고용한 기사가 아니야."

화를 내면 안돼. 통제력을 잃으면 안되는 거야.

가브리엘은 자기 자신에게 끊임없이 말하고 있었다. 그가 이런 사소한 논쟁에서 유리한 고지를 차지하려면 비난을 받는 일이 있더라도 차분해야 할 것이다.

"당신 말이 옳을지도 몰라."

가브리엘은 침착하게 말했다.

"당신처럼 고집세고 의지력이 강한 여자는 남편보다 훨씬 더 흥미 있는 의협심이 강한 기사를 찾게 될 거야. 하지만 지금 당신에게 있는 사람은 남편뿐이어야 해."

"명목상의 관계만 유지하는 게 더 좋겠어요."

"빌어먹을, 당신 미쳤어? 그런 일은 절대 없을 거야. 당신이 그런 식으로 나를 조종하게 내버려두지 않을 거니까."

"당신을 조종하려는 게 아니에요."

포비는 도전적으로 고개를 들었다.

"하지만 당신이 나와 애정행위를 하기 전에 나를 사랑하는 법을 배워야 한다고 결론내렸어요."

"남자들이 아내를 이것보다 못한 이유로도 두들겨팬다는 사실을 당신은 알고 있어?"

"그 얘긴 이미 했어요. 당신은 나를 때리지 못해요."

"남편의 권리를 행사하는 방법은 여러 가지가 있지. 간밤에 난 한 가지 방법을 쓴 거야."

그녀는 한숨을 쉬었다.

"그렇다면 난 간밤에 오해를 한 거군요. 당신이 위험을 무릅쓰고 지붕에서 내려왔을 때, 난 당신이 나에 대한 사랑을 증명해 보이고 있다는 생각을 했어요. 앞으로는 그렇게 쉽게 넘어가지

않겠어요. 당신도 그런 식으로 목숨을 걸고 위험을 무릅쓸 필요
없어요."

"알겠습니다."

가브리엘은 정중하게 고개를 숙였다. 이번 게임에는 둘 다 연
극을 할 수 있다는 생각이 들었다.

"좋아요, 부인. 당신의 입장을 분명히 했군요. 내가 당신에게
강제로 어떻게 하지 않을 거라고 확신하나본데……."

그녀는 무척 놀란 표정이었다.

"당신이 그럴 거라고 생각지 못했어요."

그는 화를 지그시 억눌렀다.

"당신이 다시 아내로서 의무를 다할 준비가 되었을 때, 내게
알려주면 좋겠어. 그 동안은 '악마의 안개'에서 손님으로서 모든
대우를 받게 될 거야."

그는 문을 향해 거침없이 걸어갔다.

"가브리엘, 가다려요. 당신 집에서 손님으로 있겠다고 말한 것
은 아니었어요."

그는 잠시 걸음을 멈추고 기쁜 마음을 감추려 애썼다.

"뭐라고 그랬지? 난 당신이 원하는 관계가 그런 거라고 생각
했는데."

"아니에요, 그런 건 아니에요."

그녀는 매우 당황해하고 있었다.

"난 우리가 서로를 더 잘 알기를 원해요. 당신이 노력만 한다
면 사랑하는 법을 배울 수 있다고 확신해요. 난 우리가 침실에서
뿐만 아니라 모든 면에서 남편과 아내로 살아가는 것을 말하는

거예요. 내 요구가 너무 지나친 건가요?"

"그래, 포비, 좀 지나쳐. 내가 말했던 대로 아내가 될 준비가 되면 알려줘. 그 동안은 당신을 손님으로 간주할 테니까."

가브리엘은 뒤도 돌아보지 않고 복도로 나가 늘어선 갑옷과 투구 사이를 지나 계단으로 갔다.

녹초가 되더라도 오늘 오후에는 글쓰는 작업을 마무리할 생각이었다. 그렇게 해도 전적으로 손해본 날은 아니라는 결론을 내렸다.

사흘 뒤, 포비는 또다시 가브리엘의 서재로 와서 그녀가 좋아하는 의자에 웅크리고 앉아 있었다.

창밖을 바라보며 그녀는 자신이 가브리엘과의 사이에 일어나고 있는 명예혁명에서 지는 것을 무척이나 두려워하고 있다는 것을 깨달았다. 정말이지 자신이 얼마나 더 버틸 수 있을지 알 수 없었다. 가브리엘의 의지가 자신보다 더 강하다는 것이 입증되고 있었다.

그녀가 가브리엘보다 약하다는 단지 그 이유만으로도 그녀는 처음부터 지게 되어 있는지도 몰랐다. 어쨌든 그녀는 그를 진심으로 사랑했고, 그도 그 사실을 알고 있었다. 상황이 전적으로 그에게 유리하다는 생각이 들었다.

가브리엘은 영리했기 때문에 자신이 단순히 기다리기만 하면 그녀가 무너지고 말 거라는 것을 알고 있을 것이다. 포비가 생각하는 최악의 사태는 가브리엘이 그녀를 사랑하도록 가르치는 일에 전혀 진전이 없을지도 모른다는 것이었다.

　포비는 그가 자신을 무시하고 있는 것은 아니라는 생각이 들었다. 그는 눈물이 날 정도로 극도로 공손하게 그녀를 대하고 있었다. 이제 더 이상 그녀와 말다툼을 하거나, 그녀에게 훈계를 하거나, 아내로서 순종하지 않는다고 불평을 하지 않았다.

　그는 말했던 대로 그녀를 손님으로 대하고 있었고, 포비는 그의 그런 행동 때문에 실망하고 이를 갈았다.

　어제만 해도 그랬다. 포비는 공통의 화젯거리를 찾기 위해 자신이 그의 서재에서 발견한 책 얘기를 하려고 했다. 저녁식사 시간에 그녀는 그 얘기를 꺼냈다.

　"맬로리의 『아서 왕의 죽음』은 대단히 훌륭한 필사본이더군요."

　포비는 양파 소스를 얹은 토끼 고기찜을 씹으면서 말했다.

　"고맙소."

　가브리엘은 짤막하게 대답하고는 삶은 감자 조각을 포크로 집었다.

　포비는 다시 대화를 이끌어나가려고 했다.

　"우리가 나쉬의 오두막을 찾아갔던 날 밤, 당신이 그 사람에게 맬로리 책의 독특한 필사본을 갖고 있는지 물었던 게 생각나요. 백지에 새겨넣었다는 것 말이에요. 자신이 그렇게 훌륭한 필사본을 갖고 있으면서 왜 그런 독특한 책을 원하는 거예요?"

　"내가 나쉬에게 물어봤던 필사본은 우리 아버지께서 내가 열 살 때 주신 거요. 영국을 떠나면서 하는 수 없이 그 책을 팔아야 했소."

　포비는 깜짝 놀랐다.

"아버지가 주신 책을 팔아야 했어요?"

가브리엘은 차가운 눈빛으로 그녀를 바라보았다.

"내 서재에 있는 모든 물건들을 포함해 아버지에게서 물려받은 책들을 모두 팔아야 했지. 남태평양으로 가서 사업을 시작하려면 돈이 필요했으니까."

"그렇군요."

"살아 남으려고 생각하는 사람은 지나치게 감상적이어서는 안 되는 법이오."

"당신에게 전부나 마찬가지인 책들을 팔아야 했다니 정말 힘들었겠어요."

가브리엘은 어깨를 으쓱해 보였다.

"그것이 내가 그 당시에 배운 교훈이었소. 내 어깨에 박힌 당신 오빠의 총알과 내가 투자한 사업을 짓뭉갠 당신 아버지의 수법이 내가 갈 길을 일러주었지. 다시는 감상을 앞세우지 않겠다는."

포비는 그 대화를 회상하며 한숨을 지었다. 가브리엘에게 사랑을 가르치는 것은 처음에 생각한 것보다 훨씬 더 힘든 일이었다.

그녀는 서재의 창 너머로 잿빛 안개를 바라보며 가브리엘이 또다시 자신의 감정을 신뢰할 수 있는 날이 올 것인지 의심스러운 생각이 들었다.

잠시 후, 그녀는 자리에서 일어나 가브리엘의 책상을 마주하고 앉았다.

레이시에게 편지를 보내야 할 때였다. 그는 그녀에게 무슨 일이 있는지 궁금해하고 있을 것이다.

인쇄기계 옆을 떠나 있으면 레이시는 잘 나가고 있는 출판업을 금세 잊어버리기 십상이었다. 그 사람은 술이 아니면 인쇄업에만 관심이 있었던 것이다.

레이시는 그 당시 매우 힘든 상황에 직면해 있었다. 그러나 포비는 그를 만나본 순간 그가 그녀의 동업자로 적격이라는 것을 단번에 알아보았다. 그녀의 재정적인 후원과 그의 편집 기술을 교환하는 조건으로 그는 그들의 협력을 비밀로 지켜주었다.

그녀가 혼자서 사업에 뛰어들기로 하자면 접근할 수 있는 인쇄업자나 출판업자는 얼마든지 있었다. 그러나 대부분 레이시보다 훨씬 잘난 척하는 인간들이었다.

포비는 소문이 퍼지는 것을 막을 수 없을 것이란 생각이 들었다. 클레링턴 백작의 막내딸과 사업한다는 것은 대다수의 사람들에게 감출 수 없는 재미난 얘깃거리인 것이다. 그러나 레이시는 소문을 퍼뜨리는 것은 물론이고 귀중한 시간에 수다를 떨며 시간을 낭비하는 것을 질색해했다.

문을 두드리는 소리에 그녀의 공상은 저 먼 시간 속으로 달아나버렸다.

그녀는 책상 서랍을 닫고 들어오는 하녀를 쳐다보았다. 처음 보는 사람이었다. 새로 들어온 모양이라고 포비는 잠시 생각했다. 금발 머리에 탄력있어 보이는 몸매를 한 놀랄 만큼 예쁜 여자였으나 하녀를 하기에는 좀 나이들어 보였다.

"누구죠?"

포티는 호기심에 물어보았다.

하녀는 마치 그런 질문을 예상하지 못했다는 듯 깜짝 놀라는 모습이었다.

"앨리스라고 합니다. 전갈을 가지고 왔어요."

"무슨 전갈이지, 앨리스?"

"백작님께서 성 안의 재미있는 부분을 보여드리고 싶어하십니다. 지하 납골당에서 만나자고 하셨습니다. 제가 길을 안내하겠어요."

"와일드가 내게 사람을 보냈어?"

포비는 자리에서 벌떡 일어났다.

"그럼, 지금 곧 가도록 하자."

"이쪽입니다. 초가 필요할 거예요. 저 아래는 무척 어둡거든요, 먼지도 자욱할 거구요. 먼저 옷을 갈아입으시겠어요?"

"아니, 백작님을 기다리게 하고 싶지 않아."

가브리엘이 내게 사람을 보내다니.

포비는 너무나 기뻤다. 게다가 그는 지하의 신비한 통로를 구경시켜 줄 것이다. 서툰 방법이긴 했지만 그는 그들 사이에 가로놓인 얼음벽을 깨뜨리려고 하고 있는 것이다.

앨리스는 복도 뒤쪽의 어두운 돌계단으로 내려가는 길을 안내했다. 먼지 쌓인 계단 바닥에 이르자 그녀는 벽의 고리에서 열쇠를 꺼내 나무로 된 육중한 문을 열었다.

어둠 속에서 눅눅하고 습한 냄새가 풍겼다. 재채기가 나오자 포비는 주머니에서 손수건을 꺼냈다.

"에취."

포비는 코를 풀었다.

"이곳을 마지막으로 청소한 게 언제일까?"

앨리스는 성냥을 켜서 자신과 포비가 들고 있는 초에 불을 붙였다. 잿빛 돌 벽에 희미한 불빛이 깜빡거렸다.

"백작님께서 납골당을 청소하는 건 좋지 않다고 하셨어요."

"그 말이 맞는 것 같아."

포비는 손수건을 다시 주머니에 넣고 주위를 둘러보았다.

"세상에, 너무 근사해."

그들은 성의 길이만큼 뚫린 것으로 보이는 창문도 없는 좁은 터널에 서 있었다. 꺼질 듯 흔들리는 불빛 속에서 포비는 문과 통로 표시가 되어 있는 터널 벽 속의 흐릿한 틈새를 볼 수 있었다. 바다에서 나는 특유한 냄새를 담은 채 고여 있는 공기는 고약하기 그지없었다.

"주방에 있는 사람들이 그러는데 이 성의 옛 주인이 이곳을 지하감옥으로 사용했다고 그러더군요."

앨리스는 비밀 통로를 조심스레 나아가기 시작했다. 크게 벌어진 어두컴컴한 틈새를 지나 포비를 안내하는 그녀의 표정은 예민해 보였다.

"이런 방 가운데 어떤 곳에는 쇠고랑을 찼던 불쌍한 사람들의 유골을 아직도 발견할 수 있다고 해요."

포비는 진저리를 치며 손바닥으로 초를 감쌌다. 이곳은 그녀가 상상했던 것보다 몇 배 더 으스스했다.

"백작님은 어디서 나를 만나기로 되어 있지?"

"통로 끝으로 모셔오면 나머지 부분은 직접 보여주시겠다고 하셨어요. 그런 후에 저는 위층으로 올라가겠어요."

"놀라운 곳이야!"

포비는 주된 터널과 떨어진 어두컴컴한 통로 중의 한 곳을 자세히 보기 위해 초를 들어올렸다. 상아색 막대기로 보이는 것들이 조그만 방의 어둠 속에서 번쩍거렸다. 그녀는 침을 꿀꺽 삼키고 그것들이 해골은 아닐 것이라고 스스로 위안했다.

"이 성의 역사가 어떻게 되는지 알아?"

"죄송합니다만 그 역사가 어떻게 되건간에 듣는 것은 별로 즐거운 일은 아닐 것 같아요. 이제 다 왔어요."

어두컴컴한 앞쪽을 응시하는 포비는 돌로 된 통로 이외에는 아무것도 발견할 수 없었다. 멀리서 돌 벽에 부딪혀 울리는 거친 바다 소리가 들렸다.

"와일드는 어딨지?"

"지금은 잘 모르겠어요, 마님."

앨리스는 한순간 이상한 눈길로 그녀를 바라보더니 한 걸음 뒤로 물러섰다. 그녀 손에 들린 촛불이 불안하게 가물거렸다.

"이곳까지 모셔와 백작님을 만나기로 했어요. 전 제가 들은 대로 했어요. 전 이제 위층으로 돌아가고 싶어요."

"그럼, 어서 뛰어가도록 해."

포비는 모험을 기대하며 조급하게 말했다.

"나 혼자 여기서 백작님을 기다릴 수 있어."

그녀는 초를 들어올리며 앞으로 나아갔다.

"와일드? 여기 있어요?"

그 순간 갑자기 뒤편의 돌에서 금속성의 예리한 소리가 들렸고, 그 소리에 놀란 포비는 하마터면 양초를 떨어뜨릴 뻔했다. 금속성의 소리에 이어 쿵 하는 소리가 들렸다. 포비는 휙 돌아섰다가 그만 비명을 지르고 말았다.

단단한 철문이 바닥에서 천장까지의 통로를 완전히 가로막고 있었다. 그녀가 돌아길 길은 완벽하게 막혀버렸던 것이다.

포비는 문이 벽 속에 감추어져 있었다는 것을 깨달았다. 무언가가 기계의 작동장치를 잡아당긴 게 분명했다. 그녀는 앞으로 달려가 두꺼운 철문을 두드렸다.

"앨리스. 앨리스, 내 말 들려?"

아무런 대답이 없었다. 멀리서 달려가는 발소리가 희미하게 들리는 것 같았지만 확신할 수가 없었다.

그녀는 진정하기 위해 숨을 들이쉬었다. 앨리스는 분명히 도움을 청하러 갔을 것이다. 포비는 문을 열 수 있는 숨겨진 장치를 찾을 수 있지 않을까 하는 생각으로 돌 벽을 열심히 살폈다. 그러나 아무것도 발견할 수 없었다.

그녀는 어둠 속으로 몇 걸음을 가보았다. 그러자 바다 소리가 점점 더 크게 들렸다.

"와일드? 여기 계세요? 여기 있다면 제발 대답해 보세요. 내게 장난치지 말아요. 내가 당신을 화나게 했다는 건 알지만 이런 식으로 괴롭힘을 당할 정도는 아니었다구요."

그녀의 목소리는 돌로 이루어진 통로에 비명처럼 울려퍼졌다. 그러나 아무런 응답이 없었다. 포비는 철문을 다시 돌아보았다. 앨리스가 도움을 청하러 갔으니 오래 걸리지는 않을 것이다.

그러나 15분이 지나도록 아무런 구조의 조짐이 없었다. 포비는 순간적으로 양초가 매우 빠르게 타고 있다는 것을 깨달았다. 그것이 다 타고 나면 그녀는 완전한 어둠 속에 묻히게 될 것이다.

그녀 스스로 할 수 있는 일은 단 한 가지밖에 없다는 생각이 들었다. 출구를 찾을 수 있다는 희망으로 통로의 남은 부분을 살펴보는 것이다. 이렇게 긴 터널은 필시 성의 중심부로 통하는 다른 문과 연결되도록 지어졌을 것이다.

포키는 불안한 마음으로 통로를 따라 내려갔다. 돌 벽에는 더 이상의 문은 없었다. 일은 점점 예사롭지가 않았다.

양초가 위태롭게 타들어가는 것을 본 그녀는 걸음을 더욱 빨리했다.

바다 냄새가 더 진하게 풍겨왔고, 터널의 공기도 눅눅하다는 느낌이 덜해지면서 포비는 약간의 생기를 찾았다. 납골당에서 벗어나는 길을 찾을 수 있을 것이란 희망이 생겼다.

잠시 후, 그녀는 부드러운 물결 소리를 들었다. 용기를 얻어 통로의 모퉁이를 돌았을 때, 그녀는 자신이 우묵하게 들어간 동굴 같은 공간에 있다는 것을 알았다. 멀리서 가느다란 햇살이 비치고 있었다.

포비는 양초를 더 높이 들고 주위를 둘러보았다. 그녀는 비밀 부두로 보이는 돌무더기 위에 서 있었다. 바닷물이 돌무더기를 찰싹찰싹 때렸다. 돌무더기 사이에 끼워져 있는 녹슨 쇠고리들은 이곳이 한때 배를 묶어두기 위해 사용했던 곳임을 증명해 주고 있었다.

그녀는 마침내 성에서 벗어나는 비밀 탈출구를 찾아낸 것이다.

이곳은 최초의 성주가 성이 포위되었을 때 사용하기 위해 설계한 것이 틀림없었다. 동굴 끝의 가는 빛줄기가 새어나오는 곳이 출구였다.

유일한 문제라면 부두에 매어져 있는 탈출용 배가 없다는 것이었다. 시커먼 물 웅덩이가 포비와 햇빛 사이에 가로놓여 있었다.

양초는 탁탁 소리를 내면서 점차 잦아들어갔다. 포비는 그것을 힐끗 보고는 시간이 얼마 남지 않았음을 알았다. 이제 곧 그녀는 이 어두운 묘지에 갇히게 될 것이다.

그녀는 어깨 너머로 뒤를 바라보았다. 이상하리만치 아무런 소리도 들리지 않았다. 구조하러 온 사람들이 육중한 철문을 움직이는 일이 불가능할 것이란 생각도 들었다.

통로가 영구적으로 봉쇄되게끔 설계되어 있는지도 몰랐다. 만약 성주와 그의 가족들이 탈출하기 위해 이 통로를 이용했다면 그들은 추격받는 것을 원치 않았을 것이다.

양초가 쉬쉬식 소리를 내며 흔들렸다.

포비는 마음을 정했다. 이 어둠 속에서 영영 오지 않을지도 모르는 구조를 기다리며 있을 수는 없었다.

그녀는 헤엄을 쳐야 했다.

포비는 돌무더기 가장자리에 양초를 조심스레 내려놓았다. 그런 다음 드레스의 끈을 풀고 너풀거리는 슈미제트(소매 없는 여자용 내의)를 벗었다.

슈미즈만 입은 그녀는 천천히 앉아서 시커멓고 차가운 물 속에 조심스레 다리를 넣었다. 발이 시커먼 물 속으로 사라지자 그녀는 순간적으로 공포에 휩싸였다. 그 밑에 어떤 생물이 살고 있는지 알 방도가 없는 것이다.

물 속에 들어가기 위해서는 오로지 용기만이 필요했다. 양초의 마지막 불꽃이 힘이 되어주었다. 희미한 불빛이 사라지자 포비의 유일한 생각은 앞에서 기다리고 있는 햇살이 비치는 곳으로 가는 것뿐이었다.

다음 순간 그녀는 멀리 빛이 비치는 곳을 향해 열심히 헤엄치기 시작했다.

차가운 물 속에서 급속도로 힘이 빠지기 시작하면서 그녀는 극도로 두려움에 사로잡혔다. 목적지에 반쯤 이르렀을 즈음, 그녀는 숨을 헐떡이며 힘을 달라고 간절히 기도했다. 그녀의 약한 왼쪽 다리는 급속도로 지쳐가고 있었다.

동굴 입구로 가는 길은 끝이 없는 것 같았다. 물은 마치 의도적으로 그녀를 아래로 끌어당기는 것 같았다. 포비는 태엽감는 장난감처럼 기계적으로 헤엄치기 시작했다. 물살을 헤치면서 두 번에 한 번씩 호흡을 하고, 보이지 않는 수렁에 대한 두려움을 자극삼아 물살을 헤쳐갔다.

굴 껍질이 달라붙은 바위를 손으로 고통스럽게 긁는 순간 그녀는 안도감에 그대로 무너질 뻔했다. 공기를 들이마시기 위해 입을 벌린 포비는 힘껏 바위를 잡고 근처에 해안이 있기를 기대하며 햇살을 바라보았다.

잠시 후, 그녀는 자신이 목적을 일부밖에 이루지 못했다는 것을 알았다. 숨겨진 동굴의 입구는 해안선에서 몇 미터 돌출해 나와 있었던 것이다. 그녀가 지금의 위치에 있는다면 아무도 절벽에서 그녀를 발견하지 못할 것이다. 살려달라는 외침도 파도 소리에 묻혀 들리지 않을 것이 분명했다.

그녀는 바위 해변으로 헤엄쳐 가야 하는 것이다.

포비는 적어도 자신이 햇빛이 비치는 곳에 있다고 위로하며 그곳에 조금 더 매달려 있었다. 그다지 춥지는 않았다. 그리고 가야 할 곳도 그리 멀지 않았다.

지치지만 않았어도, 좀더 휴식을 취할 수 있다면 얼마나 좋을까.

그러나 그녀는 조금도 주저하지 않았다. 햇살이 쏟아지고 있건만 물은 점점 더 차가워졌다. 남은 거리를 헤엄쳐 가기 위한 힘을 달라고 누구에게랄 것 없이 기도하는 수밖에 없었다.

"가브리엘,"

해안을 향해 헤엄쳐 가면서 그녀는 나지막이 속삭였다.

"내가 이렇게 당신을 필요로 하는데 당신은 대체 어디 있는 거예요?"

14

"이 사람이 어디 있는 거야?"

가브리엘은 고래고래 고함을 질러댔다.

집사인 롤린스는 가브리엘의 불호령에 약간 흔들리기는 했으나 그 자리에 주저앉진 않았다.

"마님께서 어디 계신지 모르는 상황에서 알려드리게 돼 송구스럽습니다만, 이 시간에는 늘 서재에 계셨는데……."

"지금부터 매시간마다,"

그는 낮게 중얼거렸다. 가브리엘은 뭔가 일이 벌어졌고, 시급히 그에 대처해야 한다는 결론을 내렸다.

최근 포비는 대부분의 여가 시간을 그를 피해 서재에서 보내는 것 같았다.

"하인들을 모두 불러모으도록 해."

"알겠습니다, 백작님."

얼마 지나지 않아 하인들이 큰 방에 모였다. 그러나 포비가 어디 있는지 아는 사람은 한 사람도 없었다. 모두들 그녀가 최근에 서재에서 파묻혀 있었다는 사실만을 인정했다. 마지막으로 그녀를 보았다는 사람도 두 시간 전의 일이었다고 했다.

가브리엘은 화가 솟구치는 동시에 두려움이 엄습하는 것을 억눌렀다. 그는 감정적으로 해서 제대로 되는 일이 하나도 없다는 것을 알고 있었다.

"성 구석구석을 즉시 수색해 보기 바라네, 롤린스. 자네는 하인들을 감독하게. 난 절벽 쪽을 맡을 테니. 한 시간 후에 여기서 다시 만나는 거야."

"알겠습니다, 백작님."

롤린스는 잠시 머뭇거렸다.

"죄송합니다만, 나리께서는 뭔가 좋지 않은 일이 일어났다고 생각하십니까?"

"포비는 산책을 나갔다 길을 잃은 게 틀림없어."

그렇게 말은 했지만 가브리엘은 자신의 말을 믿지 않았다.

"마님은 이쪽 지리를 잘 몰라. 즉시 찾아보도록 하게."

"네, 나리."

가브리엘은 현관으로 나가 계단을 내려갔다. 끔찍스런 불안감에 휩싸인 채 그는 정원을 지나 성문을 나섰다.

그녀는 달아나지 않겠다고 약속했었다.

가브리엘은 절벽으로 다가가 바위와 좁고 긴 해안에 어지럽게 널린 부목들을 내려다보았다. 그녀가 산책을 갔다면 이 절벽에도 머물렀을 것이다. 물가로 내려가려고 하진 않았을 것이다.

그러나 포비는 예측이 불가능한 사람이었다. 엄청난 위험도 감수할 수 있는 여자였다. 그녀를 처음 어디서 어떻게 만났던가 생각하면 그는 지금도 가슴이 철렁했다.

한밤중에, 그것도 한적한 시골길에서. 맙소사!

그녀가 바로 그녀의 최대의 적이었다.

그녀를 찾아내면 그는 그녀에게 짧은 고삐라도 씌워야 하지 않을까? 그는 그런 말도 안되는 생각도 했다.

창자를 쥐어짜는 듯한 두려움이 눈앞을 캄캄하게 했다.

그는 마음을 가라앉히고 포비가 오늘 아침 어떤 드레스를 입었는지 기억해 내려 애썼다. 눈부신 레몬색 드레스에 잔주름이 많은 슈미제트를 입었었다. 그녀의 모습은 눈부시리만치 밝고 화사해 보였었다.

결코 남편에게서 도망치려는 여자의 모습 같지는 않았다.

가브리엘은 절벽 끝을 따라 걷기 시작했다. 다른 모든 가능성이 사라질 때까지는 그녀가 도망쳤다는 생각을 하고 싶지 않았다.

파도가 부딪히는 바위에 하얀 물체를 언뜻 보고 그는 눈을 찡그렸다. 포말이 햇빛에 반사된 것이라고 생각했다. 그러나 잠시 후 흰 물체가 바위 위쪽으로 움직이며 올라오는 것이 보였다. 창백한 다리와 팔, 헝클어진 검은 머리카락이 바위에 드러났다.

포비였다.

가브리엘은 등골이 오싹했다. 순간 그는 포비가 수영하러 갔었나 하는 생각이 들었다. 그러나 곧 그녀가 일렁이는 파도 속에서 살기 위해 안간힘을 쓰고 있다는 것을 알았다.

"포비, 기다려. 내가 갈게."

그렇게 외치면서 그는 수면 위로 튀는 자갈과 이리저리 휩쓸려다니는 모래에도 아랑곳 않고 절벽 아래로 나는 듯이 내려갔다. 마지막의 몇 미터를 뛰어내리고 해변에 닿자, 그대로 허벅지 깊이의 물 속으로 뛰어들었다.

"포비. 오, 하느님, 제발."

그가 그녀를 향해 힘차게 달려가고 있을 때, 헝클어진 채 흠뻑 젖은 머리가 약간 움직였다. 포비는 고개를 옆으로 돌려 바위에 달라붙은 굴 껍질에 얼굴을 댔다. 몸이 반쯤 물 속에 잠긴 채 바위에 매달린 모습이었다.

그녀는 가늘게 뜬 눈으로 가브리엘을 확인하고는 그 와중에도 몹시 지친 기색으로 미소를 지었다.

"당신이 오실 줄 알았어요, 가브리엘."

"아니 대체 여기서 뭐하는 거야?"

가브리엘은 그녀를 바위에서 들어 품에 안았다. 그녀의 젖은 슈미즈는 투명하게 속이 들여다보였다. 누드처럼 선명하게 그녀의 유두가 눈에 들어왔다.

"옷은 어디 있어? 대체 이게 무슨 일이야?"

"당신을 찾으러 갔었어요."

그녀의 목소리는 끔찍할 정도로 약해 있었다. 그녀는 헝겊 인형처럼 그의 품속에 축 늘어졌다. 그녀의 눈꺼풀이 파르르 떨리더니 내려앉아버렸다.

"포비, 눈을 떠봐."

가브리엘의 목소리에는 지독한 두려움이 배어 있었다.

"눈을 떠서 나를 봐."

그 말에 순종하듯 그녀의 눈꺼풀이 애처로울만치 약하게 올라갔다.

"네? 나 이제 안심해도 되는 거죠?"

"그래."

그는 좁은 해변으로 그녀를 데려오며 나지막이 속삭였다.

"이젠 안전해."

그녀는 그에게서 도망친 것이 아니었다.

한 시간 후.

포비는 그녀의 침실에서 베개를 베고 일어나 앉을 수 있을 정도가 되었다. 가브리엘의 보살핌하에 그녀는 따끈한 물에 몸을 푹 담그고 뜨거운 차를 계속 마셨다. 그는 그녀의 볼과 입술의 색이 돌아올 때까지 안절부절 못하고 있었다.

그녀가 홍차를 거부하고 주변에서 쓸데없이 걱정한다며 불평을 늘어놓자, 그는 그녀가 정상으로 돌아왔다는 생각이 들었다. 그는 짤막한 명령을 내려 하인들을 모두 내보냈다.

그는 그녀를 잃을 뻔했다. 그런 끔찍한 생각에 화가 나면서도 속이 아리고 쓰라렸다.

그는 포비를 잃을 뻔했다.

가브리엘은 소용돌이치는 감정을 자제하려고 무진 애를 썼다.

그러나 그것은 거의 불가능했다. 그는 두려움을 포함해 자신이 느끼고 있는 모든 감정을 담아 화를 냈다.

"자 이제, 대체 무슨 일이 있었는지 설명하고 싶겠지? 나를 찾으러 갔다는 그 황당한 소리는 또 뭐야?"

하인들이 나가고 문이 닫히자 그가 다그치듯 물었다.

그녀는 하품을 하며 입을 가볍게 두드렸다.

"앨리스가 당신이 나를 부르러 보냈다고 했어요."

"앨리스가 누구지?"

"하녀죠."

"어떤 하녀?"

포비는 감기는 눈으로 어슴푸레 그를 바라보았다.

"글쎄요, 잘 모르겠어요. 난 하인들을 모두 익혔다고 생각했는데, 이곳은 워낙 크고 외워야 하는 이름과 얼굴도 많고 해서."

"그 여자에 대해 말해봐."

"금발머리에 예쁜 얼굴이었어요. 아직까지 허드렛일을 하는 하녀로 있기엔 좀 나이가 들었다는 생각을 했어요. 적어도 침실을 담당하는 하녀 정도는 되어야 할 나이인데."

가브리엘은 꼼짝도 하지 않았다.

"앨리스가 당신에게 뭐라고 했지?"

"성 지하에서 당신이 만나고 싶어한다고 했어요. 그곳에서 당신이 납골당을 구경시켜 주려고 나를 기다린다고 그러더군요."

포비는 잠시 말을 중단했다.

"난 그때 몹시 흥분되었어요."

"그 여자가 당신을 그곳으로 데려갔단 말이지? 그 길을 안내해서?"

포비는 고개를 끄덕였다.

"그런데 우린 당신을 찾을 수가 없었어요. 앨리스가 불안해해서 다시 올려보내고 혼자서 통로를 따라 계속 갔어요. 그런데 갑자기 끔찍한 사고가 생긴 거예요."

"무슨 사고?"

"육중한 철문이 벽에서 나와 통로를 막아버리는 바람에 그곳에 갇히고 만 거예요. 구조하러 오는 소리도 들리지 않는 데다, 아무도 그 문을 열 수 없다는 생각이 들었어요. 그래서 다른 탈출구를 찾았던 거예요."

"그러다 비밀의 부두를 발견한 거야?"

가브리엘은 도저히 믿을 수 없다는 얼굴이었다.

"맙소사! 당신이 동굴에서 나와 다시 해변까지 그 길을 전부 헤엄쳐 온 거야?"

포비는 희미하게 미소를 지었다.

"아주 어렸을 적에 별장 연못에 뛰어든 적이 있었어요. 몹시 무더운 날이었기 때문에 앤터니 오빠와 오빠 친구들이 하는 것처럼 더위를 식히고 싶었던 거예요. 앤터니 오빠가 물에서 나를 끌어냈죠. 내가 다시 연못에 뛰어들지 않으리란 보장이 없었기 때문에, 엄마께서는 오빠더러 내게 수영하는 법을 가르쳐주는 게 좋겠다고 하셨어요."

"당신 어머니께 감사를 드려야겠군."

"우리 엄마께서 카드놀이 빚을 갚기 위해 돈을 꾸어달라고 하시면 그 사실을 기억하세요."

가브리엘은 굵은 주름이 잡히도록 인상을 썼다.

"카드놀이 빚은 또 뭐지?"

"내가 말하지 않았나요?"

포비는 다시 하품을 했다.

"엄마께서는 카드놀이를 무척 좋아하세요. 그리고 사위를 잠재적으로 재정 지원해 줄 사람으로 보는 경향이 있으세요."

"저런."

"당신이 아버지와 상의하기 전에 나와 의논하는 예의를 갖췄더라면, 청혼하기 전에 엄마의 취미를 미리 알려줬을 텐데."

가브리엘은 짤막하게 미소를 지었다.

"내가 결국 당신 어머니의 빚을 갚아줘야 한다면 그건 전적으로 내 잘못이겠군?"

"그래요."

포비는 잠시 생각에 잠겼다.

"내 가족의 불상사는 얘기하지 않는 게 최선인데. 그건 식구들을 놀라게 하는 것밖에 안돼요. 난 종종 그런 일을 저지르는 것 같아요."

"당신이 원한다면, 그 일은 식구들에게 말하지 않을게."

그녀는 안심하는 미소를 지었다.

"고마워요. 이제 좀 자도 돼요?"

"그래, 포비. 자도 좋아."

가브리엘은 창가에서 나와 침대 발치에 섰다.

"얼굴 표정이 이상해요, 가브리엘. 내가 잠든 사이에 무슨 중대한 일이라도 벌일 건가요?"

"사라진 앨리스를 찾을 거야."

포비는 눈을 감으며 베개에 얼굴을 묻었다.

"그 여자를 찾으면 어쩔 셈인데요?"

"최소한, 아무 말 없이 해고하겠어."

포비는 눈을 휘둥그래 떴다.

"그건 너무 잔인해요. 그 나이에 다른 일을 찾는다는 게 그리 쉽지 않을 거예요."

"내가 경관을 불러 고소하지 않는 것만 해도 다행이라고 생각해야 할 거야. 그 여자는 당신을 죽일 뻔했어."

포비는 그를 유심히 바라보았다.

"당신이 오늘 오후에 나를 부르러 그 여자를 보내지 않았다는 말이에요?"

"그래, 포비, 난 그러지 않았어."

그가 부드럽게 말했다.

"알았어요."

그녀의 표정은 우울했다.

"그러지 않았으면 했는데. 차라리 당신이 그 여자를 보냈다고 하길 바랐어요. 난 그것이……."

그는 눈살을 찌푸렸다.

"그게 무슨 의미라고 생각했는데?"

"당신이 우리 사이에 가로놓인 벽을 허물고 싶어하는 거라고 생각했어요."

"난 우리 사이에 벽을 만들지 않았어, 포비. 당신이 그렇게 한 것이지. 그 벽을 허무는 것은 당신에게 달려 있어."

그는 침대 옆으로 다가와 그녀의 어깨 위로 이불을 끌어당겼다.

"좀 쉬도록 해. 저녁식사를 이리로 보내줄게."

"가브리엘?"

"왜?"

"나를 구해줘서 고마워요."

포비는 그에게 희미하게 미소를 지었다.

"그렇게 하실 줄 알았어요."

"당신은 스스로 살아난 거야."

그런 사실은 그에게 영원히 남아 있을 것이다. 그는 그녀를 잃을 뻔했다.

"아마 당신이 그냥 통로에 있었다면 당신이 그곳에 있다는 생각을 하기까지 오랜 시간이 걸렸을 거야. 나와 함께 가지 않는 한, 아무도 납골당에 내려가지 못하도록 지시를 내려두었었거든. 문은 항상 잠가놓았고."

그녀는 그에게 뭔가 탐색하는 듯한 눈길을 보냈다.

"그러면 앨리스는 왜 나를 그곳으로 데려갔을까요?"

"중요한 질문이야. 그 해답을 찾을 때까지는 쉬지 않겠어."

가브리엘은 방을 나가 조용히 문을 닫았다. 복도에서 그는 포비의 하녀를 불렀다.

"마님이 주무시는 동안 여기서 지키고 있어. 잠시도 혼자 계시게 해서는 안된다."

"알겠습니다. 마님은 괜찮으신가요?"

"괜찮아지실 거야. 내가 돌아올 때까지는 여기를 떠나면 안돼."

"네, 나리."

가브리엘은 서둘러 아래층으로 내려갔다. 롤린스가 큰 방에서 서성대고 있었다.

"마님은 괜찮으십니까?"

그가 걱정스럽게 물었다.

"괜찮네. 앨리스라는 하녀를 즉시 내게 데려오게."

롤린스는 모호한 표정을 지었다.

"앨리스요?"

"금발머리에 예쁘장하고 그런 일을 하기에는 좀 나이들어 보이는 하녀 말이야."

"우리에겐 앨리스란 하녀가 없는 걸로 아는데요. 하지만 크림프턴 부인과 함께 한 번 알아보겠습니다."

"그렇게 하게. 난 납골당으로 내려가는 계단의 발자국을 살펴볼 티니까."

"네, 알겠습니다."

가브리엘은 서재에서 양초를 찾아 복도 맨 끝으로 걸어갔다. 좁고 구불구불한 계단을 내려가던 그는 육중한 문이 잠겨 있는 것을 보고 잠시 걸음을 멈췄다.

10분 후쯤 롤린스가 돌아왔다. 그의 표정은 진지했다.

"앨리스란 이름의 하녀는 없습니다."

가브리엘은 오싹한 기운이 온몸을 타고 흘러내리는 느낌이 들었다.

"앨리스라고 자칭하는 여자가 오늘 이 집에 있었고, 여기 왔었다는군."

"죄송합니다만 그 여자는 모르겠습니다. 왜 그 여자를 찾으시는지요?"

"신경쓸 것 없네. 난 납골당에 내려가봐야겠어."

가브리엘은 벽의 고리에서 열쇠를 가져왔다.

"제가 함께 가보겠습니다, 나리."

"아니야, 롤린스. 자네는 여기서 지키고 있는 게 좋겠어."

롤린스는 차려 자세를 취했다.

"네, 알겠습니다."

가브리엘은 육중한 문을 열고 어두운 통로로 들어갔다. 먼지 싸인 바닥에 두 사람의 발자국이 선명하게 드러났다. 누군가 포비와 함께 이 터널에 있었던 게 분명했다. 자신을 앨리스라 자청하는 누군가가.

가브리엘은 발자국을 따라 통로로 들어갔다. 철문이 앞을 가로막고 있는 것을 보고 그는 어금니를 악다물었다. 포비가 저 뒤편에 갇혀 목숨을 걸고 헤엄쳐야 했다는 생각이 들자 다시금 분노가 일었다.

그는 분노를 억누르고 항상 지니고 다니던 부츠 속의 칼 쪽으로 손을 뻗었다. 포비를 만난 이후로 칼의 필요성을 자주 느끼는 것 같았다.

가브리엘은 벽에 있는 두 개의 돌 틈에 칼끝을 넣고 감춰진 레버를 움직였다. 잠시 후 벽 속의 비밀 공간이 열리며 철문을 조작하는 장치가 드러났다. 철문은 통로에 있는 어떤 돌을 누르면 열리고 닫히게 되어 있었던 것이다.

가브리엘은 그 오래된 도르레 장치를 대단히 심사숙고하여 연구했었다. 바퀴와 체인은 상태가 모두 양호했었다. 비밀 문을 발견하고 나서 그는 기계장치를 수선하느라 많은 시간을 여기서 보냈었다.

낡은 기계장치가 다시 작동하게 되자 그는 대단히 흡족해했었다. 그는 그것으로부터 '무모한 모험'에 그와 유사한 기계장치를 삽입하는 영감을 얻을 수도 있었다.

미스터리한 편집인과 출판업자가 그의 최근 원고를 읽을 기회를 갖지 못했다는 것이 아쉬울 뿐이었다.

앨리스란 여자는 그 장치와 그에 따른 비밀을 알고 있었는지도 모른다.

가브리엘은 하인들이 모두 그 문을 어떻게 열고 닫는지 알고 있다는 사실이 괴로웠다. 비록 그를 동반하지 않고는 아무도 그곳을 드나들지 말도록 지시를 내렸지만, 알고 싶어하는 인간의 본성을 충분히 경험한 그로서는 모든 사람들이 지시를 따르리라고는 믿지 않았다. 그는 누군가 우연찮게 이곳 문 뒤편에 갇히게 되는 것을 정말 원치 않았었다.

포비를 제외한 성 안의 모든 사람들이 문의 조작법을 알고 있었다. 정체를 알 수 없는 앨리스는 시종이나 마구간지기에게서 조작법을 배웠을 가능성도 있다.

그러나 그 여자가 왜 포비에게 해를 입히려 했을까?

가브리엘은 문을 올리면서 이러한 의문을 떠올렸다. 이해가 되질 않았다.

철문은 벽 속의 제 위치로 돌아가면서 소름끼치는 금속성의 소리를 냈다. 가브리엘은 통로를 따라 비밀의 부두가 나올 때까지 걸어갔다.

이리저리 흩어져 있는 구겨진 포비의 옷과 다 타버린 양초가 보이자 다시 한 번 분노가 끓어올랐다. 그는 돌무더기를 철썩철썩 때리는 시커먼 물을 바라보며 포비가 그곳으로 들어가는 모습을 상상했다.

건장한 장정들도 그런 상황에서는 두려움에 온몸이 마비되었을 것이다.

두려움을 모르는 그의 아내는 기사의 용기를 지니고 있었다.

그는 그런 그녀를 잃을 뻔했다.

바닷물이 그녀를 아래로 끌어당기며 빨아들이고 있었다.

"이 책을 훔친 자에게 저주가 있으라. 파도가 그를 삼킬 것이다."

포비는 뒤의 어둠과 아래의 시커먼 수렁을 피하기 위해 필사의 노력으로 미친 듯이 물살을 헤치며 헤엄을 쳤다. 그녀는 끝없는 어둠 속에 둘러싸여 있었다. 유일한 희망은 앞에 있는 한 줄기 빛뿐이었다. 어떻게든 그쪽으로 가야 했다. 그러나 바닷물은 그녀를 끌어당기며 단숨에라도 집어삼킬 기세였다.

그녀가 더 이상 헤엄을 칠 수 없다는 생각이 들었을 때, 어둠 속에서 어떤 남자의 손이 나타났다. 그녀가 망설이는 사이에 또 다른 남자의 손이 그녀를 향해 다가왔다. 두 남자는 모두 자신을 잡는 것이 안전하다고 말했다.

그 중의 한 사람은 거짓말을 하고 있다는 결론이었다.

포비는 선택을 해야 했다. 그러나 잘못된 선택을 한다면 그녀는 죽게 될 것이다.

포비는 자신의 비명이 희미해져가고 있음을 느꼈다.

"포비, 일어나. 눈을 떠봐."

가브리엘의 목소리는 명령조의 거친 음성이었다. 그는 그녀의 어깨를 꼭 붙들고 있었다.

"당신은 꿈을 꾸고 있는 거야. 제발, 포비, 일어나. 이건 명령이야, 내 말 들려?"

포비는 희미하게 꼬리를 붙잡고 남아 있던 꿈에서 깨어나 자신이 침대에 있다는 사실을 깨달았다. 달빛이 창을 통해 쏟아지고 있었다. 가브리엘은 검은색 실크 정장을 입고 그녀 옆에 앉아 있었다. 파리한 달빛 속에 그의 얼굴은 돌처럼 굳어 있었다.

그녀는 말없이 그를 바라보다 그의 품으로 뛰어들었다.

"이런."

가브리엘은 모든 것으로부터 보호하듯 그녀를 꼭 끌어안았다.

"당신은 왜 그렇게 날 놀라게 만드는 거야? 제발 다시는 그러지 마. 그런 비명은 죽은 사람도 깨우겠어."

"꿈을 꾸었어요."

"알고 있어."

"동굴 속에서 빛이 있는 곳으로 헤엄쳐 가려 하고 있었어요. 그런데 『성채의 여인』 마지막에 나오는 저주가 생각났어요. 그것이 꿈과 뒤섞여 있었어요."

그는 고개를 들어 근심스레 그녀를 바라보았다.

"그 저주가 뭐지?"

"모르시겠어요?"

그녀는 두려움과 안도감의 눈물을 재빨리 감췄다.

"『성채의 여인』 마지막에는 책에 흔히 사용되는 저주의 말이 있었어요. 파도가 삼켜버릴 거라는 말이 그 중 일부분이에요."

"생각나. 하지만 포비, 그건 단지 꿈일 뿐이야."

"알아요, 하지만 너무나 생생했어요."

"오늘이 지나고 나면 확실히 나아질 거야. 잠들 수 있게 뭐 좀 보내줄까?"

"아니오, 괜찮아요."

당신이 나를 이렇게 안고 있는다면.

포비는 마음속으로 덧붙였다. 그녀는 가브리엘에게 기대 그의 힘을 빨아들이려고 했다.

오늘 밤 그녀는 그의 몸집과 힘을 새삼 확인하고 있었다. 그가 바위에서 그녀를 잡아당겨 거대한 파도에서 구출해 냈을 때를 생각했다.

꿈속의 마지막 공포는 그녀 마음 깊숙한 곳으로 이미 도망치고 없었다.

"포비?"

"네, 가브리엘?"

"이제는 잠들 수 있을 것 같아?"

가브리엘의 음성은 긴장되어 있었다.

"잘 모르겠어요."

그녀는 솔직히 말했다.

"많이 늦었어. 거의 새벽 2시야."

"알고 있어요."

"포비……."

그녀는 팔로 그의 허리를 감싸고 어깨 쪽으로 얼굴을 돌렸다.

"여기서 나와 함께 있어줘요."

그는 갑자기 온몸이 얼어붙는 것 같았다.

"그건 좋은 생각이 아닌 것 같아, 포비."

"당신이 화가 나 있다는 것 알아요. 하지만 정말 혼자 있고 싶지 않아요."

가브리엘은 그녀의 머리카락을 힘껏 쥐었다.

"당신에게 화난 게 아니야."

"아니, 당신은 화가 나 있어요. 그렇다고 당신을 나무라는 것은 아니에요. 내가 지금까지 당신에게 좋은 아내는 아니었어요, 그렇죠?"

그는 그녀의 머리에 살짝 입을 맞추었다.

"당신은 지금까지 대단히 진보적인 아내였지."

포비는 숨을 깊이 들이쉬고는 좀더 힘껏 그를 끌어안았다.

"전체적으로 내가 너무 어리석었어요. 이제는 알겠어요. 당신에게 좋은 아내가 될 준비가 됐어요, 가브리엘."

가브리엘은 그 말에 곧바로 대답하지 않고 조금 뜸을 들인 후 말문을 열었다.

"오늘 밤 혼자 있기가 겁이 나서 그러는 거야?"

포비는 어이없다는 듯 화를 냈다.

"그렇지 않아요."

성급하게 고개를 드는 바람에 그녀의 머리는 가브리엘의 턱에 부딪혔다. 그녀는 고통을 참으면서 내는 그의 신음 소리에도 개의치 않았다.

"내가 혼자 있는 게 겁나서 당신에게 남편의 권리를 행사하게 해주려는 것으로 보여요? 당장 나가요."

"그럴 수가 없어."

가브리엘은 조심스럽게 턱을 주물렀다.

"일어나려다 쓰러질지도 몰라. 당신이 나를 치는 바람에 지금 어질어질하거든. 어디서 강습받은 적이라도 있어?"

포비는 걱정스러운 듯 그의 턱을 살짝 만져보았다.

"아파요?"

"괜찮아지고 있어."

그는 그녀를 다시 베개에 눕혔다. 그녀 앞으로 다가오는 그의 얼굴에 자극적이고도 음흉한 미소가 넘실거렸다.

"운이 좋다면, 내가 당신에게 아주 중요한 강습을 해줄 수 있을 텐데."

포비는 떨떠름하게 미소를 지었다.

"무슨 강습이죠?"

"남편이 자신의 권리 행사를 즐기는 것처럼 아내가 자신의 권리 행사를 즐길 수 있는 강습이지."

포비는 두 팔로 그의 목을 끌어안았다.

"열심히 귀를 기울일게요."

"걱정하지 마. 당신이 이번에 기본적인 것들을 파악하지 못하면, 그렇게 할 때까지 계속 연습할 거야."

가브리엘은 천천히 그녀의 감각을 마비시키는 뇌쇄적인 키스를 했다. 그녀는 가브리엘과 공유하고 싶었던 진한 접촉에 굶주린 듯한 반응을 나타냈다.

그가 아직 그녀를 사랑하지 않는다는 것은 문제가 아니라는 생각이 들었다. 그는 그녀를 품에 안고 있으면서 자신의 일부를 그녀에게 허락했다.

조그만 불꽃이 사랑으로 피어오를 때까지 그 정도로 만족할 수 있을 것 같았다. 그런 생각이 들자 그녀는 흡족한 듯 그를 힘껏 붙들었다.

가브리엘은 그녀의 볼에 대고 부드럽게 웃었다.

"그렇게 서두르지 마. 이번에는 잘할 수 있을 거야."

"무슨 말인지 모르겠어요. 우리가 제대로 하지 않았어요?"

"조금은."

그는 그녀의 맨가슴이 드러나도록 잠옷을 천천히 내렸다.

"이번에는 제대로 할 수 있겠지."

포비는 그의 혀가 유두를 스치자 숨을 헐떡였다. 본능적으로 그녀는 그의 머리카락을 움켜쥐었다.

"이렇게 하는 게 좋아, 포비?"

"좋아요."

"어떤 부분에서 가장 기분이 좋은지 말해줘야 해."

그가 부드럽게 유두를 빨아당기자 그녀는 자신의 입술을 핥았다. 달콤한 긴장감이 그녀의 몸 속 깊은 곳에서 움트기 시작했다.

"아…… 기분이 정말 좋아요."

"그럴 거야."

그는 그녀에게서 몸을 조금 일으켜 옷을 벗었다. 단단한 근육질의 몸매가 달빛 속에서 매력적으로 드러났다.

포비는 강인해 보이는 그의 어깨를 어루만지면서 행복한 생각에 젖어들었다.

"멋진 몸매를 지니셨어요."

"아니야, 그렇지 않아. 하지만 당신이 나에게 그런 환상을 갖고 있다면 하는 수 없지."

가브리엘은 그녀의 드레스를 천천히 아래로 끌어내리며 젖가슴과 부드러운 배에 뜨거운 키스를 퍼부었다.

"당신은 정말 아름다워."

그녀는 조금은 터무니없는 그의 말에 웃고 싶었지만 감각은 어느새 혼란 속으로 완전히 빠져들고 있었다. 웃음은 부드러운 욕망의 한숨이 되어 나왔다.

"당신이 그렇게 생각해 주니 기뻐요, 가브리엘. 당신이 키스할 때면 나는 하늘을 나는 것 같아요."

"그러면 더 자주 해줘야겠는 걸?"

가브리엘은 그녀의 다리를 벌리고 그 사이에 자신의 몸을 넣었다.

포비는 허벅지 사이에서 그의 입술이 느껴지자 온몸을 파르르 떨었다. 입술의 움직임이 강렬해지자 그녀는 숨을 쉴 수조차 없을 지경이었다.

"가브리엘, 잠깐만, 뭐하려는 거예요?"

"이렇게 하는 게 좋은지 말해봐."

그는 그녀의 은밀한 부분을 덮고 있는 곳에 입을 맞췄다.

포비는 흠칫 움츠러들었다.

"가브리엘, 그만해요."

그녀는 있는 힘을 다해 가브리엘의 머리카락을 움켜쥐었다.

"대체 뭐하려는 거예요?"

"이렇게 하는 게 싫어?"

그는 조그맣고 민감한 그곳에 혀를 댔다.

그녀는 날카로운 비명을 질렀다.

"오, 세상에. 안돼요, 당장 그만둬요."

그녀는 그의 머리를 뒤로 힘껏 젖혔다.

"아야. 처음엔 턱을 치더니 이번엔 머리카락을 뽑아버릴 작정인가? 당신과 사랑의 행위를 한다는 건 완전히 모험이야."

"내가 싫다고 말하면 그만둔다고 했잖아요."

그녀는 숨을 헐떡였다.

"아니, 난 그런 말 한 적 없어. 당신이 좋아하는 형태를 말해 달라고 했을 뿐이지."

"분명히 해두지만 난 이런 형태의 것은 좋아할 수 없어요. 이 건 너무나……."

포비는 섬세한 여자의 그곳에 그의 혀가 닿는 순간 말을 중단했다. 더 이상 저항하지 못하고 그녀는 그 신비로운 감정을 찾아 가브리엘 쪽으로 몸을 활처럼 구부렸다.

"가브리엘."

"좋아한다고 말해봐, 포비."

"가브리엘, 그만해요, 난……."

"좋아한다고 말해봐."

그는 그녀의 살점을 부드럽게 빨았다.

포비는 거의 숨을 쉴 수가 없었다.

"견딜 수가 없어요."

"그래, 그럴 거야. 당신은 모험을 즐기는 여자니까."

그는 또 다른 손가락을 그녀의 몸 속으로 넣었다.

포비는 견딜 수 없는 키스가 계속해서 그녀를 유린할 때 가브리엘 아래서 몸부림쳤다. 이제는 더 이상 저항할 수조차 없었다. 그녀가 할 수 있는 일이라고는 열정의 파도에 굴복하는 것뿐이었다.

"이렇게 하는 게 좋다고 말해봐, 포비."

"가브리엘, 난 그럴 수 없어요……. 난…… 그래요, 맞아요. 이렇게 하는 게 좋아요. 무척 좋아요. 오, 세상에, 미칠 것 같아요."

그녀는 그를 꼭 붙잡았다. 이번에는 뜨거운 키스를 위해 스스로 몸을 들어올려 그를 꼬옥 끌어안았다.

"가브리엘."

"그래, 그렇게 하는 거야. 거기에 자신을 맡겨봐. 내가 안전하게 지켜줄게."

그는 또다시 키스를 했고 포비는 천 갈래로 산산 조각이 나는 느낌이었다. 그녀는 승리감에 도취된 가브리엘의 신음 소리를 거의 인식하지 못했다. 그가 그녀의 몸 위쪽으로 서서히 올라오고 있었다.

그가 입술로 그녀의 입술을 덮었을 때 그 감촉으로 그녀는 화들짝 놀랐다. 잠시 후, 그녀는 그가 잔뜩 힘을 주고 몸부림치는 그녀의 몸 속으로 깊숙이 들어오는 것을 맞이했다.

　그녀가 그의 침입에 보조를 맞추긴 했지만 흥분의 파도는 점점 더 거세어지는 것 같았다. 포비는 그날 오후 파도치는 바위에 매달려 있었던 순간처럼 가브리엘에게 단단히 매달려 있었다.
　그러나 지금 그녀는 확실하게 안전했다.

15

　가브리엘이 눈을 떴을 때는 희미한 새벽빛이 바다를 비추며 창문으로 들어오고 있었다. 그녀가 옆에 안전하게 있다는 것을 확인하듯 그는 본능적으로 그녀를 꼭 끌어안았다.

　그녀는 있어야 할 자리에 정확히 있었다. 예쁘게 무르익은 그녀의 엉덩이가 그의 엉덩이 옆에 바짝 붙어 있었고, 조그맣고 예쁜 발은 그의 다리 옆에 나란히 놓여 있었다. 그는 손으로 둥글고 보드라운 젖가슴을 감쌌다.

　가브리엘은 그의 품에 안겨 있는 아내와 함께 이른 아침 햇살 속에 깨어나는 단순하고 새로운 즐거움에 폭 빠져들었다. 육체적 관계에 대한 낯선 감정도 충분히 조화를 이루어가고 있었다.

그녀는 마침내 그의 사람이 되었다. 그녀는 그가 바라던 대로 굴복하고 말았다. 그녀의 반응은 완벽하면서도 자유분방했다.

하찮은 일 한 가지가 마음에 걸리긴 하지만, 가브리엘은 원하던 모든 것을 얻었다는 생각이 들었다.

그 하찮은 일이란 그녀가 그에게 사랑한다고 말하지 않은 것이었다. 그녀가 비록 그의 품에 안겨 정신없이 몸부림치며 열기에 휩싸여 그의 이름을 부르기는 했지만 그 말은 하지 않았던 것이다.

그것은 별 문제가 아니라며 가브리엘은 스스로를 위로했다. 어쨌든 그녀는 간밤에 수많은 여러 가지 방법으로 사랑을 고백했다. 그는 그녀가 어떻게 애무했고, 처음엔 애를 태우다 차츰 어떻게 자신감을 갖게 되었는지 하나하나 기억하고 있었다.

그녀는 상황을 감지한 듯 부드럽게 어루만지기 시작했다.

"가브리엘?"

"음?"

그는 그녀를 옆으로 돌려 그녀의 장밋빛 유두가 보이게끔 이불을 끌어내렸다.

포비는 몸부림치며 이불을 홱 잡아당겼다.

"춥단 말이에요."

"내가 따뜻하게 해줄게."

그는 그녀의 부드러운 젖가슴에 따스하게 키스했다.

그녀는 흥분과 열정과 더불어 신비스런 눈길을 담아 그를 쳐다보았다.

"죵말 이상해요, 그렇지 않아요?"

“뭐가?”

그는 그녀의 유두를 음미하느라 정신이 없었다.

“아침에 한 침대에서 다른 사람과 깨어난다는 것 말이에요.”

가브리엘은 흠칫 고개를 들었다.

“당신 침대에 있는 사람은 남이 아니라 바로 당신 남편이야.”

“알아요, 하지만 이상하긴 마찬가지예요. 불쾌하다는 게 아니라 조금 뭐랄까, 신비하다는 거예요.”

“곧 익숙해질 거야.”

“그렇겠죠.”

그녀는 확신이 서지 않는 음성으로 동의했다.

“나를 믿어. 당신은 완벽하게 익숙해질 테니까.”

그는 누워서 그녀를 가슴으로 끌어당겼다. 그의 그것이 그녀의 허벅지에 닿았다.

“맙소사, 가브리엘.”

포비는 못마땅한 듯 눈살을 찌푸렸다.

“당신은 늘 이런 상태로 잠에서 깨어나는 거예요?”

“당신은 아침에 늘 그렇게 말이 많은가?”

그는 그녀의 다리를 붙잡고 그의 둔부를 가로질러 자신의 몸 위에 걸터앉게 했다.

“잘 모르겠어요. 이미 말했던 대로, 다른 사람과 함께 일어나는 일에는 익숙지 않아서…… 가브리엘, 뭐하는 거예요?”

포비는 그가 손으로 그녀의 보드라운 그곳을 찾아 부드럽게 애무하자 숨이 막히는 것 같았다.

그는 거의 순간적으로 따뜻한 액체를 쏟을 것 같은 느낌이 들었다 가브리엘은 빙긋이 웃었다.

"난 어린 아내를 다루는 법을 익히고 있는 중이야. 그러니까 내가 훌륭한 학생이라는 점은 당신도 인정해야 할 거야."

그는 두 손으로 그녀의 엉덩이를 잡은 채 그녀 속으로 서서히 몸을 움직였다.

"가브리엘."

"그래, 여기 있어, 포비."

잠시 후, 가브리엘은 마지못해 이불을 한쪽으로 걷어내고 자리에서 일어났다.

"아직도 이른 시간이에요."

포비는 졸리운 음성으로 말했다.

"어디 가는 거예요?"

"옷을 입으려고."

그는 침대에 기대 그녀의 맨엉덩이를 부드럽고 다정하게 토닥거렸다.

"당신도 옷 입어. 아침식사 후에 곧장 런던으로 출발할 거니까."

"런던?"

포비는 잠이 몽땅 달아나버린 듯 벌떡 일어나 앉았다.

"왜 런던으로 돌아가는 거예요? 이곳에 겨우 며칠밖에 묵지 않았는데."

"해야 할 일이 있어, 포비. 우리 결혼이 뜻하지 않게 치러졌다는 걸 당신도 알고 있을 거야."

“네, 하지만 그렇다고 해서 급하게 다시 되돌아갈 필요는 없잖아요.”

“당신을 뒤쫓느라 중요한 일 몇 가지를 하지 못했어, 이 사람아.”

그는 옷을 집어들었다.

“더 이상 그 문제들을 방치해 둘 수 없어.”

“우리가 이렇게 급하게 서둘러야 할 정도로 중요한 일이 뭐예요? 난 이곳 ‘악마의 안개’가 마음에 든단 말이에요.”

그는 미안한 마음으로 미소를 지었다.

“당신이 이 집을 좋아한다니 나도 기뻐. 하지만 우린 오늘 떠나야 해.”

포비는 턱을 치켜 올렸다.

“아침식사를 하면서 이 문제를 좀더 의논한 후에 결정해도 될 거예요.”

가브리엘의 한쪽 눈썹이 치켜 올라갔다.

“포비, 당신은 이제 아내야. 바로 내 아내라구. 그것은 이런 문제에 있어 내 결정을 따라야 한다는 의미야. 우린 두 시간 이내에 런던으로 떠날 거야.”

“알았어요.”

포비는 침대에서 기어나와 사라사 천으로 된 실내복을 움켜쥐었다.

“가브리엘, 당신에게 미리 말해두겠는데 평화로운 결혼생활을 즐기고 싶다면, 어떤 일에 대해 당신이 완전히 결정을 내리기 전에 나와 의논해야 한다는 것을 알아두세요. 난 스물네 살이에요,

당신의 종잡을 수 없는 생각에 따라 지시를 받아야 하는 소녀가
아니라구요."

그는 자신의 침실과 연결되는 문에서 돌아서서 문틀에 어깨를
기대고 팔짱을 꼈다.

"우리는 두 시간 안에 런던으로 떠날 거야. 당신이 옷을 입지
않고 짐도 꾸리지 않는다면, 지금 있는 그대로 마차에 태울 수
밖에 알겠어?"

포비는 반항의 뜻으로 입술을 굳게 다물고 그를 노려보았다.

"당신이 야만인처럼 행동하고 싶어한다면 절대로 그렇게 끌려
가진 않겠어요."

"내기하고 싶어?"

그녀는 다시 공격하려다 잠시 주저했다. 가브리엘은 그녀의
눈에서 빛이 발하는 것을 보고 속으로 걱정했다. 똑똑하고 강인
한 성격의 여자를 아내로 갖는 데는 불리한 점들이 있다는 것을
알고 있었다.

"잠깐만 기다려요."

포비는 천천히 말했다.

"혹시 어제 일 때문에 이러는 거예요?"

가브리엘은 피곤한 듯 숨을 내쉬었다. 그가 단순히 독단적으
로 행동하는 것이라고 확신시킬 다른 방법이 없었다.

"그게 최선이라는 생각이 들었어, 포비. 당분간 '악마의 안개'
에서 떠나 있는 게 좋겠어."

포비는 걱정스러운 표정으로 황급히 앞으로 다가왔다.

"하지만 가브리엘, 그것은 우연한 사고였어요."

"우연한 사고라고?"

그녀는 생각에 잠기며 고개를 흔들었다.

"그게 아니라면 달리 무슨 일이겠어요?"

"난 그렇게 생각지 않아. 정체불명의 앨리스란 여자가 고의로 그런 끔찍한 일을 저질렀을 거야. 그 여자는 당신을 죽일 수도 있었어. 여기를 떠나기 전에 이 지역의 경관에게 사건의 전모를 얘기해 둘 생각이야. 그 사람은 앨리스가 누구인지 잘 알고 있을지도 몰라. 하지만 그 여자를 찾을 때까지 당신이 이곳을 떠나 안전하게 있었으면 좋겠어."

포비는 생각에 잠겨 눈살을 찌푸렸다.

"그 불쌍한 여자는 미쳤는지도 몰라요."

"그렇다면 정신병원에 수용되어 있어야지. 난 그 여자가 이 주변을 돌아다니는 것을 원치 않아. 다시 말하지만 두 시간이야, 포비."

그는 곧장 자신의 침실로 들어갔다. 그는 문득 자신이 설명하는 일에 익숙지 않다는 생각이 들었다. 남태평양에서 얻은 거라고는 명령을 강요하는 능력뿐이었다. 그것은 확실히 그에게 자신 있는 분야였다.

모든 명령마다 의문을 갖는 아내를 둔다는 것은 참으로 괴로운 일이었다.

메러디스는 진홍색 비단 한 필을 보고 눈살을 찌푸렸다.

"포비, 이건 내가 본 중에 제일 촌스러워. 제발 부탁인데, 이런 천으로 옷을 만들지 마."

"이 천이 마음에 안 들어? 난 무척 매력적이라고 생각했는데."

포비는 화려한 비단을 만지며 불타는 듯한 색깔에 매료되었다.

"정말 안 어울려."

"글쎄, 언니가 그렇다면."

"네가 그걸 입으면 아주 이상해 보일 거야."

포비는 못내 한숨을 짓더니 가게 주인을 쳐다보았다.

"다른 색을 골라야겠어요. 자주나 노랑색 있어요?"

"그럼요, 부인."

가게 주인은 다른 비단을 꺼냈다.

"멋진 자주색 공단과 아주 훌륭한 노란색 이탈리아 비단이 있습니다."

메러디스는 진저리를 쳤다.

"포비, 난 네가 옅은 파랑색 모슬린이나 분홍 공단을 생각해 봤으면 해."

"난 밝은 색이 좋아. 언니도 알잖아."

"그렇긴 하지만, 넌 이제 백작부인이야."

"그게 무슨 상관이야?"

포비는 의아해하며 물었다.

"네 남편을 위해서라도 패션에 좀더 신경을 써야지. 잔가지 무늬가 들어간 분홍과 흰색이 섞인 모슬린으로 한 번 해봐. 파스텔 톤이 대 유행이야."

"난 파스텔 톤은 싫은데. 한 번도 좋다고 생각해 본 적이 없어서."

메러디스는 한숨을 쉬었다.

"너에게 가르쳐주려고 노력하고 있잖아. 넌 왜 그렇게 늘 고집을 부리는 거니?"

"왜냐하면 그건 사람들이 내 생활 전체에 끼어들어 내 길을 안내해 주려 하기 때문이야."

포비는 화려한 자주색 벨벳을 만지작거렸다.

"오, 이게 좋겠다."

"무도회 드레스로? 농담이겠지."

"중세 의상으로는 좋겠다는 생각이 들어."

포비는 그 효과를 알아보기 위해 자주색 벨벳 위에 노란 비단 조각을 드리워보았다.

"여름중에 '악마의 안개'에서 파티를 열기로 했거든."

"그거 좋겠다. 이제 너도 와일드 백작부인이니까 파티를 열 때가 됐어. 그런데 이것은 어느 시대 의상이지?"

포비는 빙그레 미소를 지었다.

"파티의 주제를 중세 마상시합으로 하고 싶어."

"마상시합? 갑옷으로 무장한 남자들이 말에 올라타고 돌진하는 것 말이니?"

메러디스는 경악스런 표정을 지었다.

"'악마의 안개'는 그런 파티를 하기엔 안성맞춤이지. 아무도 다치게 하지는 않을 거야. 양궁시합과 무도회도 열고, 재담가와 음유시인 부분을 연기해 줄 배우를 쓸 생각이야. 모든 사람들은 당연히 거기에 맞는 의상을 입어야 하겠지?"

"포비, 그건 엄청난 일인데."

메러디스는 조심스럽게 말했다.

"넌 소규모 모임도 주최해 본 일이 없잖아. 그런 일을 정말 벌
일 생각이니?"

"구척 재미있을 거야. 와일드도 재미있어할 거라고 생각해."

메러디스는 포비를 유심히 살폈다.

"이렇게 물어봐서 미안하지만, 남편과 이 일을 의논했니?"

"아직."

포비는 깔깔대며 웃었다.

"하지만 그 사람은 허락해 줄 거야. 그런 일은 그 사람에게도
구미가 당기는 일이거든."

"확실해?"

"물론이지."

20분 후에야 포비와 메러디스는 마침내 가게를 떠났다. 그들
이 데려온 시종은 자주색 옷감과 밝은 노랑색 비단 한 필씩을
들게 되었다. 포비는 그 물건에 대단히 흡족해했으나 메러디스는
체념한 모습이었다.

"기왕 여기에 왔으니까 이 부근에 있는 레이시 책방에 들러야
겠어."

포비가 생각났다는 듯이 메러디스에게 제안했다.

"여기서 가까워."

"그러자꾸나."

메러디스는 책방을 향해 걷는 동안 잠시 아무 말도 없었다.
그러더니 주저하며 포비 옆으로 가까이 다가섰다.

"너한테 물어볼 게 있어."

"뭔데?"

포비는 레이시 책방에 가는 일을 지체할 수 없었다. 가브리엘은 아침식사 시간에 가끔씩 자신의 최근 원고를 출판업자에게 보냈다는 말을 하곤 했었다.

포비는 가브리엘에게 하마터면 자신이 그의 출판업자라는 사실을 고백할 뻔했다. 그러나 그녀는 자기가 그의 원고를 먼저 읽어봐야 한다고 말함으로써 위기를 조심스럽게 넘기곤 했다.

가브리엘은 절대 안된다고 말했다.

"난 그런 문제에 대해서만큼은 확고 부동한 신조를 갖고 있지. 나와 출판업자를 제외하고는 아무도 내 원고를 읽을 수 없어, 그게 철칙이야."

그런 다음 그는 오만하게 미소를 지었다.

"게다가 현대소설에 대해 당신이 뭘 알겠어? 당신은 옛날 책에 있어서나 전문가겠지."

너무나 화가 난 포비는 편집자이자 출판업자가 바로 자신이라는 은밀한 비밀을 고백하지 않은 죄책감을 한쪽으로 접어두었었다.

메러디스는 머뭇머뭇 망설였다.

"포비, 음, 결혼생활이 행복하니?"

생각에서 깨어난 포비는 놀란 표정으로 언니를 쳐다보았다. 메러디스의 예쁜 눈동자에는 수심이 가득했다.

"참, 언니도. 무엇 때문에 그렇게 묻는 거야?"

"난 네가 결혼이 성급하게 이루어졌다는 느낌을 받을 거라고 생각했어. 네가 와일드가 너를 알 수 있는 시간을 갖기를 원한다고 알고 있었거든."

메러디스는 무슨 생각을 했는지 얼굴이 빨개졌다.

"문제는 네가 달아난 그날 모두들 화가 났었다는 거야."

"그랬어?"

"그래, 와일드만 빼고 우린 모두 기가 죽어 있었지. 그 사람은 무척 화가 나 있었어. 난 와일드가 너를 뒤쫓아가면서 계속 화가 나 있지 않을까 걱정이 되더라. 그 사람이 어떻게 할는지 알 수 없었으니까. 넌 내 말뜻을 알 거야."

'아니야, 언니, 난 언니가 무슨 얘기를 하는 건지 모르겠어. 도대체 무슨 말을 하는 거야?"

메러디스의 얼굴이 더욱 빨개졌다.

"그러니까, 음, 8년 전에 와일드와 있어본 경험 때문에 난 그 사람의 성질을 알아. 난 그 사람이 너에게 포악하게 굴지 않았을까 걱정했어."

포비는 눈살을 찌푸렸다.

"그 사람은 날 때리지 않았어, 언니가 염려하는 게 그거야?"

"아니야, 틀렸어."

메러디스는 주변을 힐끗 둘러보고는 시종이 엿듣지 못할 거라는 확신이 서자 말했다.

"내가 말하려는 건 그 사람이 아마, 솔직히 말해서, 침실에서 신사답지 않았을 거란 말이야. 성격이 늘 곤두서 있는 사람이라 화가 나면 여자의 감수성을 배려하지 못할 거라는 생각이 들었어."

포비는 별것도 아닌 일에 목소리까지 낮추는 언니를 희한하다는 듯이 바라보았다.

"언니, 연인으로서 와일드의 행동이 언니가 걱정하는 부분이라면 걱정할 필요 없어. 그것은 그 사람이 가지고 있는 몇 안되는 장점 중의 하나니까."

레이시의 책방에서 포비는 언니에게 자신은 가게 뒤편에 있는 특별한 책을 구경하고 싶다고 말했다. 점원도 메러디스도 그녀의 말을 당연하게 받아들였다. 포비는 레이시가 갖고 있는 '특별한 책'들을 그런 식으로 자주 보아왔기 때문이었다.

"네가 그 낡은 책들을 보고 있는 동안 나는 여기서 둘러보고 있을게. 하지만 서둘러야 돼, 포비. 오후엔 장갑만드는 가게에 들러야 하거든."

"오래 걸리지 않을 거야."

레이시는 기름 묻은 걸레를 손에 쥐고 흡사 애인이라도 다루듯 커다란 인쇄기계 주변을 서성이고 있었다. 포비가 뒷방으로 들어서자 그는 그녀를 곁눈질로 바라보았다.

"여기 계세요, 레이시 씨?"

"책상 위에 있어요. 한 시간 전에 준비해 놨어요."

레이시는 앞치마 주머니에서 술병을 꺼내 한 모금 들이켰다. 손등으로 입을 쓱 닦고 나서 그는 심각한 표정을 지으며 그녀를 바라보았다.

"우린 꽤 많은 돈을 벌게 되겠지요, 안그렇습니까?"

"물론이에요, 레이시 씨. 그럼 다음에 봬어요."

포비는 책상 위의 보따리를 재빨리 나꿔채 뒷방을 나왔다.

메러디스는 그녀가 들고 있는 짐보따리를 힐끗 보고 쯧쯧 혀를 찼다.

“보아하니 책을 또 산 모양이구나.”
“이번엔 아주 특별한 거야.”

사흘 후.

클레링턴 백작 부부의 오랜 친구들이 열어준 성대한 무도회에서 엄마를 발견한 포비는 곧장 그녀를 향해 달려갔다.

리디아는 사랑을 가득 담은 눈으로 그녀를 쳐다보았다.

“포비구나, 내 아기. 너를 찾고 있었단다. 네 남편은 어디 있지?”

“와일드는 나중에 오겠다고 했어요. 그 사람이 무도회나 밤모임을 별로 좋아하지 않는다는 걸 엄마께서도 알고 계시잖아요.”

“그래, 그렇지.”

리디아는 부드럽게 미소를 지었다.

“와일드에게 돈을 좀 꾸어달라고 하기엔 너무 이르겠지? 어제 랜틀리 부인의 카드 파티에서 좋지 않은 판에 끼어들었지 뭐니. 물론 곧 만회하겠지만 지금으로선 빚을 갚을 자금이 부족하구나.”

“엄마께서 직접 물어보세요, 나한테 대신 물어봐달라고 하지 마시고.”

“포비, 정말이지 내가 직접 와일드에게 간다는 게 적절한 일인지 모르겠구나.”

“왜 그러면 안된다는 건지 이유를 모르겠군요. 그런데 어쩌다가 엄마께서 랜틀리 부인의 카드 놀음에서 그렇게 큰 돈을 잃으신 거예요? 엄마께서는 그 분 댁에서 벌이는 판은 대체로 따는

편이시잖아요."

"내 말이 바로 그 말이야."

리디아는 일말의 자존심을 세우며 말했다.

"그런데 어제는 소문이 너무나 그럴듯해서 카드보다는 그 일에 더 신경을 썼지 뭐니. 실수할 땐 항상 그래."

"어떤 소문인데요?"

리디아는 몸을 포비 가까이 기대왔다.

"프러드스톤 경이 최근에 벨벳 헬이라는 고급 매춘굴에 빈번히 드나드는 것 같다는 얘기야. 물론 그 부인은 그가 그곳에 출입하는 것을 알고 몹시 화가 나 있고. 그래서 소문인 즉, 부인이 복수를 계획하고 있을 거라는구나."

"그럼 그렇게 해야 해요. 근데 벨벳 헬이라는 곳이 뭐하는 데예요? 전 들어보지 못한 곳인데."

"물론 그렇겠지."

리디아는 어물어물거렸다.

"하지만 이제 너도 결혼을 했으니까 그런 세계에 대해 좀더 알아둘 필요가 있어. 벨벳 헬은 런던에서도 가장 고급스런 매춘굴의 하나야. 대단한 신사들만을 대상으로 하는 곳이지."

"와일드가 그런 곳에 발을 들여놓았다는 얘기를 들으면 전 그 사람 목을 조를 거예요."

리디아는 대꾸를 하려다 말고 놀란 입을 다물지 못했다.

"세상에! 포비, 뒤를 봐, 어서. 안경을 쓰지 않아서 확신할 수 없다만 저 신사는 어쩐지 낯이 익구나."

"누구 말씀이세요?"

포비는 어깨 너머로 힐끗 엄마가 가리키는 곳을 보았다. 거친 머리결, 담갈색 눈동자의 사내가 북적대는 사람들 틈새로 그녀를 향해 다가오는 것을 보고 포비는 복부를 한 대 얻어맞은 느낌이 들었다.

"세상에, 닐이에요."

"내 그럴 줄 알았다."

리디아는 눈살을 찌푸렸다.

"죽은 줄 알았는데. 네 아버지 말씀이 정확하구나. 벡스터는 남들에 대한 배려가 전혀 없다더니."

포비는 그 말을 듣지 않고 있었다. 여전히 충격에서 헤어나지 못한 채 그녀는 앞으로 한 걸음 내디뎠다. 거의 아무 말도 할 수 없었다.

"닐?"

"안녕하십니까, 아름다운 포비 양?"

닐은 그녀의 장갑낀 손을 잡고 대단히 정중하게 절을 했다. 그녀가 그렇게 생각해서 그런지 그의 미소는 약간 슬퍼 보였다.

"이제는 와일드 부인이라고 불러야겠군요."

"닐, 살아 있었군요? 우리는 당신이 죽은 줄 알았어요."

"안심하세요, 유령은 아니니까."

"세상에, 믿을 수가 없어요."

포비는 여전히 망연자실한 채 아무것도 제대로 생각할 수가 없었다. 그녀는 무엇보다도 그의 외적인 변화에 놀라고 있었다.

8년 전에 알았던 닐은 훨씬 부드러운 인상이었다. 지금 그의 눈동자에는 비통함이 담겨 있었고, 입가에도 전에 없던 주름이

진하게 자리를 잡고 있었다. 거기에다 예전보다 더 강인해 보였고, 과거에는 느낄 수 없었던 뭐라 말할 수 없는 천박함도 느껴졌다.

"나와 함께 춤추겠습니까? 사랑하는 포비와 이렇게 가까이 있는 즐거움을 느껴본 지도 오래됐군요."

대답을 기다리지도 않고 닐은 그녀의 손을 잡아 그녀를 댄스홀로 이끌었다. 느리고 아름다운 왈츠의 선율이 홀 안을 가득 채울 때 그녀는 그의 품속에 안겨 있는 자세가 되었다. 몸은 기계적으로 춤을 추었지만, 마음은 의문으로 소용돌이쳤다.

"닐, 정말 믿을 수가 없어요. 당신이 살아 있는 것을 보니 얼마나 기쁜지 몰라요. 도대체 무슨 일이 있었던 거예요?"

그녀는 남태평양에서 닐의 행동에 대해 가브리엘이 말해주었던 내용이 생각났다.

"끔찍한 소문들이 있었어요."

"그래요? 당신 남편이 그런 소문을 퍼뜨릴 거라고 생각했소. 나를 죽이는 데 성공하지 못했다는 걸 알고는 중상모략하는 얘기를 만들어냈을 거요."

포비의 입술이 타들어갔다.

"와일드가 당신에 대해 거짓말을 했다는 건가요? 당신은 해적이 아니었어요?"

"내가? 해적이라고? 당신의 진정한 란셀롯을 어떻게 그런 식으로 생각할 수 있어요?"

닐의 시선이 험악해졌다.

"당신에게 정말 놀랐소, 내 사랑."

"당신의 사랑이라고 부르지 말아요, 닐. 난 당신의 사랑이 아니었어요."

그녀는 망설였다.

"왜 제게 놀랐다는 거죠?"

"포비, 당신은 역사상 남태평양에서 가장 잔인하다고 하는 해적 중의 한 사람과 결혼했어요. 그는 해운 항로의 골칫거리였소. 내가 가진 작은 배를 가로채 약탈하고, 배에 탄 모든 사람들에게 칼로 죽든지 바다에 빠지든지 둘 중의 하나를 선택하게 했소. 난 바다를 택했지."

"다니오, 난 그 말을 믿을 수 없어요. 닐, 당신은 잘못 알고 있는 거예요."

"난 거기 있었소. 거의 죽을 뻔했어요. 내 말을 믿어요, 그건 사실이오. 모든 말이 다 사실이오."

"무슨 일이 있었던 거예요? 어떻게 살아난 거죠?"

"나무조각을 타고 떠다니다가 어느 섬의 해안으로 밀려갔소. 갈증과 배고픔, 찌는 듯한 더위 때문에 거의 미칠 뻔했지. 사랑스런 당신 얼굴에 대한 기억 때문에 살려고 버텼소."

"세상에."

닐은 입을 꼭 다물었다. 그의 담갈색 눈동자는 잠시 분노로 이글거렸다.

"그곳에서 벗어나기까지 수개월이 걸렸지. 결국 항구의 마을에 도달했을 때 내 수중엔 돈 한 푼 없었소. 와일드가 내 배를 침몰시켜 난 망하고 말았던 거요. 내가 가진 돈을 모두 그곳에 투자했는데…… 영국으로 돌아올 수 있는 충분한 자금을 모으느라 그 모든 시간을 들였소."

포비는 그를 바라보았다.

"닐, 난 무슨 말을 하고 무엇을 믿어야 할지 모르겠어요. 어느 것 하나도 이해가 되질 않아요. 우리 아버지께서 당신에게 영국을 떠나도록 돈을 주셨다고 들었어요."

"당신 아버지가 우리 사이가 좋아지는 걸 원치 않았다는 건 우리 둘 다 잘 알고 있는 사실이잖아요?"

닐은 그녀에게 부드러운 음성으로 말했다.

"그래요, 어쨌든 내 곁에 있지 말라고 아버지께서 당신에게 돈을 주지 않으셨나요? 그게 내가 알고 싶은 부분이에요."

닐은 음흉한 미소를 지었다.

"익명의 후원자가 남태평양에 가도록 자금을 대주었소. 그 사람의 이름은 아직도 모르지만, 내 도움을 받았던 옛 친구 중의 한 명이라고 생각되오. 누군가 내가 당신에게 가치있는 사람이 되기 위해 재산을 모아야 할 필요가 있다는 것을 알았던 모양이오. 그랬으니 당연히 기회를 잡아야지요."

포비는 현기증이 일었다. 딱딱한 춤 때문은 아니었다. 그녀는 닐에게서 들었던 내용을 정확하게 파악해 보려고 필사적으로 노력했다.

"하나도 이해가 안돼요, 닐."

"그렇겠지. 나도 알아요. 하지만 난 너무나 잘 알고 있소. 와일드는 8년 동안 약탈한 물건을 가지고 영국으로 돌아와 사교계에 존경받는 일원으로 자신의 위치를 굳혔을 테니까."

"그 사람은 해적이 아니었어요. 난 그 사람을 잘 알아요."

"나만큼은 아닐 거요."

닐은 부드럽게 말했다.

"그는 지금까지 내가 유일하게 결혼하고 싶어했던 여자를 빼앗아갔소."

"미안해요, 닐. 하지만 내가 당신과 결코 결혼하지 않았으리란 것은 당신도 알잖아요. 8년 전에 이미 당신에게 그런 애기를 했어요."

"난 당신이 나를 사랑한다는 확신을 할 수 있었소. 두려워 말아요. 당신에게 화가 난 것이 아니오. 와일드와 결혼한 것은 당신 잘못이 아니니까. 사람들은 당신에게 내가 죽었다고 믿게 했으니까요."

"그래요."

비록 그가 살아 있다고 믿었다 해도 그녀는 그를 기다리지 않았을 거라고 그에게 또다시 알려줄 필요는 없는 것 같았다. 그녀는 결코 그와 결혼할 생각이 없었기 때문에 언제나 그 사실을 그에게 분명히 하려고 했었다.

그녀는 닐을 연인이나 남편으로서가 아니라 친구로 원했던 것이다.

"해적처럼, 와일드는 내가 소중히 여기던 모든 것을 빼앗아갔소. 내 배와 내가 사랑했던 여자, 그리고 내가 그 무엇보다 소중히 여겼던 정표까지도."

포비는 두려운 예감에 눈이 휘둥그래졌다.

"정표?"

"그는 당신이 내게 준 책을 가져갔소. 그가 내 배를 습격한

날, 그 책을 훔치는 것을 봤어요. 내가 갖고 있는 값나가는 물건을 모조리 약탈하고 나서 그는 『성채의 여인』을 발견했지. 그것을 가져가지 못하게 하려고 막다가 난 거의 죽을 뻔했소. 그것을 잃어버린 슬픔은 이루 말로 다 표현할 수 없었소. 그것은 내가 당신에 대해 갖고 있는 전부나 마찬가지였는데."

포비를 괴롭히는 성가신 죄책감이 더욱 심해졌다.

"닐, 뭐가 뭔지 모르겠어요."

"알아요, 내 사랑. 당신은 화려한 미사여구로 이루어진 거짓말을 들어왔기 때문에 무엇을 믿어야 할지 모르는 거예요. 내가 묻는 것은 우리가 한때 서로에게 어떤 존재였는지 당신이 기억하고 있는가 하는 점이오."

순간 포비는 끔찍한 생각이 들었다.

"이제 어떻게 할 거예요? 와일드를 감옥에 집어넣을 생각인가요? 그렇게 하겠다면, 당신에게 할 말이 있어요."

"아니오, 포비. 난 아무것도 증명할 수 없기 때문에, 와일드가 받아야 할 운명과 부딪치는 것을 보기 위한 노력은 하지 않을 겁니다. 그 일은 이곳과 수천 킬로미터 떨어진 곳에서 일어난 일이고, 진실을 아는 사람은 그와 난 단둘뿐이오. 그 얘기는 와일드를 비방하는 일밖에 되지 않을 거요. 게다가 그는 지금 백작이고, 더욱이 악마만큼 부자이지만 난 한 푼 없는 알거지요. 그러니 법정에서 누구를 믿어주겠소?"

"알겠어요."

포비는 안도의 한숨을 쉬었다. 그것은 적어도 그 순간에 그녀가 걱정할 필요가 없는 문제였다.

“포비?”

“네, 닐?”

“난 당신이 이 결혼에 걸려들었다는 걸 알아요.”

“난 걸려든 게 아니에요.”

“아내는 남편에게 달려 있어요. 와일드와 함께 있는 여자는 어느 여자라도 안됐다는 생각이 듭니다. 당신은 내게 너무나 소중한 사람이고, 내 평생토록 당신을 사랑할 거요. 그것을 알아주기 바래요.”

포비는 침을 꿀꺽 삼켰다.

“말씀은 정말 고마워요. 하지만 나를 좋아하시면 안돼요. 진정한 당신의 삶을 시작하셔야 해요.”

그는 미소를 지었다.

“바다에서 살아났던 것처럼 난 살아 남을 겁니다. 그러나 내가 영국을 떠날 때, 당신이 주었던 책을 가질 수 있다면 커다란 위안이 되겠지요.”

“『성채의 여인』을 원하세요?”

“그것은 내게 있어 당신에 대한 전부요, 포비. 와일드가 자신의 전리품들과 함께 그 책도 가져오지 않았소?”

“그럴 거예요.”

포비는 인상을 썼다.

“남태평양에서 다른 재산과 함께 그 책을 가져왔어요.”

“그 책은 당신 거예요, 내 사랑. 준 사람도 당신, 되돌려받을 사람도 당신이오. 당신의 헌신적인 란셀롯에 대한 애정이 조금이라도 남아 있다면 내가 『성채의 여인』을 갖고 있게 해줘요. 그

책이 내게 얼마나 큰 의미인지는 말로 다 표현할 수 없을 정도
요.”

포비는 당황해했다.

“닐, 당신이 『성채의 여인』을 갖고 싶어하는 마음은 가상하지
만, 내가 당신에게 그 책을 줄 수 있는 위치에 있는지는 잘 모르
겠어요.”

“이해해요. 당신이 와일드 주변에 있는 한 조심해야 합니다.
그는 대단히 위험한 인물이니까요. 당신이 남편에게 내가 그 책
을 되돌려받고 싶어한다는 사실을 말하지 않는 게 최선일 거요.
무슨 짓을 할지 모르는 사람이니까요. 그는 나를 증오하고 있
소.”

포비는 눈살을 찌푸렸다.

“우리 남편에 대한 개인적인 얘기는 하지 않았으면 좋겠어요.
그런 얘기는 듣고 싶지 않아요.”

“물론 그럴 테지요. 아내는 남편이 최고라고 믿어야 하고 그것
이 아내의 도리니까요.”

“전적으로 그런 이유 때문만은 아니에요.”

포비는 아내의 도리라는 말이 나오자 짜증이 났다.

“내가 유일하게 믿을 수 없는 부분은 와일드가 해적이었다는
점이에요.”

“그렇다면 내가 해적이었다는 얘기도 믿지 않겠지요?”

닐이 부드럽게 물었다.

“그래요. 잔악무도한 해적인 당신의 모습은 상상이 가질 않아
요.”

닐은 고개를 숙여 절을 했다.

"그렇게 생각해 주니 고맙군요."

포비는 가브리엘을 눈으로 직접 확인하기 전에 그가 무도회장에 와 있다는 것을 알 수 있었다. 커다란 안도감이 그녀를 스쳐 갔다. 그러나 고개를 돌려 그가 성큼성큼 다가오는 것을 보고 그녀의 마음은 순식간에 바뀌었다.

뭔가 끔찍한 장면이 벌어질 거라는 불길한 예감이 들었던 것이다.

오늘 밤 가브리엘은 유난히 무서워 보였다. 그의 녹색 눈동자는 먹이를 노리는 매처럼 예리했다. 검은색 이브닝 정장은 굳은 표정의 얼굴 윤곽과 포악스러워 보이는 그의 몸매를 더욱 강조하고 있었다.

가까이 다가오는 그의 시선은 포비와 닐에게 고정된 듯 박혀 있었다.

그들이 있는 곳에 이르자 가브리엘은 닐의 어깨에 있는 포비의 손을 잡고 그녀를 옆으로 끌어당겼다. 닐과 마주쳤을 때 그의 목소리는 극도로 차분했다.

"결국은 헤엄쳐 살아났군, 벡스터."

"보시다시피."

닐은 비웃듯 살짝 절을 했다.

"내가 충고 좀 해두지. 계속 살고 싶다면 내 아내 곁에서 멀리 떨어지는 게 좋을 거야."

"일이 어떻게 될지는 포비에게 달려 있어. 포비의 위치가 전설 속의 기네비어('원탁의 기사'에 나오는 아서 왕의 왕비)와 아주 흡사하지 않은가, 안그래? 당신이 아서를, 난 란셀롯을 연기하고 있다는 생각이 드는군. 그리고 우린 모두 그 전설에서 무슨 일이 일어났는지 알고 있지. 왕비는 왕을 배신하고 애인에게 자신을 주지 않았던가?"

포비는 자신이 가브리엘을 배반할 거라는 그의 말에 화가 났다.

"두 사람 다 그런 말도 안되는 얘기는 당장 그만둬요. 도저히 참을 수가 없군요."

그러나 가브리엘도 닐도 그녀에게는 조금도 신경쓰지 않는 것 같았다.

"아서와는 달리 난 내 아내를 보호할 준비가 되어 있어."

가브리엘은 차분하게 말했다.

"아서 왕은 란셀롯을 믿는 실수를 저질렀지만, 난 당신이 거짓말쟁이이고 살인자에다 도둑이라는 것을 이미 알고 있기 때문에 그런 실수는 범하지 않아."

닐의 눈동자는 분노로 이글거렸다.

"포비는 이제 곧 진실을 깨닫게 될 거야. 포비는 순수한 마음을 가졌기 때문에 당신은 그녀를 매수할 수 없어, 와일드."

닐은 돌아서서 가버렸다.

포비는 자신이 숨을 죽이고 있다는 것을 깨달았다. 가브리엘이 그녀를 댄스 홀에서 나꿔채듯 끌고 나왔기 때문에 그녀의 왼쪽 다리가 휘청거렸다. 가브리엘은 즉각 그녀를 붙들었다.

"괜찮아?"

"네, 그런데 당신이 이런 식으로 홀에서 나를 끌어내지 않았으면 고맙겠어요, 와일드. 사람들이 쳐다보잖아요."

'내버려둬."

포비는 한숨을 쉬었다. 그는 도저히 통제가 불가능한 사람 같
았다.

"어디 가는 거예요?"

"집에."

"오늘 저녁은 완전히 망쳤군요."

16

벡스터가 어떻게 살아났을까?

그는 당연히 죽었어야 했다.

마차가 북적대는 거리를 덜컹거리며 지나갈 때, 가브리엘은 포비를 유심히 살폈다. 그러나 그녀가 무슨 생각을 하고 있는지 알 수가 없었다. 벡스터가 살아 있다는 사실을 그녀가 어떻게 느끼는지 알 수 없다는 것은 그가 할 수 있는 것은 아무것도 없다는 것을 의미했다.

가브리엘은 포비를 만난 이후 줄곧 벡스터의 망령과 싸워온 것 같았다. 벡스터는 항상 그들 주의를 맴돌고 있었다. 벡스터에 대한 포비의 기억과 마주한다는 것은 결코 기분좋은 일이 아니었다.

게다가 이제 가브리엘은 망령이 아닌 살아 있는 벡스터를 대해야 했다. 어째서 그는 아직도 살아 있을 수 있을까?

가브리엘은 지팡이의 손잡이 부분을 힘껏 쥐었다. 그는 포비를 빨리 집에 데려가려고 서두르고 있었지만 뜻한 만큼 진전이 없었다.

옻칠을 한 우아한 마차와 갖가지 고급스런 이륜마차들이 거리를 가득 메우고 있었던 것이다. 거의 자정이 다 되어가는 시간임에도 불구하고 이 모임에서 저 모임으로 새벽까지 이어지는 행사에 참여하기 위해 많은 사람들이 이동하고 있었다.

걸어가는 것이 훨씬 빠를 거라는 생각이 들었지만, 포비는 이런 자갈길에서는 몇 분 이내에 끈이 떨어져버릴 공단으로 만든 신발을 신고 있었다. 게다가 노상강도가 나타날 가능성이 항상 존재했다. 거리는 안전하지 못했다.

안전치 못하기로 말하면 무도회장도 마찬가지였다.

가브리엘은 그 둘 중에 거리 쪽을 택하는 것이 낫겠다고 마음을 정한 터였다.

그는 벡스터가 죽은 줄 알았다.

가브리엘은 포비의 난해한 표정을 바라보았다.

"그 자가 당신에게 뭐라고 했지?"

"많은 얘기를 하지는 못했어요."

포비는 천천히 말하며 창밖을 바라보았다.

"솔직히 그 사람이 말하는 얘기를 받아들이기 힘들었어요. 그곳에서 그 사람을 본 것은 너무나 충격적이었어요. 믿을 수가 없어요.”

“포비, 그 자가 당신에게 무슨 얘기를 했는지 말해봐.”

그녀는 고개를 돌려 그의 눈동자를 똑바로 쳐다보았다.

“자신은 해적이 아니라고 말하더군요.”

가브리엘은 자신의 손을 내려다보다가 자신이 지팡이를 너무 세게 움켜쥐고 있다는 것을 알았다. 그는 손가락의 힘을 풀려고 애를 썼다.

“그 자는 당연히 그런 사실을 부정하겠지.”

“네, 나도 그렇게 생각해요. 어떤 해적이 자신이 악랄한 해적이라고 인정하겠어요?”

“그 밖에 또 무슨 말을 했지?”

포비는 아랫입술을 깨물었다. 가브리엘은 그 표정이 무엇을 의미하는지 잘 알고 있었다. 그것은 그녀가 뭔가를 생각하고 있다는 뜻이었다. 그는 속으로 끙끙 앓았다. 포비는 생각하고 있을 때가 가장 위험했다. 그녀는 자신에게 돌아올 결과를 너무나 잘 알고 있었고, 가브리엘 못지않은 상상력을 지니고 있었다.

“그 사람은 자신이 아니라 당신이 합법적인 해상무역의 골칫거리였다고 말했어요.”

가브리엘은 이런 일이 올 줄 알고 있었지만 미리 짐작했다고 해서 분노가 줄어드는 것은 아니었다.

“망할 인간 같으니. 빌어먹을, 그 자는 살인자에다 거짓말쟁이야. 당신은 물론 그 자를 믿지 않겠지?”

“물론이에요.”

포비는 그의 시선을 슬쩍 피해 다시 어두컴컴하고 북적대는 거리를 바라보았다.

가브리엘은 속이 몹시 불편했다. 포비가 그의 시선을 피하는 것이 아무래도 마음에 걸렸다. 그는 손을 뻗어 그녀의 장갑낀 손을 잡았다.

"포비, 나를 봐."

그를 물끄러미 쳐다보는 그녀의 눈동자가 떨리고 있었다.

"네?"

"그 자를 믿는 건 아니지, 그렇지?"

그렇게 말하면서도 가브리엘은 자신의 억양이 물어보는 투라기보다는 명령조에 가깝다는 생각이 들었다.

"믿지 않아요."

그녀는 그의 손에 쥐어진 자신의 손을 내려다보았다.

"가브리엘, 아파요."

그는 자신이 그녀의 손가락을 으스러져라 잡고 있다는 것을 깨달았다. 마지못해하며 그는 손을 놓아주었다. 그는 진정을 하고 좀더 차분하게 행동해야 했다.

감정이 판단을 앞질러 행동에 영향을 미치는 일이 없어야 한다. 그런 일은 대단히 위험했다. 그는 억지로 좌석에 몸을 기대고 자신에게 필요한 것은 담담한 마음가짐이라고 타일렀다.

"미안해, 포비. 벡스터가 살아 돌아왔다는 사실은 우리 둘 다에게 불쾌한 일이야. 그 자는 항상 불편한 존재였으니까."

"가브리엘, 당신에게 물어볼 게 있어요."

"뭐지?"

"남태평양에서 닐의 행동에 대해 혹시라도 잘못 알 가능성은 없나요?"

망할 자식 같으니.

왈츠 한 곡이 흐르는 동안에도 닐은 목표한 바를 상당히 이루었던 것이다. 벡스터는 항상 여자들을 꼬이게 하는 재주가 있었다.

"그럴 가능성은 없어."

가브리엘은 힘주어 말했다.

"벡스터는 악랄한 해적이었어. 거기에 의문의 여지는 한 치도 없어."

"난 뭔가 심각한 오해가 있었을 거라고 생각했어요."

"벡스터가 자기 일을 끝내고 났을 때, 그 뒤에 남겨진 시체들을 당신이 봤더라면 오해가 있었다는 얘기는 하지 않았을 거야."

포비는 놀라 몸을 움찔했다.

"시체라고요?"

"이런 일로 당신이 나를 불쾌하게 만들다니 유감이군. 더 이상의 자세한 내용을 듣고 싶지 않다면, 내가 당신에게 했던 얘기를 받아들여야 할 거야. 벡스터는 살인자야. 그런 자가 사업을 고상하게 할 거라고 생각하나?"

"그렇진 않지만……."

"해적에겐 낭만적인 면이라곤 눈꼽만큼도 없어. 오로지 잔인함만이 존재할 뿐이지."

"알았어요."

그러나 그는 그녀의 눈동자에서 아직도 개운치 않아하는 표정을 읽을 수 있었다. 그녀는 닐 벡스터를 그런 무시무시한 인간이라고 상상할 수 없는 것이다.

"포비, 내 애길 잘 들어. 이런 애기는 두 번 다시 반복하고 싶지 않으니까. 벡스터를 가까이하지 마. 내 말 알아듣겠어?"

"듣고 있어요."

"그 자와 아무런 연관도 있어서는 안돼."

"알아듣기 쉽게 얘기하세요."

"벡스터는 완전히 거짓말쟁이야. 게다가 나를 증오하고 있지. 나에게 복수하려고 그 자가 당신을 이용할 가능성은 얼마든지 있어. 그가 아서 왕 에 대해 란셀롯 역을 하고 있다는 애기를 당신도 들었잖아."

포비의 눈동자는 분노로 빛났다.

"난 기네비어가 아니에요. 환경에 상관없이 다른 남자 때문에 당신을 배반하지는 않아요."

그녀의 표정은 부드러워졌다.

"나를 믿어도 좋아요, 가브리엘."

"믿음처럼 미묘한 것은 시험하지 않는 게 좋다는 게 내가 늘 갖고 있는 신념이지. 당신은 어디라도 벡스터 근처에는 가면 안돼. 그리고 그 자와 또다시 춤추는 일은 없어야 해. 말을 해서도 안되고, 어떤 형태든지 그의 존재를 알아서도 안돼. 이제 알겠어?"

포비는 눈을 감았다.

"우리 가족들도 한때 내게 당신처럼 그런 지시를 내렸었죠."

가브리엘은 눈썹을 치켜떴다.

"당신은 그들의 말을 듣지 않았어. 난 그 사실을 잘 알고 있

지. 하지만 이번 일에는 내 말을 들어야 할 거야. 당신은 내 아
내니까."

"비록 내가 당신의 아내이긴 하지만 동등하게 대우받고 싶어
요. 내가 명령에는 복종하지 않는다는 얘기는 어딜 가도 들을 수
있을 거예요."

"당신은 내 명령에 복종하게 될 거야. 그렇지 않으면 응분의
대가가 있을 테니까."

가브리엘은 그녀를 심하게 대했다.

그는 시종을 내보내고 나서 포비와 나누었던 대화를 여러 번
되새겨보았다. 브랜디를 잔에 따르고는 생각에 잠긴 채 침실을
왔다갔다했다.

그는 그런 문제를 다루는 데 있어 별다른 방법이 생각나지 않
았었다. 그녀의 눈동자에는 불확실함이 담겨 있었다. 벡스터가
그녀의 마음에 의심을 심어준 것이 틀림없었다.

가브리엘은 무슨 일이 있어도 포비를 닐 벡스터에게서 떼어놓
아야 한다는 생각이 들었다. 그렇게 할 수 있는 유일한 방법은
그녀가 한때 자신의 진정한 란셀롯으로 생각했던 남자와 연관된
어떤 일도 하지 못하게 막는 것뿐이었다.

그러나 불행히도 포비에게는 그런 지시가 받아들여지지 않았
다.

가브리엘은 갑작스럽게 그녀를 소유하고픈 강렬한 욕구로 고
동치기 시작했다.

그녀의 부드러운 곳에 자신을 넣고 싶은 필사적인 충동에 사

로잡혔다.

그녀가 침실에서 그에게 몸을 허락했을 때, 그는 그녀를 완전히 소유했다고 생각했다. 그가 그녀 속에 깊숙이 들어가 있던 그 뜨겁고 끈적끈적한 순간 동안 그는 그녀가 자신의 사람이라고 믿었다.

가브리엘은 왔다갔다하던 것을 멈추고 브랜디 잔을 내려놓았다. 그리고는 연결되어 있는 문으로 다가가 문을 열었다.

포비의 방은 어둠에 잠겨 있었다. 그는 이불이 덮여 있는 침대로 가다가 그녀가 이리저리 뒤척이는 것을 알았다. 그녀는 잠들어 있었지만, 무언가 거부하는 듯한 소리를 중얼거리고 있었다.

순간 그는 두려운 생각이 들었지만 이내 그녀가 악몽을 꾸고 있음을 눈치챘다.

"포비, 일어나."

가브리엘은 침대가에 앉아 그녀의 어깨를 붙잡고 부드럽게 흔들었다.

"눈을 떠봐, 여보. 당신은 또 꿈을 꾸고 있는 거야."

포비의 눈썹이 파르르 떨렸다. 그녀는 숨을 헐떡이며 깨어나 팔꿈치에 의지한 채 몸을 일으켰다.

잠시 동안 그녀의 눈동자는 어둠 속을 사납게 응시했다. 그런 다음 천천히 그를 인식해 냈다.

"가브리엘?"

"안심해도 돼, 포비. 내가 여기 있잖아. 또 악몽을 꾸었군."

"네."

그녀는 뚜렷이 기억하려는 듯 고개를 흔들었다.

"동굴에서 헤엄쳐 나온 후에 '악마의 안개'에서 꾸었던 것과 같은 꿈이었어요. 난 어두컴컴한 곳에 있었고, 두 남자가 나를 향해 다가오고 있었어요. 두 사람 다 자신이 나를 구해줄 수 있다고 말했어요. 하지만 난 그 중의 한 사람은 거짓말을 하고 있다는 것을 알고 있었죠. 난 선택을 하지 않으면 안되었어요."

가브리엘은 그녀를 품으로 끌어당겼다.

"꿈일 뿐이야, 포비."

"알아요."

"지난번처럼 내가 잊게 해줄게."

그는 그녀를 베개에 눕히고 자리에서 일어났다.

그가 옷을 벗어 바닥에 아무렇게나 놓을 때 그녀는 아무런 거부도 하지 않았다. 그녀의 시선은 그의 몸에 붙박혀 있었다. 그가 이불을 걷어내고 그녀 옆으로 들어올 때에도 그녀는 저항하지 않았다.

"가까이 와, 여보."

가브리엘은 그들 사이에 언제나 쉽게 불붙었던 욕망이 다시 타오르기를 갈망하며 그녀를 향해 손을 뻗었다. 그는 그녀가 늘 그래왔던 것처럼 오늘 밤에도 그에게 반응을 보이는지 알고 싶었다.

포비의 팔이 천천히 그를 감싸안자 가브리엘은 깊은 안도감을 느꼈다. 가브리엘은 이 시간을 그녀와 같이 느껴야겠다는 생각과 함께, 그녀가 자신처럼 고조되기를 바라며 봉긋이 솟은 그녀의 부드러운 가슴을 어루만졌다.

그것은 부질없는 짓이었다. 그녀를 소유하고픈 강렬한 충동이 가브리엘의 모든 생각을 짓눌러버렸다. 그의 의지는 내부에서 폭발하는 욕구의 폭풍우 밑에 여지없이 무너지고 말았다. 그는 그녀가 여전히 그의 사람이라는 것을 확인하고 싶었던 것이다.

"포비, 기다릴 수가 없어."

"알아요, 괜찮아요."

그는 불붙고 있었다. 포비의 다리를 벌려 보드라운 허벅지 사이에 몸을 대는 순간 가브리엘의 정맥에는 피가 솟구치고 있었다. 그는 손을 사용해 자신을 그녀에게 맞추고 나서 거친 탄성을 자아내며 그녀 안으로 파도처럼 밀려들어갔다.

포비는 숨을 빨아들이면서 본능적으로 그를 꼭 끌어안았다. 그녀의 얼굴을 내려다보던 가브리엘은 그녀가 눈을 감고 있다는 것을 알았다.

그는 그녀가 자신을 바라봐주기를 원했지만 그렇게 해달라고 요구할 적당한 말이 떠오르질 않았다. 게다가 적당한 말을 찾아낼 시간도 없었다. 지금 이 순간 가장 중요한 것은 오로지 내부에서 분출하는 지나친 욕구를 진정시키는 것뿐이었다.

그는 포비의 아늑하고 따뜻한 그곳으로 계속해서 빠르게 움직이기 시작했다. 그녀는 그를 자신의 일부로 만들기 위해 더욱 가까이 끌어안았다. 그는 작고 예민한 여자의 그곳을 찾아 내려갔다.

"가브리엘."

그녀의 부드러운 비명은 그를 절정으로 몰아갔다. 그의 모든 근육이 순간적으로 바짝 긴장되었고, 그는 등을 활처럼 구부리고 이를 갈았다. 그런 다음 그녀 속으로 끝없이 자신을 쏟아부었다.

그녀는 그가 자신의 몸 위에서 전율할 때, 그를 꼭 끌어안고 그가 주는 모든 것을 받아들였다. 가브리엘은 가벼운 떨림이 그녀의 몸을 타고 흘러내리는 것을 느꼈다.

가브리엘은 한참 동안 눈을 뜬 채 누워 있었다. 어둠 속을 응시하면서 그는 포비를 벡스터로부터 안전하게 보호할 수 있는 최선의 방법을 생각했다.

다음날 아침 11시에 포비는 런던에 있는 친정 부모님의 집에 도착했다.

그녀는 아버지의 습관을 잘 알고 있었다. 지금 이 시간쯤이면 아버지는 최신 과학 장비에 몰두해 계실 것이다.

그는 정확히 그녀가 생각한 곳에 있었다. 그녀가 서둘러 서재로 들어갔을 때 그는 바퀴와 기어, 무거운 장치들로 구성된 커다란 최신 기계를 가지고 법석을 피우고 있었다.

"안녕하세요, 아버지."

포비는 보닛 끈을 풀며 인사했다.

"그 계산기는 잘 되고 있나요?"

"아주 잘 되고 있단다."

클레링턴은 어깨 너머로 그녀를 힐끗 보았다.

"다양한 계산을 지시하려고 펀치 카드(천공 카드. 자료의 자동 처리를 위해 구멍을 뚫어 쓰는, 컴퓨터의 입출력 매체가 되는 카드)를 사용하는 방법을 써보았지."

"펀치 카드라고요?"

“무늬를 짜넣기 위해 만든 자카드식 직조기의 사용방식과 아주 흡사하지.”

“알겠어요.”

포비는 그에게 다가가 다정스런 자세로 잠시 끌어안았다.

“정말 재미있겠어요. 하지만 제가 계산이나 그런 것엔 재주가 없다는 것을 아시잖아요.”

“그렇지. 우리 식구 중에는 그런 재주가 있는 사람들이 충분하니까. 와일드는 이런 엔진이 해운업에 도움이 된다는 것을 알고 있는지 모르겠구나.”

“글쎄요. 아버지, 말씀드릴 게 있어요.”

포비는 의자에 앉았다.

“중요한 얘기를 여쭤보러 왔어요.”

클레링턴은 신중한 표정을 지었다.

“결혼생활이나 아내의 도리 같은 문제라면 네 엄마에게 말하는 게 좋을 거야. 그쪽은 내 분야가 아니니까.”

포비는 그 주제를 성급하게 물리쳤다.

“결혼생활은 인내를 갖고 잘 해가고 있어요. 제가 얘기하고 싶은 것은 그게 아니에요.”

클레링턴은 표정을 풀었다.

“그러면 네가 묻고 싶은 게 뭐지?”

포비는 몸을 앞으로 내밀었다.

“아버지께서 닐 벡스터에게 떠나라고 돈을 주셨기 때문에 그 사람이 영국을 떠났던 거예요? 그 사람이 저에게 청혼하는 걸 원치 않아서 아버지께서 돈으로 해결하려고 하셨던 거냐구요?”

화가 난 클레링턴의 숱이 많은 눈썹이 한 곳으로 모아졌다.

"누가 그런 소리를 했지?"

"와일드가 그랬어요."

"알겠다."

클레링턴은 한숨을 쉬었다.

"그 사람이 그렇게 했을 땐 그만한 이유가 있었겠지."

"그건 중요하지 않아요. 제가 알고 싶은 건 진실이에요."

"왜지?"

클레링턴의 시선이 사납게 변했다.

"벡스터가 영국에 돌아왔기 때문에?"

"부분적으로는 그래요. 그리고 그 사람의 죽음을 알고 나서 제가 오랫동안 죄책감을 느껴왔기 때문이기도 해요. 그 사람이 제게 청혼하기 위한 재산을 모으려고 떠나지만 않았어도 죽지는 않았을 거란 생각을 늘 했었어요."

클레링턴은 깜짝 놀라며 그녀를 바라보았다.

"세상에, 이게 무슨 소리냐? 네가 그런 생각을 하고 있는 줄은 몰랐다."

"하지만 사실이에요."

"말도 안되는 소리야. 내가 안타까워하는 점이 한 가지 있다면 그 나쁜 자식이 죽지 않았다는 것이야."

클레링턴은 도저히 참을 수 없다는 듯 중얼거렸다.

"벡스터 자식, 일을 일부러 어렵게 만드는군."

"아버지, 아버지께서 그 사람에게 제 곁을 떠나라고 돈을 주신 게 사실인지 알고 싶어요."

클레링턴은 불편한 듯 자리를 옮겨 어설프게 기계를 매만졌다.

"미안하다, 애야. 하지만 그 얘기는 사실이야."

그는 그녀를 바라보았다.

"하지만 이제 와서 그게 무슨 문제지? 넌 와일드와 결혼했어, 안그래?"

"왜 제게 그런 말씀을 하지 않으셨어요?"

"돈을 써서 벡스터를 내쫓은 것 말이냐? 난 네가 알지 않았으면 해서 그랬다."

"왜죠?"

프비는 따지듯 물었다.

"네가 상처받을 거라고 생각했기 때문이란다. 순진한 처녀가 남자가 자기 아버지를 속이려고 애정을 갖고 장난쳤다는 것을 알게 되면 별로 유쾌한 기분은 못되지. 넌 항상 감상적인 아이였잖니, 포비. 넌 벡스터를 갈라헤드(원탁의 기사 중 한 사람)나 뭐 그런 말도 안되는 사람으로 생각했으니까."

"란셀롯 말이군요."

프비는 부드러운 음성으로 말했다.

"전 그 사람을 항상 란셀롯으로 생각했어요."

클레링턴은 인상을 썼다.

"뭐라고?"

"아니에요, 신경쓰지 마세요."

프비는 의자에 앉아 어깨를 꼿꼿하게 세웠다.

"하지만 그런 사실을 저에게 진작에 말씀하셨어야 했어요."

"네가 화내는 걸 원치 않았어."

"그런 사실을 알았더라면 당연히 기분이 좋지 않았겠지요. 하지만 적어도 죄책감 속에서 그 많은 나날을 보내진 않았을 거예요."

"네가 죄책감을 느끼고 있는 줄 내가 어떻게 알았겠니? 넌 그렇다는 얘기를 한 번도 하지 않았어."

포비는 장갑낀 손가락으로 의자 모서리를 톡톡 쳤다. 그녀는 닐이 전날 저녁 했던 말을 생각하며 눈살을 찌푸렸다.

"아버지께서 그 사람에게 직접 돈을 주셨어요?"

"아니야."

클레링턴은 화가 난 얼굴이었다.

"신사는 그런 일로 손을 더럽히지 않는 법이다. 대리인을 시켜 전달했어."

"닐은 남태평양으로 가는 여비를 누가 주었는지 모른다고 말했어요. 정체를 알 수 없는 후원자가 그 문제를 해결해 줬다고 했어요."

클레링턴은 더욱 더 인상을 썼다.

"말도 안돼. 그 인간은 누가 줬는지 훤히 알고 있었어. 우린 거래를 했다. 그가 영국을 떠나는 조건으로 벼락부자가 될 만큼 돈을 주기로 했지."

포비는 한숨을 쉬었다.

"누구 얘기를 믿어야 할지 모르겠군요."

클레링턴은 모욕을 당한 듯 분개했다.

"내가 사실을 얘기하지 않았다는 말이냐?"

"아니에요, 물론 그런 건 아니에요."

포비는 분위기를 무마하기 위해 미소를 지었다.

"아버지께서 거짓말을 하고 계시다는 생각은 하지 않아요. 하지만 사람들은 각기 다른 방식으로 문제를 해석한다는 생각이 들어요."

"빌어먹을. 포비, 잘못 해석한 것은 하나도 없어. 내 대리인이 돈을 벡스터에게 전달했을 때, 그 인간은 두 손으로 덥석 받았다고 하더구나. "

"그럴 수도 있겠죠."

포비는 확신이 가지 않는 듯 망설였다.

"그렇지 않을 수도 있고. 무엇을 믿어야 할지 뭔가 분명히 알았으면 좋겠어요."

클레링턴의 숱이 많은 눈썹이 뒤틀렸다.

"아버지 말을 믿어야지. 그리고 네 남편도 믿고. 네가 믿어야 할 사람들은 우리들이야."

포비는 서글픈 미소를 지었다.

"뭐가 문젠지 알고 계세요? 문제는 모두들 저를 보호하려고 지나치게 많은 시간과 노력을 투자한다는 거예요. 제게는 사실 전체가 아니라 일부만 전달되고 있고요."

"내 경험으로 볼 때, 넌 사실 전체를 감당할 수 없어."

"아버지, 어떻게 그렇게 말씀하실 수 있으세요?"

"그건 사실이다, 포비. 넌 항상 상황을 이상한 쪽으로 해석해 왔잖니."

"아니에요. 전 아버지께서 무슨 말씀을 하시는지 하나도 모르겠어요."

“넌 언제나 비현실적이었어, 그건 사실이잖니. 어린아이였을 때부터 넌 남들과 달랐지. 우리와 전혀 달랐어. 사실대로 말하자면, 정말이지 난 예전에 너를 너무나도 이해할 수가 없었단다. 넌 항상 모험을 기대했고 궁지에 빠지곤 했지.”

“아버지, 그건 사실이 아니에요.”

“신에 맹세코 그건 사실이야.”

클레링턴의 눈빛은 우울해 보였다.

“넌 무슨 일을 할지 알 수 없는 애였으니까. 내가 너를 그 무모한 성격에서 보호하려고 아무리 노력해도 언젠가 큰 위험에 빠질지 몰라 늘 두려웠지. 딸을 보호하고 싶어하는 아빠의 심정을 비난할 수는 없을 거다.”

“아버지를 비난하는 것은 아니에요. 하지만 전 가끔씩 식구들 때문에 숨이 막히는 것 같았다구요. 식구들은 모두 지나치게 똑똑했으니까요.”

“똑똑해? 우습구나. 식구들은 너를 따라잡을 수 없었어. 포비야, 네게 말해줄 게 있어. 난 지금 와일드가 너를 책임지게 돼 얼마나 기쁜지 모른다. 이제는 그 사람이 고삐를 당길 차례야. 와일드는 그 일을 기꺼이 맡았다. 사실, 네 걱정을 하지 않게 돼 한숨 돌린 기분이란다.”

포비는 무릎에 있는 손가방을 내려다보았다. 그녀의 눈동자에 이슬이 맺혔다.

“제가 그렇게 골칫거리였다니 정말 죄송해요.”

클레링턴은 신음했다. 그는 포비에게 다가가 그녀를 일으켜 세웠다.

“그것도 나름대로 가치있는 일이었어, 포비.”

그는 포비를 힘껏 끌어안았다.

“엄마는 네가 우리를 지겨운 일상 생활에 파묻히지 않게 해주고 있다는 말을 즐겨했지. 아마 그 말이 맞을 거야. 네 주변의 생활은 항상 흥미로웠으니까. 아빠도 그건 인정하고 있단다.”

“고마워요. 누구든지 자신이 한 가지 방면에서라도 쓸모있다는 사실을 알게 되면 정말 좋아할 거예요.”

프비는 급히 눈물을 닦고 미소를 지었다.

“그래. 이제 울거나 그러지 않을 거지? 난 우는 여자들을 어떻게 다뤄야 할지 잘 모르거든.”

“알았어요, 울지 않을게요.”

“그래.”

클레링턴은 안심이 되었다.

“신께서는 그 일이 항상 쉬운 것은 아니라는 점을 알고 계시지. 내가 몇 가지 실수를 했을 수도 있고. 하지만 난 너에게 슬픔을 주지 않기 위해 내가 해야 할 일을 했다고 생각한다.”

“이해해요.”

“그래, 그래야지.”

클레링턴은 그녀의 어깨를 토닥여주었다.

“그럼 된 거야? 기분나빠하지는 마라, 그래도 아빠는 이제 와일드가 너를 맡게 돼 기쁘단다.”

“오히려 와일드가 문제예요.”

프비는 보닛을 다시 쓰고 끈을 묶었다.

“그만 가봐야겠어요. 널에 대해 알고 있는 사실을 일부라도 말씀해 주셔서 고마워요, 아빠."

클레링턴은 화급하게 결론짓듯 말했다.

"가만, 난 네게 일부가 아니라 사실 전부를 말해준 거란다."

"안녕히 계세요."

포비는 문에서 잠시 걸음을 멈췄다.

"그런데 참, 시즌이 끝나갈 무렵에 '악마의 안개'에서 근사한 파티를 열 생각이에요. 엄마와 아버지, 그리고 모두들 와서 저희 집을 구경하길 바래요."

"그렇게 하마."

클레링턴은 확실하게 대답해 주었다. 그리고 나서 그는 잠시 머뭇거렸다.

"포비, 와일드에게 불필요한 고민거리를 주는 건 아니지? 와일드는 좋은 사람이지만 네가 생활을 어렵게 만들면 그 사람이 얼마나 참아낼 수 있을지는 잘 모르겠구나. 그는 지시를 내리고 사람들이 그 일에 복종하는 것에 익숙한 사람이야. 네 방식에 익숙해질 수 있게 시간을 줘."

"걱정하지 마세요. 와일드에게 불필요한 고민거리를 줄 생각은 없으니까요."

꼭 필요한 부분만 문제삼을 거예요.

그녀는 속으로 덧붙였다.

그날 오후 그녀는 그린 서점 앞에서 마차를 내리며 아버지의 서재에서 나누었던 대화를 곰곰이 생각해 보았다. 그녀가 쇼핑하는 데 함께 데려왔던 시종 조지가 그녀와 그녀의 하녀를 위해 마차 문을 열어주었다.

포비는 마차에서 내리면서 맞은편 거리를 얼핏 보았다. 초록색 모자를 쓴 조그만 남자가 그녀를 유심히 바라보고 있었다. 그녀가 보는 것을 알아차린 남자는 그녀에게서 시선을 떼고 가게 진열 상품들을 살펴보는 척했다.

"베치, 저 남자 알아?"

포비는 서점 계단을 오르며 물었다.

비치는 조그만 사내를 힐끗 보고는 고개를 가로 저었다.

"모르는데요. 왜 그러세요?"

"잘 모르겠어. 그런데 조금 전 우리가 모자 가게에서 나왔을 때도 보았다는 생각이 들어. 저 사람이 나를 감시하고 있다는 느낌이야."

베치는 인상을 썼다.

"조지에게 저 사람을 쫓아가보라고 할까요?"

포비는 뭔가 생각하며 조그만 사내를 골똘히 바라보았다.

"아니, 우리가 서점을 나왔을 때도 저기에 그대로 있는지 두고 보자."

포비는 계단을 올라가 서점으로 들어갔다. 그녀는 그린 씨가 다가와 인사를 하자 그 수상한 남자에 대해선 까마득히 잊어버리고 말았다. 나이가 지긋한 서점 주인은 만족스런 미소를 지었다.

"어서 오세요, 와일드 부인. 이렇게 빨리 와주시다니 정말 기쁩니다. 제가 쪽지에 써보냈던 대로 요구하신 물건을 갖다 났습니다."

“복사 상태는 좋은가요?”

“물론입니다. 어서 상태를 살펴보시죠.”

“그 책을 어디서 찾아냈어요?”

“요크셔에 있는 사람에게 수소문해서 찾아냈습니다. 여기서 잠시 기다리시면 제가 가져다 드리겠습니다.”

그린은 뒷방으로 사라졌다가 잠시 후 모로코산 붉은 가죽 표지의 낡은 책 한 권을 갖고 다시 나타났다. 포비는 조심스럽게 책을 펼쳐 권두언을 읽었다.

《나의 아들 가브리엘에게.
일생을 기사도 정신의 고결한
규약에 따라 살아가기를 희망하며.
너의 열 번째 생일에,
존 에드워드 배너.》

“좋아요.”

포비는 맬로리의 ‘아서 왕의 죽음’ 필사본을 조심스럽게 덮었다.

“내가 찾던 그 책이 맞아요. 뭐라 감사를 드려야 할지 모르겠어요, 그린 씨.”

“천만의 말씀입니다. 저는 앞으로 부인과 함께 일할 수 있기를 고대하고 있습니다.”

초록색 모자를 쓴 작은 사내는 포비와 그녀의 하녀가 서점을 나설 때까지도 그곳에 있었다.

"저 사람이 아직도 저기에 있어요, 마님."

베치가 은밀하게 포비를 일깨워주었다.

"유리문 앞에 서 있어요."

포비는 그제서야 맞은편 거리를 슬쩍 훑었다.

"그래, 저기 있구나. 이게 무슨 일인지 모르겠구나. 뭔가 일이 일어날 것 같아."

베치의 눈이 휘둥그래졌다.

"저 사람이 우리를 집까지 따라와 죽이려고 하는지도 몰라요, 마님."

"아마 그럴지도 모르지. 뭔가 위험한 상황이 벌어질 징조야."

그녀는 시종을 향해 돌아섰다.

"조지, 우리가 강도에게 쫓기고 있다는 생각이 든다고 마부에게 전해. 어떻게든 도망칠 궁리를 해야 돼."

조지는 놀란 얼굴로 그녀를 바라보았다.

"강도라고요, 마님?"

"그래, 서둘러. 저 조그만 사내가 우리를 뒤쫓지 못하게 하고 싶어."

"거리가 너무 복잡한데요, 마님."

조지는 그녀를 마차로 안내하며 상황을 지적했다.

"걸어서도 우리를 쉽게 쫓아올 수 있을 거예요."

"우리가 영리하게 대처하면 그러지 못하겠지."

포비는 자리에 앉으면서 빠르게 머리를 굴렸다.

"마부에게 다음 거리가 나오면 왼쪽으로 돌라고 해. 그런 다음 오른쪽으로 돌고, 그 다음엔 다시 왼쪽으로. 짙은 초록색 모자를 쓴 조그만 남자의 모습이 보이지 않을 때까지 그런 식으로 계속 가라고 얘기해."

"알겠습니다, 마님."

얼굴이 거의 하얗게 질린 조지는 마차 문을 닫고 마부 옆좌석에 올라탔다.

잠시 후, 마차는 빠른 속도로 가다 갑작스레 한쪽으로 기울었다. 마차가 높은 마부석이 있는 사륜마차를 재빨리 피해 왼편으로 돌자 포비는 베치를 보며 흡족하게 미소를 지었다.

"이 일은 신중을 기해야겠어. 그 사람이 누구인지 모르지만, 초록색 모자를 쓴 남자는 우리가 이쪽으로 돌아갈 거라고는 예상하지 못하겠지?"

베치는 창밖을 유심히 살폈다.

"맞아요, 마님. 그 사람이 확실히 보이지 않아요. 우리를 쫓아올 만큼 빠르지 못할 거예요."

"우린 곧 그 사람을 따돌리게 될 거야. 와일드가 위험할 수도 있는 상황에서 우리가 이렇게 훌륭히 대처했다는 것을 알면 대단히 만족해할 거야."

17

"그 사람을 놓쳤다고?"

가브리엘은 초록색 모자를 쓴 조그만 남자를 위험스레 노려보았다.

"그 사람을 놓쳤다니, 대체 무슨 소린가? 그 사람을 잘 지켜보라고 자네를 고용한 걸세, 스팅턴."

"잘 알고 있습니다, 백작님."

스팅턴은 차려 자세를 취한 채 가브리엘에게 분한 표정을 지어보였다.

"최선을 다했습니다. 하지만 백작님은 부인께서 사방으로 달아나는 습관이 있다는 얘기는 하지 않으셨잖습니까. 실례지만 부인께선 예측이 좀 불가능한 분 아니십니까?"

"조금 충동적이기는 하지."

가브리엘은 이를 악다물고 말했다.

"내가 왜 그 사람을 지켜보라고 자네를 고용했겠나? 자네가 보우가에서 뛰어난 경관으로 소문이 자자하니까, 자네 보호하에 있으면 그 사람이 안전할 거라고 믿었던 거야. 그런데 지금 자네는 단순한 쇼핑에서조차 그 사람을 놓치고 있질 않은가?"

"기분나빠하지 마세요. 그것은 단순한 쇼핑이 아니었어요. 아케이드에서는 부인을 따라잡았고, 옥스퍼드 거리에서도 그럭저럭 버틸 수 있었는데, 문제는 마지막에 들렀던 서점이었어요. 서점에서 나오자마자 글쎄, 사냥개에게 쫓기는 여우처럼 도망치더라구요."

가브리엘이 화를 억누르기 위해서는 상당한 인내력이 필요했다.

"와일드 백작부인을 다시는 여우라고 부르지 말게, 스팅턴."

"알겠습니다. 하지만 그렇게 빨리 달아나는 여자분은 처음 봤어요. 제가 스파이틀 지역의 빈민굴에서 추적한 적이 있는 소매치기만큼 빠르더군요."

가브리엘의 심기는 점점 더 불편해졌다.

"그 사람 주변에 아무도 없었다는 게 확실한가?"

"네, 하녀하고 시종, 마부만 있었습니다."

"그 사람이 자네 시야에서 사라졌을 때는 분명히 마차 안에 있었나?"

"네, 그렇습니다."

"다른 사람이 뒤쫓는 조짐은 없었단 말이지?"

"그렇습니다, 저만 뒤쫓았을 뿐이죠. 솔직히 말해서 제가 쫓아갈 수 없었다면, 만에 하나 다른 미행자가 있었더라도 아무도 부인을 쫓아갈 수 없었을 겁니다."

"빌어먹을."

가브리엘의 상상은 이미 포비에게 있음직한 숱한 사고를 향해 치닫고 있었다. 그는 그녀가 혼자 있는 게 아니라는 것을 위안삼았다.

그녀는 하녀와 시종, 마부와 함께 있었다. 그럼에도 불구하고 그에게 드는 생각은 닐 벡스터가 복수를 꿈꾸며 어딘가에 있다는 것뿐이었다.

제기랄, 아서 왕의 란셀롯처럼.

스팅턴은 가브리엘의 주의를 돌리려는 듯 헛기침을 했다.

"저 죄송하지만, 백작님께서는 제가 부인을 계속 뒤쫓아다니며 지켜보기를 바라십니까?"

"글쎄, 그럴 필요가 있을지."

가브리엘은 그에게 넌더리를 냈다.

"자네가 그 사람을 제대로 쫓아다니지 못한다면 말이야."

"다음엔 좀더 가까이 붙겠습니다. 부인의 그런 속임수에 넘어가지 않을 테니까 오늘 같은 일은 다시는 없을 겁니다."

"내 아내는 속임수를 쓰지 않는다네."

그는 매섭게 말했다.

"단지 다소 기운이 넘치고 충동적이어서 그렇지."

스팅턴은 조심스럽게 기침을 했다.

"그렇게 말씀하신다면 그렇긴 합니다. 그래도 저는 좀 그런 느낌이 들긴 하지만……, 제 말에는 신경쓰지 마십시오."

"신경이 쓰이네. 솔직히 상당히 신경이 쓰이네, 스팅턴. 자네가 이 일을 계속할 생각이 있다면, 내 아내에 대한 모욕적인 언사는 삼가는 게 좋겠네."

홀에서 들리는 시끄러운 소리 때문에, 가브리엘이 스팅턴의 야위고 작은 목을 쥐어짜는 일은 그쯤에서 중단되었다.

포비의 목소리가 들리자 그는 겨우 안심했다.

서재 문이 활짝 열리고 보닛의 끈을 휘날리며 포비가 들어왔다. 그녀는 손에 꾸러미를 들고 있었다. 초록색과 노랑색 줄무늬가 들어간 모슬린 드레스의 치마가 그녀의 조그만 발목에서 찰랑거렸다.

그녀의 얼굴은 흥분으로 붉게 물들어 있었다.

"가브리엘, 난 오늘 일생 일대의 모험을 했어요. 그 얘기를 해줄 테니 기다리세요. 강도가 우리를 거의 집까지 뒤쫓아왔지 뭐예요. 그 사람은 아마 살인도 했을 거예요. 그런데 우리가 그 사람의 계획을 멋지게 빗나가게 만들었다구요."

가브리엘은 벌떡 일어났다.

"진정해, 포비."

"가브리엘, 그런데 정말 이상했어요. 초록색 모자를 쓴 조그만 남자가……."

포비는 스팅턴을 보자 갑자기 말을 중단했다. 그녀의 눈동자가 말할 수 없이 휘둥그래졌다.

"세상에, 저 사람이에요. 우리를 뒤쫓던 사람이 바로 저 사람이라구요.”

“제가 일을 제대로 못했나봅니다.”

스팅턴은 누런 이빨 사이사이 벌어진 틈을 드러내며 자신의 실수를 인정하는 미소를 지었다.

“부인께선 전문적인 범인들이 흔히 사용하는 수법으로 빠져나가셨습니다.”

“고마워요.”

도비는 얼떨결에 그렇게 말하고는 몹시 궁금한 듯 그를 바라보았다.

가브리엘은 욕지기를 해대며 스팅턴을 돌아보았다.

“내 아내와 범인들을 비교하는 그런 말을 삼가라고 하지 않았나?”

“알겠습니다.”

스팅턴은 정중하게 말했다.

“기분나쁘게 하려고 그런 건 아닙니다. 부인, 부인께선 정말 영리하십니다.”

포비는 그에게 환한 미소를 지었다.

“내가 정말 그랬어요?”

“처음 골목을 돌았을 때는 뒤쫓을 수 있었는데 두 번째 돌고 난 후에는 거의 불가능하더군요.”

“아주 조심스럽게 계획을 세웠거든요.”

“제가 말했던 대로 정말 프로이십니다.”

포비는 부드러운 미소를 지었다.

“운이 따랐던 거예요. 마차를 세 번째로 돌리고 났을 땐 아주 이상한 곳에 와 있더라구요. 마부가 그 길을 잘 알지 못했더라면 우린 어디까지 갔는지, 그곳이 어디였는지도 몰랐을 거예요.”

“두 사람 다 그 얘긴 그만하면 충분해.”

가브리엘은 말을 가로막고 스팅턴을 힐끗 보았다.

“자넨 가도 좋아.”

“알겠습니다.”

스팅턴은 두 손으로 초록색 모자를 돌렸다.

“앞으로도 제가 필요하겠습니까?”

“다른 대안이 없는 것 같아. 하는 수 없지, 그 일을 하기엔 자네가 적격이야. 와일드 부인이 내일 아침 외출할 때 알려주겠네.”

스팅턴은 씩 웃었다.

“고맙습니다, 백작님.”

그는 모자를 쓰고 의기 양양하게 문으로 걸어갔다.

가브리엘은 포비와 단둘이 남겨질 때를 기다렸다가 그녀에게 책상 건너편의 의자를 가리켰다.

“앉지.”

포비는 못 들은 척했다.

“가브리엘, 대체 왜……?”

“앉아.”

포비는 자리에 앉아 짐꾸러미를 무릎에 올려놓았다.

“저 조그만 남자는 누구죠? 무엇 때문에 그 사람이 내 뒤를 쫓아온 거예요?”

“그 사람은 스팅턴이야.”

가브리엘은 자리에 앉아 두 손을 책상 위에 포갰다. 아무리 화가 나더라도 침착하고 이성적이 되어야 한다고 다짐했다.

절대 이성을 잃어서는 안된다.

"당신이 외출할 때 당신 뒤를 밟으라고 내가 고용했어."

"내 뒤를 밟으라고 사, 사람을 고용했다구요?"

포비의 놀란 입은 다물어질 줄을 몰랐다.

"저한테는 말하지 않으셨잖아요?"

"물론, 말하지 않았지. 당신에게 굳이 알릴 이유가 없으니까."

"왜 내가 알면 안되는 거죠? 대체 무슨 일 때문에요?"

가브리엘은 잠시 그녀를 쳐다보면서 어느 정도까지 얘기를 해야 할지 망설였다.

문제는 이제 그녀가 스팅턴의 존재를 알았다는 점이었다. 나머지를 설명하는 것 외에는 달리 방도가 없었다. 그녀는 그가 그렇게 할 때까지 괴롭힐 것이 뻔했다.

"벡스터로 인해 혹여라도 당신에게 무슨 일이 생길까봐 스팅턴을 고용했어."

포비는 놀라서 할 말을 잃은 채 그를 바라보았다.

"닐?"

가까스로 말을 하는 그녀의 목소리는 반쯤 짓눌린 음성이었다.

"내가 없는 틈을 타 벡스터가 당신과 접촉을 시도할 것 같은 생각이 들었기 때문이야."

"이해가 안돼요."

가브리엘은 화를 내지 않으려고 꾹 참았다.

"확실한 건 나도 모르겠어, 포비. 하지만 벡스터는 나를 증오하기 때문에 당신에게는 위험 인물이야. 그 얘기는 내가 이미 했었지. 난 단지 그 자가 당신 가까이 오지 못하도록 신중하게 대처하고 있는 거라구."

"혹시 그 사람이 하는 말을 내가 모두 믿을까봐 그러는 거예요?"

포비의 시선이 갑자기 매서워졌다.

"당신은 자신이 얘기해 준 남태평양에서 있었던 사건을 내가 받아들이지 않는다고 생각하고 있어요."

"위험을 무릅쓰고 싶지 않아."

가브리엘은 벌떡 일어나 브랜디 병이 놓여 있는 조그만 탁자로 걸어갔다.

"난 벡스터를 잘 알아. 그 자는 순 거짓말쟁이야."

"하지만 내가 그 사람의 거짓말을 믿을 거라고 생각하는 건 아니죠?"

"왜 아니겠어?"

가브리엘은 브랜디를 꿀꺽 마시고 잔을 탁자에 소리나게 내려놓았다.

"당신은 이미 예전에 그랬잖아."

포비는 짐꾸러미를 가슴에 꼭 끌어안고 자리에서 일어났다.

"그 얘긴 옳지 않아요. 그땐 훨씬 어린 나이였고, 지금 같은 세상 경험도 없었을 때였어요."

그는 빙그르 돌아 그녀를 정면으로 마주보았다.

"세상 경험? 당신이 닐 벡스터 같은 남자를 상대할 정도로 세상 경험을 충분히 쌓았다고 생각하나? 당신은 무모하고 순진하고 충동적인 어린아이야. 당신은 벡스터와는 조금도 어울리지 않아. 내 말을 믿어."

"그런 식으로 말하지 말아요, 가브리엘."

"난 내가 하고 싶은 대로 얘기하겠어."

"아니오, 그렇게 하지 못할 거예요. 더욱이 당신이 내가 모르게 내 뒤를 쫓아다니라고 그 조그만 남자를 고용하는 것도 원치 않아요. 몹시 불쾌하고 참을 수 없는 일이에요. 누군가 나를 지켜보게 하고 싶다면 먼저 나와 의논하도록 하세요."

"그래?"

포비는 턱을 치켜들었다.

"네, 그래요. 내가 그런 결정을 하겠어요. 당신이 염려하는 건 오로지 닐이 나와 얘기하는 것뿐이니까 스팅턴이 있어야 할 필요는 없어요."

"그렇다면 당신은 내가 생각했던 것보다 훨씬 더 순진한 사람이군."

"가브리엘, 난 닐을 상대할 정도의 능력은 있다구요."

가브리엘은 그녀 앞으로 한 걸음 다가가 그녀의 반항적인 조그만 턱을 손끝으로 잡았다.

"당신은 자신이 무슨 말을 하는지 모르고 있어. 당신은 당신의 금발머리 란셀롯을 나만큼도 몰라."

그녀의 얼굴이 붉어졌다.

"그 사람은 나의 란셀롯이 아니에요."

"한때는 그랬었지."

"그것은 3년 전이에요."

포비는 고함을 질렀다.

"이제는 모든 것이 바뀌었어요. 가브리엘, 당신은 나를 믿어야 해요, 닐 벡스터의 꼬임에 넘어가는 일은 없을 거예요. 제발 나를 믿어요."

가브리엘은 절박한 호소가 어린 그녀의 눈동자를 보고 자신의 단호한 의지가 흔들리는 것을 느꼈다.

"이것은 믿음의 문제가 아니야, 주의해야 하는 문제지."

"그렇지 않아요. 믿음의 문제예요. 가브리엘, 당신은 아직 나를 사랑하지 않는다고 분명히 말했어요. 그런데 당신이 나를 믿지도 않는다면 우리 사이는 아무것도 아니에요."

우리 사이는 아무것도 아니다.

순간 고뇌와 분노의 발톱이 그를 움켜쥐고 몸 속으로 깊숙이 들어오면서 그의 영혼까지 꿰뚫는 것 같았다. 가브리엘은 자제력을 잃지 않으려 애를 썼다.

"오히려 그 반대야. 우리 사이에는 엄청난 일이 있어."

"그게 뭐죠?"

"결혼이라는 것이지."

그는 냉정하게 말했다.

"당신은 내 아내야. 당신은 내가 말하는 대로 하고, 내가 신중하게 생각하는 주의점들을 받아들여야 돼. 그렇게 하면 되는 거야. 그러니까 스팅턴에게서 교묘히 빠져나가려는 일은 하지 마."

그녀는 화가 나서 그를 바라보았다.

"만약 내가 교묘히 빠져나가면요?"

"당신이 그렇게 하면, 집 밖으로 한 발짝도 나가지 못할 거야.

당신을 집에 가둬둘 거니까."

포비는 한 대 얻어맞은 표정으로 그를 바라볼 뿐이었다. 그녀의 시선에는 분노와 함께 그것과는 조금 다른 감정이 서려 있었다. 가브리엘은 또 다른 감정이 슬픔일 것이란 생각이 들었다. 잠시 동안 그녀는 짐꾸러미를 꼭 끌어안은 채 그 자리에 서 있었다.

"사실이군요."

그녀는 마침내 말문을 열었다. 그러나 그녀의 음성은 밀려오는 슬픔으로 탁했다.

"우리 사이엔 믿음도 존경도 없었어요. 우리 관계는 아무것도 아니었어요."

"빌어먹을, 포비."

"자, 여기 있어요. 당신 거예요."

그녀는 짐꾸러미를 그에게 내밀었다. 그리고 나서 그대로 돌아서서 서재 문을 향해 걸어갔다.

"포비, 돌아와!"

그녀는 돌아보지 않고 말없이 문을 나섰다.

가브리엘은 한참 동안 닫힌 문을 바라보고 있었다. 잠시 후, 그는 책상에 돌아와 지친 듯 의자에 쓰러졌다.

그는 가슴 깊은 곳이 이상하게 답답함을 느꼈다. 조금 후에 가브리엘은 자기 앞에 놓인 짐꾸러미를 보고 별 생각 없이 포장을 풀었다.

갈색 종이를 다 벗기고 났을 때 그의 앞에는 낯익은 책이 자리를 차지하고 있었다. 이것이 포비가 그에게 주는 첫 번째 선물이라는 생각이 들었다. 아니, 그것은 사실이 아니었다.

첫 번째 선물은 그녀 자신이었다. 이것은 그녀가 주는 두 번째 선물이었다.

그러나 지금까지 그는 그녀에게 이렇다 할 중요한 선물을 해준 일이 없었다.

한밤중인데도 포비는 그저 멍하니 깨어 있었다. 잠옷과 가운을 걸친 모습으로 그녀는 창가의 의자에 앉아 어둠을 응시하고 있었다.

신선한 밤공기가 들어오도록 일찍부터 창문을 열어놓았었다. 그것은 그녀가 생각하는 데 도움이 되었다.

그녀는 몇 시간을 생각에 몰두했다. 그것만이 뭔가 해결책을 만들어줄 것처럼.

오후와 저녁 내내 방에 있던 그녀는 차츰 불안해지기 시작했다. 그녀는 내내 꽁하니 있는 것은 자신의 성격과 맞지 않는다는 결론을 내렸다. 확실히 그녀에게는 그런 재주가 없었다.

서재에서 그런 일이 있고 나서 그녀는 마구 울어보기도 했지만 조금 시간이 지나자 그 일도 지겨워졌다. 아래층으로 저녁식사를 하러 내려가지 않겠다고 거부할 때, 그녀는 가브리엘이 그녀 방문을 두들기면서 자신더러 내려오라고 말하기를 기대했었다. 그러나 그는 그 대신 차와 토스트를 방으로 올려보냈다. 때문에 포비는 몹시 배가 고프기도 했다.

그녀는 가브리엘이 클럽에서 저녁식사를 했음을 알았다. 그는 그곳에서 조금 전에 돌아와 지금은 자신의 침실에 있었다. 그가 하인들을 내보내는 소리가 들렸다.

포비는 가브리엘의 침실과 연결되어 있는 방문을 탐색하는 눈길로 바라보았다. 그녀는 직감적으로 그가 오늘 밤 그 문을 열지 않을 것이란 걸 알았다. 그의 자존심이 그것을 허락하지 않으리라.

포비는 조심스럽게 자신의 자존심을 생각해 보았다. 그날 아침에는 그것이 너무나 커다란 장벽이었지만, 지금은 그렇게 중요하게 보이지 않았다.

가브리엘이 아내를 화나게 만드는 그런 종류의 남편이라는 사실이 증명되긴 했지만 그러나 그런 상황도 점차 누그러지고 있었다. 그 나름의 방식대로 그는 그녀를 보호하려 했던 것이다. 그런 보호 방식에 고마워하지 않는 자신 때문에 그는 화가 난 것이다.

그들은 각자 서로를 많이 알아야 했다.

포비는 슬머시 일어나 연결된 문 쪽으로 다가갔다. 귀를 나무판자에 대고 무슨 소리가 나는지 조심스럽게 들어보았다.

가브리엘의 침실에서는 아무 소리도 들리지 않았다. 그는 아마 자고 있는 모양이었다. 가브리엘에게는 사과해야 한다는 생각이 결코 떠오르지 않을 것이다. 어떤 일에 있어서는 믿을 수 없을 정도로 아둔한 사람임에 틀림없었다.

포비는 깊이 한숨을 내쉬고 나서 용기를 내 슬머시 문을 열었다. 사방을 유심히 살피다 의자에 앉아 있는 가브리엘을 발견했다. 그는 검은색 가운을 입고 무릎에 책을 펼쳐들고 있었다. 조그만 책상에 놓인 촛불에 의존해 책을 읽고 있는 모양이었다.

포비가 천천히 방안으로 들어가자 그가 고개를 들었다. 그림자가 드리운 그의 얼굴이 어둡고 침울한 것을 보고 그녀는 약간 긴장했다.

포비는 가슴 아래 팔짱을 끼고 손을 옷 소매 속에 집어넣었다. 그에게서 몇 걸음 떨어진 곳에 걸음을 멈추고는 부드럽게 헛기침을 했다.

"잘 있었어요?"

그녀가 정중하게 물었다.

"당신도 잘 지냈어? 난 지금쯤이면 당신이 자고 있는 줄 알았어."

"잠이 올 것 같지 않아서요."

"그랬군."

그의 눈동자에는 잠시 만족감이 반짝였다.

"화를 내고 몇 시간 동안 뾰루퉁해 있던 것에 대해 사과하러 왔나?"

"아니오, 그런 건 아니에요. 내게도 화를 내고 원하는 만큼 뾰루퉁해 있을 권리가 있어요."

그녀는 한 걸음 더 가까이 다가가 그의 손에 들린 책을 내려다보았다. 그것이 무엇인지 확인한 그녀는 약간의 용기를 충전했다.

"맬로리의 『아서 왕의 죽음』을 읽고 계셨군요?"

"그래. 이 책을 다시 찾게 돼 얼마나 기쁜지 몰라."

가브리엘은 살짝 미소를 짓기까지 했다.

"내가 당신에게 고맙다는 인사를 제대로 하지 못한 것 같아."

“그건 아무렇지도 않아요.”

그녀는 그가 선물을 좋아하고 있다는 것을 알고 기뻤다.

“당신을 위해 그 책을 찾게 돼서 저도 기뻐요.”

가브리엘의 눈동자는 그녀에게 박힌 채 흔들리지 않았다.

“내가 꼭 보답을 해줄게.”

“우린 공평해요. 결국 포괄적으로 보자면, 내가 『성채의 여인』을 되찾게 된 건 당신 덕분이잖아요.”

“그런 관점에서 보자면 그렇겠군.”

가브리엘은 그녀를 계속 유심히 바라보았다.

“왜 잠을 잘 수 없었던 거야?”

포비는 이글거리는 그의 눈동자 때문에 얼굴이 화끈 달아올라왔다. 자신이 어둠 속에 서 있다는 게 그렇게 고마울 수가 없었다.

“생각 좀 하느라고요.”

“그랬어? 뭐 재미있는 거라도 찾아냈나?”

“그렇게 빈정거릴 필요는 없잖아요. 난 지금 심각해요. 우리의 결혼에 대해 생각해 봤어요.”

가브리엘의 시선은 도무지 읽을 수가 없었다.

“당신이 실수한 게 아닌지 궁금해? 그러나 그런 생각은 조금 늦은 감이 있군. 성급한 결혼에 대한 속담도 알고 있겠지?”

“그리고 한가하게 후회하는 것두요? 네, 난 그런 일에 익숙해요, 고마워요. 하지만 내가 하고 싶었던 얘기는 그게 아니었어요.”

가브리엘은 그 말이 자신이 기대했던 대답이 아니라는 듯 머뭇거렸다.

"그렇다면 무슨 얘기를 하고 싶었던 거지?"

"우리의 미래에 대해서요."

"그게 왜?"

"당신은 사랑이란 감정을 믿지 않는 사람이란 걸 알았어요."

"난 특별한 감정이 남자에게 문제가 되는 줄은 정말 몰랐어."

포비는 갑자기 견딜 수 없는 긴장을 느꼈다. 긴장을 깨려고 그녀는 목적없이 방안을 서성였다. 벽난로 앞에서 걸음을 멈춘 그녀는 그 위에 놓여 있는 멋진 벽시계를 바라보았다.

"그래요, 가브리엘. 문제는 내가 당신처럼 그런 감정을 두려워하지 않는다는 점이에요."

그의 입이 약간 뒤틀렸다.

"나도 알고 있어."

"그 점에 대해 우리 두 사람 사이의 차이를 생각해 봤어요. 처음에는 언니가 당신과 도망쳤다가 마음을 바꾼 것 때문에 당신이 사랑의 감정에 빠지는 것을 내켜하지 않는다고 결론지었죠. 당신이 마음에 상처를 받았을 거라고 생각했어요."

"그 충격에서 벗어나는 데는 그리 오래 걸리지 않았어."

가브리엘은 차분하게 말했다.

"오히려 재정적인 파산과 어깨 부상에서 회복하는 게 좀더 시간이 걸렸지. 그 사건으로 인해 감정에 좌지우지되는 일은 위험하다는 교훈을 얻었다는 것만은 인정해."

"하지만 그 사건만이 그런 교훈을 준 건 아니죠, 그렇죠?"

"대체 무슨 말을 하고 싶은 거야?"

그녀는 화장대로 가서 가지런히 정돈되어 있는 남성용품들을 바라보았다. 무심코 은테를 두르고 옻칠이 된 조그많고 검은색 상자를 집어들었다.

"당신은 인생에서 그런 교훈을 좀더 일찍 배웠을 거예요. 당신과 난 전혀 다른 환경에서 자랐어요, 그렇죠?"

"그건 좀 믿을 만한 추측이군. 당신 아버지는 여러 대에 걸쳐 대대로 물려받은 작위와 엄청난 재산을 갖고 있어, 그래서 당신은 아주 풍요로운 생활을 했고. 돈과 권력은 대단한 차이를 만들지."

"내가 말한 것은 그게 아니에요. 난 우리 가족들이 지나치게 나를 간섭했다는 얘기를 하는 거예요. 지금까지 난 어린아이 취급을 받아왔어요. 우리 식구들은 언제나 나를 지나치게 과보호하는 경향이 있었고, 나를 조금도 이해하지 못했어요. 그렇지만 그들은 항상 나를 사랑했다는 것을 알고 있어요. 당신은 그런 혜택을 받지 못했어요."

가브리엘은 묵묵히 있었다.

"무슨 말을 하려는 거야?"

그녀는 그를 돌아보았다.

"당신은 아주 어렸을 때 엄마를 잃었어요. 아버지밖에 안 계셨고, 내 생각엔 그 분도 책을 지나치게 좋아하셨을 거예요. 그렇지 않아요?"

"아버지는 학자셨어."

가브리엘은 무릎의 책을 덮었다.

"그런 분이 자신의 학업에 몰두하시는 건 당연하지."

"난 그게 당연하다고 생각지 않아요."

포비는 되받아쳤다.

"그 분은 당신에게 애정을 쏟으셔야 했어요. 그게 아니라면 최소한 책에 쏟는 만큼이라도 신경을 쓰셨어야죠."

"포비, 이건 쓸데없는 얘기야. 당신은 지금 자신이 무슨 얘기를 하고 있는지 아무런 생각이 없어. 그만 침실로 돌아가는 게 좋겠어."

"보내지 마세요, 가브리엘."

포비는 검은색 상자를 황급히 화장대에 내려놓고 가브리엘이 앉아 있는 곳으로 방을 가로질러 와 그 앞에 섰다.

"제발."

그는 씁쓸한 미소를 지었다.

"당신을 멀리 보내려는 게 아니야, 당신 침실로 돌아가라는 것이지. 상황을 지나치게 과장되게 생각할 필요 없어, 여보."

"저녁 내내 생각해 봤는데, 당신이 사랑이란 감정을 두려워하는 이유가 그것을 믿지 않기 때문이란 확신이 들었어요. 그리고 그런 감정을 믿지 않는 이유는 당신을 사랑해 주겠다던 수많은 사람들이 당신을 저버렸기 때문이라는 것두요."

"포비, 말도 안돼."

"아니오, 제 말을 들으세요. 얼마든지 가능한 얘기예요."

그녀는 그 옆에 무릎을 꿇고 앉아 그의 다리를 감싸안았다.

"당신 어머니께서는 당신을 사랑하셨지만 일찍 돌아가셨어요. 당신 아버지께서 어머니 몫까지 사랑을 해주셔야 했지만 그 분은 대부분 당신은 안중에도 없으셨어요. 당신은 언니가 당신과 함께 도망치고 싶어했기 때문에 당신을 사랑하고 있다고 생각한 거예요. 하지만 언니는 다른 문제를 피하기 위해 그랬던 거였어요. 그러니 당신이 믿지 않는 것도 당연해요.”

가브리엘은 위험스럽게 눈썹을 치켜떴다.

“그게 당신이 저녁 내내 침실에서 생각한 논리인가?”

“네, 그래요.”

“당신이 시간을 허비하게 내버려둔 게 후회가 되는군. 아래층에 내려와서 식사를 하는 게 나았어. 지금쯤은 몹시 배가 고프겠군.”

포비는 그를 노려보았다.

“당신은 정말 고집이 센 사람이에요.”

“당신이 생각하는 그런 식의 여자들 논리에 내가 흔들리지 않을 거라는 말이라면, 천만에. 그렇진 않아.”

포비는 화가 나 자리에서 벌떡 일어났다.

“내가 무슨 생각을 하는지 알고나 있어요? 고집세다는 말에다 덧붙여 당신은 겁쟁이라는 생각을 하고 있어요.”

“당신이 나를 겁쟁이라고 부른 게 이번이 처음은 아니지.”

가브리엘은 부드럽게 말했다.

“내가 쉽게 화를 내는 사람이 아닌 게 천만 다행이야. 어떤 남자들은 이쯤에서 한 마디 했을 거야. 더구나 그런 말이 아내에게서 나왔다면.”

“그래요? 그럼 내가 한마디 하죠. 내가 당신만큼 고집이 센 게 천만 다행이에요. 난 아직도 당신이 나를 사랑한다고 마음 깊이 믿고 있으니까요. 당신은 그것을 인정하기가 두려운 거예요. 그래서 내가 당신을 겁쟁이라 부르는 거구요.”

“당신도 물론 자기 의견을 말할 권리는 있지.”

“망할,”

포비는 화가 나서 발을 굴렀다.

“정말이지 당신은 가끔씩 어떻게 할 수 없는 사람이에요.”

그녀는 휙 돌아서서 어두컴컴한 그녀의 침실 쪽으로 연결된 문을 향해 씩씩대며 가버렸다.

자신의 침실로 돌아온 그녀는 문을 소리나게 닫았다.

나쁜 사람.

그는 부드러운 감정에 굴복하는 것을 고집스럽게 거부해 그녀를 미치게 만들고 있었다. 그가 그런 일에 익숙지 않다는 것은 그녀도 알고 있었다. 그러나 자신이 그를 잘못 봤다는 생각은 하기 싫었다.

그 오랜 세월 동안 자신이 그를 잘못 알고 있었다는 생각은 너무나 끔찍했다.

그녀는 그와 결혼했다. 그녀의 미래는 냉혹하게 그의 미래와 연결돼 있었다. 어떻게든 그녀는 그의 냉소적인 외관 밑에 놓여 있는 고결하고 이상적인 기사도 정신을 회복시킬 방법을 찾아야 했다.

그러나 그런 일에 착수하려면, 그를 화나게 만들고 그의 면전에서 겁쟁이라고 부른 것은 좋은 방법이 아니었다.

어떤 물체가 소리없이 열려진 창문을 통해 날아들어왔다. 포비는 침대 위에 무언가 털썩 떨어지는 소리를 듣고 나서야 거리 쪽에서 방으로 어떤 물체가 들어왔다는 사실을 알았다.

깜짝 놀란 그녀는 주위를 둘러보다 방안의 어두컴컴한 곳을 바라보았다. 그 물체는 매트 가장자리로 굴러가 있었다. 그러나 그녀는 잠시 동안 아무것도 발견하지 못했다.

다만 박쥐가 아니길 바랐다.

순간 부드러우면서도 짓눌린 듯한 소리가 났다. 아무런 예고도 없이 주황색 불길이 치솟았다. 불길은 이불 가장자리의 레이스를 탐욕스럽게 먹어들어가면서도 아무런 소리를 내지 않았다.

몇 분 안에 불길은 침대를 뒤덮을 것이다.

포비는 충격에 사로잡힌 가운데서도 방을 가로질러 세면기 옆에 놓인 물통을 집어들었다.

"가브리엘."

프비는 불길에다 물통의 물을 퍼부으며 외쳤다.

믄이 벌컥 열렸다.

"대체 무슨 일……?"

그도 급속히 번지는 불길을 보았다.

"맙소사. 내 방에서 물통을 가져오고 하인들을 깨워. 어서, 포비."

포비는 서둘러 그의 침실로 달려가 물통을 가지고 돌아왔다. 가트리엘은 이미 침대의 이불을 걷어내 불길을 잡고 있었다.

포비는 그에게 물통을 건네고 하인들을 깨우러 방에서 뛰쳐나갔다.

18

화재의 피해는 크지 않았다.

그러나 가브리엘의 분노는 극에 달했다.

한 시간 후쯤 불길은 큰 탈 없이 진화되고 하인들도 각자의 방으로 돌아갔지만, 거의 재난에 가까운 일에 대한 가브리엘의 분노는 사그라들 줄을 몰랐다.

그는 한 손에 브랜디 잔을 들고 의자에 털썩 주저앉아 포비를 바라보며 생각에 잠겨 있었다. 그녀는 그의 침대에서 다리를 오므리고 앉아 있었다. 그가 준 브랜디를 마시는 그녀의 얼굴도 심각했다.

그는 이번에도 그녀를 잃을 뻔했다. 그런 생각이 들자 가브리엘은 진저리를 쳤다.

그는 만약의 경우 어떤 일이 일어났을까를 생각했다. 만약 포비가 잠들어 있었다면 그녀는 제때 일어날 수 없었을는지 모른다. 그리고 그의 방에서 그가 연기 냄새를 맡았을 때는 이미 늦었을 것이다.

그녀가 깨어 있었던 게 얼마나 다행인지.

"앞으로는 내 눈에 띄지 않는 곳에 절대로 당신을 두지 않을 거야."

가브리엘은 가라앉은 음성으로 말했다. 그는 브랜디 잔을 다 비웠다.

'어째서 이런 일이 있었을까요?"

포비는 그를 물끄러미 바라보았다.

"'악마의 안개'에서 당신을 지하 납골당으로 데려갔던 그 미친 하녀의 짓이 틀림없어."

"앨리스 말인가요?"

가브리엘은 브랜디 잔을 두 손으로 잡고 돌렸다.

"그 미친 여자가 런던까지 우리를 쫓아온 거야. 무엇 때문이지는 몰라도 당신을 놀라게 만들고 싶어하는 거라구. 아마 해를 입히려는지도 모르지. 정말 이해가 안되는군."

"미쳤다는 건 말이 안돼요. 일이 정말 당신 말처럼 그렇게 된 거라면, 그 여자를 미쳤다고 보면 안돼요."

"하지만 왜 그 여자가 당신에게 그런 미친 짓을 했을까? 당신은 그 여자를 알지도 못하는데."

"창문으로 랜턴을 던진 사람은 앨리스가 아닐지도 몰라요."

포비는 천천히 말했다.

"다른 사람일 수도 있어요. 문제를 일으킬 게 없나 찾아다니는 악당들일 수도 있잖아요. 그런 패거리들이 총동원되면 어떤지 당신도 알 거예요. 창문으로 돌을 던지고 불을 지르고 모든 방법을 동원해 파괴를 일삼잖아요."

"포비, 당신 창밖에는 그런 패거리들이 없었어. 우린 아무 소리도 듣지 못했잖아."

"그건 그래요."

그녀는 생각에 잠기며 입술을 물어뜯었다.

"아, 생각나는 게 있어요."

"뭐지?"

가브리엘은 자리에서 일어나 성급하게 창가로 갔다. 그는 몇 분 동안 혹시 뭔가 단서를 찾을 수 있지 않을까 거리 아래를 살펴보았다.

"오늘 밤 화재와 관련된 일이에요."

"뭔데?"

포비는 천천히 말했다.

"이 일은 내가 동굴을 헤엄쳐 지하 납골당을 빠져나오려던 사건과 놀라울 정도로 닮은 점이 있어요."

가브리엘은 어깨 너머로 인상을 썼다.

"어떤 식으로?"

"모르겠어요? 이 일은 『성채의 여인』 끝에 나오는 저주의 또한 부분이에요."

"빌어먹을, 그런 일은 불가능해. 다른 것을 모두 제쳐두고 초자연적인 요인을 이끌어내는 건 반대야. 포비, 난 내 책에도 초자연적인 부분은 사용하지 않아."

"네, 알아요. 하지만 출간기록이 어떤지는 알고 계시죠?"

포비는 침대에서 뛰어내려와 그녀의 침실로 사라졌다. 잠시 후 그녀는 『성채의 여인』을 갖고 돌아왔다.

"포비, 이건 어리석은 짓이야."

"이걸 좀 들어봐요."

포비는 다시 침대에 앉아 낡은 책의 마지막 페이지를 펼쳤다.

"이 책을 훔치는 자에게 저주가 있으라. 파도에 휩쓸려 익사할 것이다. 그렇지 않으면 불길에 휩싸일 것이고, 지옥의 암흑 속에서 영원히 살아갈 것이다."

"빌어먹을. 그건 그냥 써놓는, 말도 안되는 얘기야. 혹시 그렇다면 앨리스가 그 저주를 알고 그대로 실현하기 위해 시도하고 있다는 얘긴데……."

"그 여자가 그것을 어떻게 알았을까요?"

포비는 조심스럽게 책을 덮었다.

"『성채의 여인』은 영국으로 돌아온 이후 줄곧 내가 갖고 있었어. 내 하인들 가운데 누군가 서재의 내용물을 읽어볼 가능성은 있지. 그 사람이 여자든 남자든 앨리스에게 그 얘기를 해줬을 수 있고."

포비의 눈썹이 한데 모아졌다.

"설사 그렇다 해도 저주는 고대 불어로 쓰여 있는데, 당신 하인이 그 글을 읽을 수 있다는 점이 이상하지 않아요?"

"좋은 질문이야."

가브리엘은 어두운 거리를 다시 유심히 살펴보았다.

"앨리스는 대체 누굴까?"

"나도 모르겠어요, 가브리엘. 머리가 깨지는 것 같아요. 난 그 여자를 만난 적도 없는데……."

"그 여자가 과거에 당신 친정집에서 일한 적은 없나?"

"없어요."

"연관성이 있는 게 분명해."

"가브리엘?"

"응?"

그는 돌아보지 않았다. 그의 마음은 온통 짐작과 가능성을 생각하는 데 가 있었다. 연관이 있었다. 그 책과 앨리스, 그 사건 사이에 연관되는 점이 있는 게 분명했다.

"당신이 닐에 대한 편견을 가지고 있다는 걸 알기 때문에 이런 말을 하기가 꺼려지지만……."

가브리엘은 등골이 오싹해졌다. 그는 돌아서서 침대를 향해 다가왔다.

"벡스터가 이 일과 무슨 관련이 있다는 거야?"

"아, 아무것도 아니에요."

그가 성큼성큼 침대로 다가오자 포비는 놀라 똑바로 앉았다.

"내 생각엔 그 사람은 이 일과 아무런 관련이 없어요. 그건 확실해요."

"그런데?"

포비는 침을 꿀꺽 삼켰다.

"그 사람이 나와 춤을 추던 날 밤, 『성채의 여인』을 돌려받고 싶다는 얘길 했어요. 그 책은 자기 것이고 나를 느낄 수 있는 유일한 것이라고, 그러면서 적어도 내가 할 수 있는 일은 자기에게 그 책을 주는 것이라고 말했어요."

"망할 인간 같으니."

"가브리엘, 그렇다고 해도 비약해서 결론을 내리지는 말아요. 생각해 보세요, 첫 번 사건은 우리가 닐이 살아 있다는 사실을 알기도 전에 '악마의 안개'에서 일어났어요. 그리고 그날 나를 납골당에 데려간 것은 닐이 아니라 앨리스였구요."

"그렇다면 앨리스와 벡스터간에 연관이 있겠군."

가브리엘은 자신에 찬 음성으로 말했다.

'이제 내가 해야 할 일은 그 연관성을 찾아내는 거야."

"지금 단계에서 그들이 연관성이 있다고 확신하는 건 옳지 않은 것 같아요. 그 책에 대한 닐의 관심은 다분히 감상적인 거예요."

"벡스터는 상어처럼 예민한 감각을 갖고 있어."

포비는 입을 꼭 다물었다.

"당신이 그 사람을 어떻게 생각한다 해도 그 사람이 내게 해를 끼칠 이유는 없어요."

"그 자는 내게 해를 끼치려는 거야. 그러기 위해서는 당신을 이용하는 게 좋다는 생각을 할 만큼 영리한 자니까."

"아무런 증거도 없잖아요."

"앨리스와 벡스터 사이의 연관을 밝혀내고 말겠어. 그렇게 되면 증거를 확보하는 거겠지."

"가브리엘, 당신은 닐을 나쁘게만 보려고 해요. 그런 당신에게 정말 놀랐어요.”

“미안해, 여보. 당신을 놀라게 하려고 그런 건 아니야.”

그는 몸을 숙여 그녀를 끌어안아 침대 옆에 일으켜세우고는 이불을 가지고 왔다.

“잠을 좀 자두지. 아침에는 스팅턴더러 정체불명의 앨리스를 조사해 보라고 해야겠어.”

“난 어떡하구요?”

포비는 순순히 침대에 기어오르며 물었다.

“당신이 스팅턴더러 내 뒤를 밟으라고 할 줄 알았는데.”

“그 사람이 한 번에 두 장소에 있을 순 없잖아.”

포비의 눈동자가 밝아졌다.

“그럼 결국 나를 믿기로 했단 말이에요? 다른 사람을 시켜 나를 지켜보라고 할 필요가 없어졌다는 거죠?”

“그 얘기는,”

가브리엘은 촛불을 훅 불어 끄고 그녀 옆으로 들어왔다.

“당신은 내일 아무 데도 가지 않을 거니까 당신 뒤를 밟을 사람이 필요없을 거라는 뜻이야.”

그녀는 아무 말도 못하고 어둠 속에서 눈만 휘둥그래 떴다.

“그럴 수 없어요. 난 내일 약속이 있단 말이에요. 언니한테 가기로 했다구요.”

“당신 언니가 이리로 올 수도 있잖아.”

가브리엘은 그녀 쪽으로 손을 뻗었다.

“이 문제가 해결될 때까지 당신은 아무 데도 가지 못할 거야.”

“아무 데도? 가브리엘, 그럴 순 없어요.”

"그럴 수 있어. 당신은 남편에게는 물론이고 누구에게든지 복종한다는 개념이 무척 생소한 사람이라는 걸 알아. 하지만 이 문제만큼은 복종시킬 생각이야."

가브리엘은 그녀의 몸이 굳어지는 것을 느꼈다. 그는 목소리를 부드럽게 내서 그녀를 이해시키려고 했다.

"미안해, 포비. 하지만 난 위험을 감수할 수 없어. 내가 호위하거나 스팅턴이 여의치 않는 한 당신은 집에 있어야 돼."

포비는 일어나 앉으려고 안간힘을 썼다.

"집에 갇히는 건 싫어요."

그는 그녀를 침대 속으로 끌어당겨 그녀 위에 올라탔다. 그녀는 그가 육중한 다리를 그녀의 허벅지 위에 걸치고, 두 손으로 그녀의 반항하는 얼굴을 붙잡을 때까지 발버둥쳤다.

"가만있어, 포비."

그는 부드럽게 말했다.

"이것은 또 하나의 흥미진진한 모험이야. 하지만 지금은 대단히 위험한 상황이라구. 당신은 나의 안내를 받아야 돼."

"왜 내가 당신의 안내를 받아야 되죠?"

"당신은 내 아내니까. 게다가 이런 일은 내가 당신보다 훨씬 더 깊이 알고 있으니까."

그녀는 반항하는 투로 그를 노려보며, 그의 시선을 탐색하고 의지력을 시험했다. 그녀가 복종하기만을 바라며 그는 여전히 말이 없었다.

손으로 저항하는 행동은 잠시뿐이었고 이내 끝이 났다. 포비의 저항이 줄어들자 가브리엘은 자신이 이겼다는 것을 알 수 있었다. 적어도 지금은…….

그는 안도감에 휩싸였다.

"결혼의 이런 부분이 가끔 몹시 짜증스러울 때가 있어요."

"알고 있어."

가브리엘은 나지막이 속삭였다.

순순히 따르는 것을 그녀가 별로 좋아하지 않는다는 것을 가브리엘은 익히 알고 있었다. 창을 통해 흘러들어오는 달빛이 그녀의 눈에 어린 불쾌감을 비추고 있었다.

가브리엘은 갑자기 달빛에 비친 그녀의 모습을 처음 보았던 순간이 떠올랐다. 그날 밤, 인적이 드문 서섹스 거리에서 그녀의 베일을 들어올려 놀란 표정의 도전적인 얼굴을 본 그는 자신이 그녀를 원한다는 것을 알았다. 그녀를 자신의 사람으로 만들기 위해서는 어떤 일도 불사하겠다는 생각이 들었었다.

나는 두려워하지 않는다.

이제 그녀는 그의 사람이었다. 그러나 그녀는 스스로 알고 있는 것보다 너무나 약하고 지극히 충동적이었다. 그는 그녀 스스로 보호할 수 있다는 그녀의 말을 믿을 수 없었기 때문에 그녀를 보호해야 했다.

"포비,"

그는 그녀의 입에 대고 말했다.

"난 당신이 왜 그러는지 잘 모르겠어, 이해도 안되고. 하지만 당신은 내 사람이고 당신을 안전하게 지키는 일이라면 무엇이든 할 거야."

그는 그녀의 입술을 지그시 누르고, 그녀의 타액을 빨아들이며 부드러운 육체뿐만 아니라 영혼까지 사로잡으려 했다.

　잠시 후, 포비는 부드러운 신음 소리를 내며 두 팔로 그의 목을 감싸안았다.

　"대체 무슨 일이에요?"

　앤터니는 탁자에서 클라레 병을 집어들어 술잔에 따랐다. 그리고는 맞은편 의자에 털썩 앉으며 가브리엘을 쳐다보았다.

　"목소리 좀 낮춰요."

　가브리엘은 클럽 안을 주의깊게 둘러보았다.

　오후 치고는 아직 이른 시간이었기 때문에 사람이 별로 없었지만, 그래도 한두 명은 대화를 엿들을 만큼 가까운 거리에 있었다.

　"난 개인적인 일이 세상에 알려지는 걸 바라지 않아요."

　앤터니는 애써 초조함을 가라앉혔다.

　"알았어요."

　그는 목소리를 낮췄다.

　"무슨 일인지 말해봐요. 왜 그렇게 급히 부른 거예요?"

　"누군가 포비를 헤치려 하거나 적어도 위협을 하려 하고 있어요."

　누군가 포비를 죽일지도 몰라.

　가브리엘은 속으로 그렇게 말하고 있었다. 그러나 그 말은 큰 소리로 말할 수가 없었다.

　"세상에."

　앤터니는 소스라치며 물었다.

“정말이에요?”

“내가 아는 한 확실해요.”

“그게 누군데요? 내가 그 자식을 죽여버리겠어.”

“처남은 기다리는 게 좋겠어요. 그걸 누릴 권한은 내가 제일 먼저니까. 직접적인 책임이 있는 사람은 앨리스라는 여자예요. 그 여자는 미친 사람이거나 연기력이 있는 범죄집단의 일원이라 생각돼요. 하녀라고 하고 포비에게 접근할 수 있었으니까. 난 닐 벡스터가 이 일에 연관되어 있을 가능성이 농후하다고 생각해요.”

그는 사건을 간단하게 요약했다.

앤터니는 아무 말 없이 애기를 들었다. 가브리엘이 애기를 끝냈을 때, 그는 거의 폭발 직전이었다.

“빌어먹을 자식, 벡스터가 죽었어야 하는 건데. 매제가 그 녀석이 죽었다고 우리를 안심시켰잖아요?”

“그 사실을 알고 난 처남보다 훨씬 더 실망했어요.”

“그 자를 어떻게 할 겁니까?”

“또다시 제거해야지. 하지만 이번에는 다시는 내 앞에 나타나지 않게 할 생각이오.”

앤터니는 눈살을 찌푸렸다.

“그 자가 정말 무자비하게 혀를 자르는 살인자예요?”

“내 배에서 살아난 사람들에게 그 자가 혀 자르는 일을 즐기는 것 같다는 애기를 들었소.”

“왜 포비를 목표물로 정한 걸까?”

“벡스터는 나를 골탕먹이려는 거요.”

“그렇다면 그 자가 이 일에 앨리스라는 여자를 이용하는 이유는요?”

“그렇게 하면 그 자가 사건 배후에 있다는 증거가 없을 테니까.”

가브리엘은 사건을 생각하며 눈살을 찌푸렸다.

“우리가 누군가 잡는다면, 잡히게 되는 사람은 아마 그 여자일 거요. 그 여자가 정말로 미쳤다면, 벡스터를 범인으로 지목할 수 없을 겁니다. 그 여자가 전문적인 범죄자이고 고백을 하기로 마음을 먹는다면, 그 여자의 말은 벡스터의 말과 상당히 차이가 있을 거요.”

“그 여자가 벡스터의 정체를 모른다고 할 수도 있겠죠.”

앤터니는 여러 가지 가능성을 타진하듯 느릿느릿 말했다.

“그 자가 자신의 신분을 노출하지 않고 그 일을 시켰을 수도 있어요.”

가브리엘도 고개를 끄덕였다.

“있을 법한 일이오. 그래도 난 그 두 사람 사이에 연관이 있는지 알아낼 생각이오.”

“어떤 식으로 할 건데요?”

가브리엘은 몸을 앞으로 숙이고 목소리를 더 낮췄다.

“그 일을 조사할 탐정을 데리고 있소. 그 사람에게 벡스터가 정부를 데리고 있는지, 아니면 범죄조직과 연관이 있는지 알아보라고 지시했소.”

앤터니는 잠시 그를 유심히 바라보았다.

“만약 벡스터가 포비에게 위해를 가하려는 이런 사건의 배후 조종자라는 사실을 증명하지 못할 땐 어떡할 생각인데요?”

가브리엘은 어깨를 으쓱했다.

“포비에게 벡스터가 그녀가 믿고 있는 란셀롯이 아니라는 것을 보여주기 위해서라도 벡스터가 문제를 일으켰다는 사실만 입증할 수 있으면 충분해요. 내가 알고 있는 것이 진실임을 증명할 수 없다면 그렇게라도 할 생각이오.”

“포비는 증거를 원할 겁니다. 그 애는 오랜 친구에게 쉽게 등을 돌리는 아이가 아니에요. 아주 의리가 있죠.”

“알아요.”

가브리엘의 얼굴은 아무런 표정이 없었다.

“하지만 벡스터가 포비 주위에 얼씬거리 게 놔두는 일은 너무 위험해요. 그 자는 포비 같은 순진한 여자를 홀리는 재주가 있어요. 남태평양의 섬에서 벡스터는 여러 유부녀를 꼬여서 남편의 사업상의 비밀을 알아낸 사람이오. 정부들도 여럿을 꼬여내 그들 애인의 계획을 알아내기도 했고.”

앤터니는 한쪽 눈썹을 치켜떴다.

“그럼 매제의 정부도?”

“그렇진 않아요. 그 여자는 나와 약혼한 사람이었으니까.”

가브리엘은 조용히 말했다.

“그 여자는 내 동업자 중 한 사람의 딸이었소. 이름은 하우너러였지. 정말 아이러니가 아닐 수 없소. 이름과는 딴판으로 그렇게 지조가 없는 줄 몰랐소.”

“그 여자가 벡스터에게 정보를 줬군요?”

“그 자가 그 여자를 애인으로 삼았어요. 그 자는 내가 합법적인 사업가를 가장하는 위험한 해적이라고 그 여자에게 말했지요.
나를 함정에 빠뜨리려 한 거죠.”
　“알겠어요.”
　앤터니는 머뭇거렸다.
　“하지만 매제는 무슨 일이 있었는지 알았을 것 아니에요?”
　“물론이오.”
　언터니는 답을 구하듯 그를 바라보았다.
　“어떻게 했어요?”
　가브리엘은 어깨를 으쓱해 보였다.
　“벡스터에게 잘못된 정보가 흘러가도록 하우너러를 속인 다음
그 자에게 함정을 팠지요.”
　“이렇게 묻기가 좀 뭣하지만, 하우너러에게 무슨 일이 있었어
요?”
　“하우너러의 아버지는 그녀가 벡스터에게 몸을 허락하고, 그
과정에서 그가 지분을 소유하고 있던 회사를 거의 망쳤다는 사
실을 알고 하우너러를 아무도 모르게 결혼시켰소.”
　“누구에게?”
　안터니는 호기심이 일었다.
　“해운업을 하는 나이든 동업자에게.”
　앤터니는 인상을 썼다.
　“혹시 그 여자가 정체불명의 앨리스가 아닐까요? 복수할 생각
으로……?”
　“그럴 것 같진 않아요. 지난번에 내가 소식을 들었을 때, 하우
너러는 두 번째 아이를 임신중이었고 계속 섬에서 살고 있었소.

그 나이 많은 동업자가 그곳에 해운업의 왕조를 세우기로 결심
한 모양이오."

"그렇다면 남은 문제는 정체불명의 앨리스와 닐 벡스터 사이
의 연관인데."

앤터니는 잠시 생각에 잠겼다.

"포비는 어때요?"

가브리엘은 마지못해하며 생각을 거두었다.

"포비가 어떠냐니?"

"매제가 앨리스를 찾으러 나와 있는 동안 포비가 안전한지 묻
는 거요."

"아, 물론이오. 처남은 내가 포비를 무방비 상태로 놔두었다고
생각해요?"

"그런 건 아니에요. 하지만 포비가 협조하지 않으면 그 애를
보호하는 일이 어렵다는 사실을 지금쯤은 매제가 알아야 할 거
라는 생각이 들어서요. 그 애는 어디 있어요?"

"집에 있소. 낯선 사람들이 그럴듯한 핑계를 대고 집으로 들어
오지 못하게 하라고 하인들에게 단단히 일러놨어요."

앤터니는 얼굴을 찡그렸다.

"포비가 하루 종일 집에 있겠다고 했어요?"

"그게 필요하다면 그럴 거요. 내가 함께 가거나 스팅턴이 포비
를 지켜보는 경우가 아니면 집을 나서지 말라고 지시를 해두었
소."

앤터니는 고개를 숙였다.

"그러니까 포비를 집에 가둬둔 거군요?"

"그런 셈이죠."

"정말 그렇게 할 겁니까?"

"그렇소."

"포비가 그러겠다고 하던가요?"

앤터니는 조심스럽게 물었다.

가브리엘은 손가락으로 의자의 팔걸이를 두드렸다.

"포비는 들은 대로 할 거요."

"빌어먹을. 미쳤어요? 우리가 말하는 것은 포비예요. 그 애는 자신이 원하는 대로 할 겁니다. 어떻게 해서 그 애가 그 말을 들을 거라는 겁니까?"

"그 사람은 내 아내니까요."

"그게 무슨 상관이죠? 그 애는 아버지나 오빠인 내 말에도 절대 복종하는 아이가 아니에요. 포비는 항상 충동적으로 마음 내키는 대로 행동해 왔어요. 지금 이 순간에도 그 애는 즐거이 위험 속으로 빠져들 수 있는 아이란 말입니다. 아마 정체불명의 앨리스를 찾으려는 또 다른 모험을 하려고 하고 있을 게 확실해요."

가브리엘은 앤터니가 자신을 얼마나 불편하게 만들고 있는지 드러내지 않으려고 애를 쓰며 자리에서 일어났다.

"오늘은 집에 있으라고 단단히 일러뒀소. 그런 지시를 깔보지 않는 게 좋다는 것을 본인도 알고 있어요."

"대단하군요."

앤터니는 화가 난 목소리로 말했다.

"하지만 우리가 얘기하는 사람은 내 동생이에요. 아시겠지만,

예전에 당신에게서 달아난 적이 있는 아이예요.”

가브리엘은 눈살을 찌푸렸다.

“그건 전적으로 다른 문제요.”

“매제야 그렇게 말하겠죠. 즉시 포비에게 들러봐야겠어요. 그 애가 집에 있는지 확인하고 싶어요.”

“집에 있을 거요.”

앤터니는 문을 향해 걸어가며 가브리엘을 향해 답답하다는 표정을 지었다.

“십중팔구는 집에 없을 겁니다. 난 포비를 잘 알아요. 그 애는 고집이 세서 남편에게 지시 같은 건 받지 않을 아이예요.”

“나도 처남과 함께 집에 가볼 생각이오. 하지만 실수는 없을 거요. 십중팔구는 내 말대로 될 테니까.”

“만약 그 애가 집에 없다면? 그땐 어떡할 겁니까?”

“포비를 찾아서 침실에 가둘 생각이오.”

가브리엘은 굳은 표정으로 말했다.

“포비는 침대 시트를 묶는 덴 선수예요.”

앤터니는 그 사실을 상기시켜 주었다.

포비가 전갈을 보낸 지 30분도 안돼 메러디스와 리디아는 런던에 있는 포비의 집에 도착했다. 그들은 놀란 표정을 하고 황급히 거실로 들어왔다.

“와일드가 너를 집에 감금하다니 이게 무슨 일이야?”

리디아는 조그만 손가방에서 안경을 꺼내며 걱정스런 눈길을 보냈다.

"무슨 일이 있었던 거니? 그 사람이 널 때렸어? 네 아버지께서는 그런 일은 절대로 가만히 두고 보지 않으실 게다, 나도 마찬가지고. 우린 그 사람이 널 감당할 수 있다는 생각으로 결혼을 허락했는데, 그런 것과는 거리가 먼 사람이구나."

메러디스는 보닛의 끈을 풀면서 포비를 걱정스러운 표정으로 쳐다보았다.

"그 사람이 네게 심하게 대했구나, 포비? 참을성이 없는 사람이라고 내가 말했었지? 우린 그 사람이 네게 심하게 하는 걸 그냥 내버려두진 않을 거야."

포비는 빙그레 웃으며 차 주전자 쪽으로 손을 뻗었다.

"자, 자리에들 앉으세요. 아주 재미있는 얘기가 있어요. 그 얘기를 해주고 싶어서 언니와 엄마를 오시라고 한 거예요."

리디아는 자리에 앉으면서 조심스럽게 포비를 살펴보았다.

"포비, 농담하는 것 아니지? 네 전갈을 받고 엄마는 무척 걱정했다. 집에 감금당한 것 아니야?"

"와일드가 호위하지 않거나 스팅턴이라는 사람이 내 뒤를 밟을 수 없는 경우에는 집 밖으로 나가지 못하게 돼 있어요. 그게 가장 화가 나는 일이에요."

그녀는 코를 찡그렸다.

"그렇다면 그게 사실이니? 네 의지와는 상관없이 집에 갇히게 됐단 말이야?"

메러디스는 찻잔을 받아들면서 포비의 표정을 살폈다.

"확실히 내가 선택한 것은 아니었어."

"그렇다면 왜 그냥 있는 거야?"

리디아는 퉁명스럽게 물었다.

"와일드가 제 안전을 무척이나 걱정하고 있기 때문이에요."

포비는 차를 마시며 느긋하게 말했다.

"사실, 전 그것을 좋은 징조로 받아들여요. 그 사람이 날 사랑하기 때문에 걱정하는 거라고 생각해요. 물론 그 사람은 인정하지 않겠지만."

메러디스는 리디아와 눈길을 주고받은 다음 포비를 바라보았다.

"처음부터 얘기하는 게 좋겠어."

"그래야겠지."

포비는 얘기를 빠르게 요약했다.

"문제는 우리가 앨리스란 여자의 정체를 모른다는 거예요. 게다가 그 여자가 어떻게 해서 『성채의 여인』 뒤에 있는 저주를 알아냈는지도 모르겠어요. 가브리엘은 닐 벡스터가 이 일에 연루되어 있을 거라고 의심하고 있죠."

"세상에. 우린 그런 지독한 남자에게서 벗어날 수 없는 걸까?"

리디아가 투덜댔다.

포비는 입술을 오므렸다.

"전 닐이 이 일과 연관이 있다고는 생각지 않아요. 와일드가 닐을 좋아하지 않기 때문에, 또 약간은 질투의 감정마저 갖고 있어서 그런 비약을 하는 게 아닐까 하는 생각이 들거든요."

"글쎄, 와일드의 반응을 그런 식으로 설명할 수 있을까?"

메러디스가 중얼거렸다.

"난 그렇게 생각하고 싶어요. 하지만 와일드가 닐과 얘기하는 것조차도 금지했기 때문에 이런 얘기에 대한 그 사람의 입장을 들어볼 수도 없어요."

"그럼 메러디스와 난 무엇을 어떻게 해줘야 하는 거니? 네가 감금되어 있는 동안 너를 즐겁게 해주랴?"

"엄마도 참."

메러디스는 눈살을 찌푸렸다.

"포비는 거의 죄수나 다름없어요."

"맞아."

포비가 동의했다.

"그래, 그렇구나."

리디아도 맞장구를 쳤다.

메러디스는 두 사람에게 인상을 썼다.

"와일드는 무슨 일이 있는지 확실히 알 때까지는 너를 이곳에 안전하게 보호하려고 그러는 거야, 포비. 난 그 사람을 비난하지 않겠어."

"그건 나도 그렇게 생각해. 그 사람도 잘해보려고 그러는 거겠지만, 일을 좀 포악한 형태로 해결하려는 경향이 있단 말이야. 언젠가 그 나쁜 버릇을 고칠 수 있었으면 좋겠어."

"잘 생각했다."

리디아는 어머니다운 흡족한 미소를 지었다.

"엄마는 늘 네가 똑똑한 아내가 될 줄 알고 있었단다."

메러디스의 아름다운 눈썹이 다시 한 번 살짝 뒤틀렸다.

"남편의 습관을 고치려고 해서는 안돼, 포비. 남편이 너를 인도할 수 있다는 사실을 감사하게 생각해야지."

"우리 화제를 좀 바꿨으면 좋겠어요. 내가 두 사람을 오늘 여기 오시라고 요구한 이유는 가능하면 빨리 감옥에서 벗어나고 싶어서예요."

리디아의 눈썹이 올라갔다.

"어떻게 할 건데?"

포비는 빙그레 미소를 지었다.

"당연히 두 분의 도움이 있어야죠."

메러디스는 기가 막혔다.

"설마 엄마와 내가 널 이 집에서 몰래 빠져나가게 도와달라는 얘긴 아니겠지? 포비, 그런 식으로 남편에게 대항하는 건 옳지 않아. 그 사람은 널 보호하려고 그러는 거야. 만약 우리가 너를 밖으로 데려간다면 와일드는 몹시 화를 낼 거야."

"난 와일드에게 반항하려는 게 아니야."

"다행이구나."

"내가 생각하는 건, 와일드가 이런 이상한 일의 배후 조종자를 찾아낼 수 있게 도와주려는 거야."

"세상에."

메러디스는 갈수록 가관이라는 표정이었다.

리디아는 구미가 당기는 듯 포비를 유심히 바라보았다.

"그래, 어떻게 할 생각인데?"

"우선,"

포비는 찻잔에 차를 조금 더 따랐다.

"우리가 닐에 대한 진실을 밝혀내는 거예요. 그 사람이 진짜 악당이었는지, 불행히도 오해의 희생물인지 확실히 알았으면 좋겠어요."

"그런 사실을 어떻게 알아낼 생각이지?"

리디아의 눈동자가 안경 너머에서 호기심으로 반짝였다.

"전 엄마께서 도움을 줄 수 있는 좋은 위치에 계시다고 생각해요."

포비는 미소를 지었다.

"엄마께서 카드놀이를 하는 친구분들에게 조심스럽게, 눈치챌 수 없을 정도로 은근하게 물어보시는 거예요. 그 분들은 항상 소문에 관심이 많고 민감한 분들이잖아요? 그 분들이 닐과 앨리스라는 여자에 대해 알고 있는지 좀 알아봐주세요."

"그래, 괜찮은 생각이야."

리디아는 탄성을 질렀다.

"그런 일은 별로 나쁠 게 없을 것 같긴 해."

메러디스도 동의했다.

"그리고 내가 생각하기에 언니도 알아볼 수 있는 위치에 있어."

메러디스의 눈이 휘둥그래졌다.

"내가 파티를 많이 열기 때문에?"

"바로 그거야. 사람들은 언니에게 자유롭게 얘기하니까. 사람들은 언니를 보면서 여자 중의 여자라고 생각하잖아."

"더 자세히 말할 필요 없어. 대부분의 사람들이 내가 똑똑한 여자라고 생각지 않는다는 걸 나도 알아. 그런 것들이 가끔은 도움이 된다는 것은 인정해. 그런 식으로 남편의 사업에 도움이 되는 정보들을 조금씩 주워들었던 경험이 있거든."

“그런 언니의 기술 때문에 형부가 언니를 사업상의 동등한 동업자로 의지한다는 걸 언니도 잘 알잖아. 날 도와줄 테야?”

“알았어.”

리디아의 표정은 기쁨으로 빛났다.

“너희 둘을 기른 보람이 있구나.”

그 순간 거실 문이 벌컥 열리면서 앤터니와 가브리엘이 안으로 들어왔다.

가브리엘의 시선은 제일 먼저 포비를 향했다. 그녀는 그의 눈동자에 어린 강렬한 안도감과 흐뭇함을 읽었다. 그녀는 영문을 몰라 한쪽 눈썹을 치켜떴다.

“포비가 여기 있을 거라고 하지 않았소?”

가브리엘이 앤터니에게 말했다.

“내가 졌군.”

앤터니가 껄껄 웃었다.

“매제 말이 맞군요, 포비가 여기 있어요. 내 눈으로 보지 않고는 믿을 수 없었어요. 안녕하세요, 숙녀 여러분.”

포비는 가브리엘에게 공손하게 인사했다.

“당신이 올 거라고는 생각지 못했어요. 차 한 잔 하시겠어요?”

가브리엘은 포비 쪽으로 다가가며 빙긋이 웃었다.

“좋지. 당신이 여기 갇혀 있는 동안 무료하지 않게 방문객들을 불러들일 줄 알았어.”

“네, 고맙게도 엄마하고 메러디스 언니가 오늘 찾아와주셨어요.”

포비가 그에게 찻잔을 건넸다. 그녀가 자신의 훌륭한 계획을 설명하려고 하는 순간 복도에서 귀에 익은 발자국 소리가 친숙한 목소리와 함께 들렸다.

"내 딸은 어디 있는 거냐?"

"클레링턴이야,"

리디아가 중얼거렸다.

"네 아버지께서 나타나실 시간이 됐거든."

가브리엘은 눈살을 찌푸렸다.

"대체 뭣 때문에 오시는 겁니까?"

문이 또다시 벌컥 열리고 클레링턴이 방안으로 들어섰다. 그는 우선 재빨리 포비를 살펴보고 나서 가브리엘에게 고함을 쳤다.

"자네가 내 딸을 두들겨팼다고 들었네."

"아직은 아닙니다."

가브리엘은 퉁명스럽게 대답했다.

"그런 유혹이 서너 번 있었던 건 인정하지만, 지금까지 잘 참고 있습니다.

"빌어먹을, 그럼 내 딸을 집에 가둬두는 건 또 뭔가?"

"포비가 최근 집안일에 대해 무척 흥미를 갖게 돼 이것저것 취미를 붙이고 있는 중입니다."

가브리엘은 포비에게 은근한 미소를 보냈다.

"그렇지 않아, 여보?"

"그것도 속이는 한 가지 방법이군요."

포비는 새침하게 대답했다.

"차 한 잔 하시겠어요, 아버지?"

"아니, 괜찮다. 지금 분석학회 회의에 가는 길이야."

클레링턴은 식구들 모두를 날카로우면서도 의심스런 눈길로 차례로 훑어보았다.

"그럼 모든 게 괜찮은 거야?"

리디아는 부드러운 미소를 지었다.

"포비와 와일드 사이에는 아무 문제도 없어요. 하지만 그 가증스런 닐 벡스터와 약간의 문제가 있나봐요."

클레링턴이 다시 가브리엘을 노려보았다.

"망할, 자네는 왜 벡스터에게 아무런 조치도 취하지 않는 건가?"

"그러려고 생각중입니다."

"좋아. 그럼 벡스터 일은 자네에게 맡기겠네. 그런 문제는 자네가 충분히 다룰 수 있을 테니까. 내 도움이 필요하면 언제든지 찾아오게. 난 이제 가봐야겠어. "

클레링턴은 아내에게 고개를 끄덕이고는 거실을 나갔다.

포비는 아버지가 떠나실 때까지 기다렸다가 가브리엘에게 환하게 미소를 지었다.

"좋은 소식이 있어요. 엄마와 메러디스 언니가 닐 벡스터에 대한 진실을 추적해 내는 일을 도와주기로 했어요."

"포비, 그건……."

"걱정하지 말아요, 이제 우리는 모든 것을 파헤치게 될 거예요."

"젠장."

가브리엘은 차를 삼키다 목에 걸린 듯 시뻘개졌다.

앤터니는 방을 나가다 말고 위로하듯 가브리엘의 어깨를 두드
려주었다.
"그렇게 놀라지 말아요, 와일드."
가브리엘은 기침을 하며 켁켁거리고 있었다.
"포비 주변에 있으면 무료할 시간이 거의 없다는 사실을 확실
히 인정해야 할 겁니다."

19

가브리엘은 식구들이 모두 떠날 때까지 용케도 자신의 감정을 추스르고 있었다. 그는 포비와 단둘이 마주하고 섰다.

"벡스터를 뒷조사하겠다는 그런 정신나간 생각은 하지도 마. 당신을 이런 일에 휘말리게 하고 싶지 않아."

"난 이미 이 일에 연루돼 있어요. 어쨌든 조사하는 일은 엄마와 메러디스 언니가 할 거예요. 당신이 알다시피 난 집 밖에 나가는 게 금지되어 있잖아요."

그는 그녀를 붙잡고 마구 흔들기라도 하고 싶었다.

"당신은 벡스터가 얼마나 위험한 인물인지 몰라."

"엄마와 메러디스 언니는 절대 위험을 무릅쓰는 일은 하지 않아요.”

포비는 달래는 투로 말했다.

“두 사람은 단지 몇 가지 조사만 할 거예요. 엄마는 카드놀이에서 널의 이름을 거론할 거고, 메러디스 언니는 파티에서 취해 비틀거리는 오랜 친구들에게 그 얘기를 할 거예요.”

“별로 좋은 생각이 아니야.”

가브리엘은 거실을 왔다갔다하기 시작했다.

“이미 스팅턴에게 그런 일을 하라고 일러놨어.”

“스팅턴은 엄마와 언니가 하는 방식으로 사교계에서 움직일 수 없어요.”

“사교계는 당신 오빠와 내가 맡으면 돼.”

포비는 고개를 저었다.

“당신과 앤터니 오빠는 엄마의 카드놀이 친구들에게서 소문을 들을 수 없어요. 게다가 메러디스 언니도 당신과 앤터니 오빠가 할 수 없는 방식으로 파티에서 사람들과 얘기를 나눌 수 있단 말이에요. 가브리엘, 인정할 것은 인정해요. 닐을 조사하려는 내 계획은 정말 기발하다구요.”

가브리엘은 손으로 머리카락을 매만지며 괴로워하는 표정으로 포비를 바라보았다. 무엇보다 괴로운 일은 그녀의 말이 옳다는 것을 그도 알고 있다는 사실이었다. 클레링턴 부인과 메러디스는 그와 앤터니가 할 수 없는 형태로 정보를 얻을 수 있을 것이다.

“그래도 난 그 방법이 마음에 들지 않아.”

“나도 당신 심정 알아요. 당신은 나를 걱정해서 그러는 거잖아요. 그런 당신이 얼마나 예쁜지 모르겠어요.”

“예뻐?”

“네. 집에 있으면 난 확실히 안전할 거고, 엄마와 언니는 신중하게 몇 가지 질문을 하는 한 위험해지는 일은 없을 거예요. 그렇겠죠?”

“그렇겠지.”

그는 마지못해 대답했다.

“하지만 당신 가족들이 이런 일에 관련된다는 생각을 하면 몹시 불편해.”

포비는 자리에서 일어나 방을 가로질러 가 그를 쳐다보았다. 그녀의 입가에는 부드러운 미소가 어려 있었다.

“당신의 문제가 뭔지 알아요, 가브리엘?”

가브리엘은 조심스럽게 그녀를 바라보았다.

“뭔데?”

“당신은 가족의 일원이 되는 것을 낯설어하고 있어요. 오랫동안 혼자 지내왔기 때문에 주변에 당신을 생각하는 사람들이 있다는 게 어떤 것인지 모르고 있는 거죠. 환경에 상관없이 늘 당신 곁에 있는 사람들을 갖게 된다는 것이 어떤 의미인지 당신은 잘 몰라요.”

“우리가 얘기하고 있는 건 당신 가족들이지 내 가족이 아니야. 그들이야 내가 아니라 당신 주변에 있는 사람들이지.”

“이제 그것은 같은 거예요. 당신은 나와 결혼했기 때문에 우리 가족의 일원이 됐어요.”

포비는 활짝 웃었다.

“당신은 이제 더 이상 이 세상에서 혼자가 아니에요, 가브리엘.”

더 이상 혼자가 아니다.

그는 그녀의 따스한 눈길을 내려다보며 마음이 풀어지는 것을 느꼈다. 마음속에서 느껴지는 연약한 면을 그는 천성적으로 거부해 왔다.

그런 방법은 분노를 가라앉히는 것이었다. 또다시 그런 감정에 휘말려서는 안된다는 생각이 들었다.

“당신은 이 일을 또 다른 엄청난 모험이라고 생각하는 거지, 그렇지? 당신을 비롯해 당신 식구들은 아무도 벡스터가 어떤 인간인지 정확하게 몰라.”

가브리엘은 말을 중단하고 잠시 생각에 잠겼다.

“하지만 당신 어머니와 메러디스가 물어보는 일을 막을 수는 없다는 생각이 들어. 아마 도움이 될 만한 정보를 얻겠지. 하지만 당신은 여전히 집에 있어야 돼.”

포비의 얼굴이 환해졌다.

“알겠어요.”

가브리엘은 어둡고 불편한 기분을 접어두고 잠시 미소를 지었다. 그는 포비의 어깨를 꼭 잡고 그녀를 가까이 끌어당겨 그녀의 이마에 재빨리 입을 맞췄다.

“당신 3개월치 용돈에다 내가 10파운드 더 얹어주는 것 잊지 않게 해줘.”

“왜 용돈을 10파운드씩이나 올려주는 거예요? 그 용돈으로도 부족하지 않아요.”

“내가 당신에게 10파운드 빚지고 있거든. 그게 명예롭게 빚을 갚는 길이야.”

가브리엘은 그녀를 놓아주고 문을 향해 걸어갔다.

“당신 오빠가 당신이 내 명령에 복종하지 않고 집을 나갔을 거라며 그 금액을 걸었거든. 내가 그 사람한테 그걸 전부 받을 생각이니까, 그 돈을 당신에게 주는 게 공평하지 않겠어? 어쨌든 당신의 도움이 없었더라면 내가 이길 수 없었을 테니까.”

포비는 어이가 없어 입이 쩍 벌어졌다.

“내가 당신에게 복종하는지 여부를 놓고 내기를 했단 말이에요? 어떻게 그럴 수가 있어요?”

그녀는 거실을 가로질러 가 소파에서 수가 놓인 쿠션을 집어 들어 가브리엘의 머리를 향해 던졌다.

가브리엘은 뒤도 돌아보지 않고 손을 들어 그것을 잡았다.

“축하해, 여보. 어쨌든 당신이 그런 식으로 하면 우린 곧 당신을 모범적인 아내로 바꿔놓을 수 있을 거야.”

“절대로 그렇게는 안될 거예요.”

가브리엘은 거실을 나서며 씩 웃었다. 그녀의 말이 맞기를 고대하며.

두 시간 후에 가브리엘은 더 이상 웃고 있을 수가 없었다. 그는 아무런 장식이 없는 선술집의 문을 들어서며 사람이 거의 없는 조그만 홀 안을 둘러보았다.

스팅턴이 그를 기다리며 탁자를 마주하고 있었다. 가브리엘은 나무 바닥을 가로질러 가 그의 맞은편 의자에 앉았다.

“자네의 전갈을 받았네.”

가브리엘은 서론 없이 바로 본론으로 들어갔다.

"두슨 일인가?"

"저도 잘 모르겠습니다."

스팅턴은 잔을 들어 맥주를 쭉 들이켰다.

"백작님께서 저더러 벡스터에 대한 정보를 캐내는 동안 런던 댁을 지켜볼 사내아이 하나를 고용하라고 하셔서 제 아들녀석을 썼지요. 가족에게 벌이를 주는 것도 괜찮을 것 같아서요."

"자네가 누구를 쓰건 상관 않겠네. 그래 무슨 일이 있었다는 건가?"

"아무 일도 있을 리 없지요, 뭔가 재미있는 일이 있을 수도 있고. 참 알 수가 없네."

가브리엘은 인내심을 갖고 참으려고 노력하며 물었다.

"대체 무슨 말을 하는 거야?"

"아들녀석이 그러는데 한 시간 전에 런던 댁 뒷문으로 쪽지 하나가 전달됐다고 하더군요."

"무슨 쪽지?"

가브리엘은 그를 부추겼다.

"글쎄요, 아들녀석은 쪽지가 전달됐다고만 그러던데……. 그래서 벅작님이 알고 싶어하실 거란 생각이 들었어요."

가브리엘은 화가 났다.

"그런 일은 있을 수 있는 일 아닌가. 어떤 하녀가 다른 집의 시종과 연애편지를 교환할 수도 있고."

"그건 연애편지가 아닙니다, 백작님."

스팅턴은 뭔가 생각하는 표정을 지었다.

"그게 연애편지였다면 하녀 중의 하나에게 전해졌겠지요. 아들 녀석이 그러는데 편지를 전달한 아이가 그 편지는 주인마님의 것이라고 하는 얘기를 들었다더군요."

가브리엘은 자리에서 벌떡 일어나 탁자 위에 동전 몇 개를 던졌다.

"고맙네, 스팅턴. 그 정도면 자네 술값은 될 걸세. 다른 문제도 계속 주시하게나."

"다른 부분에 대해서는 별 소득이 없습니다."

스팅턴은 한숨을 쉬었다.

"지난 몇 년간 사라졌다 나타났기 때문인지 아무도 벡스터에 대해 잘 알지 못하는 것 같았어요."

"더 깊숙이 캐보게."

가브리엘은 어느새 문 쪽으로 반쯤 다가가 있었다.

그는 런던 집의 계단을 오르고 있었다. 셸턴이 즉시 문을 열었다.

"마님은 어디 계시지?"

가브리엘은 조용히 물었다.

"제가 알기론 침실에 계십니다."

셸턴은 테두리가 꼬부라진 가브리엘의 모자를 받아들었다.

"하녀를 보내 마님께 나리께서 오셨다고 알릴까요?"

"그럴 필요 없네. 내가 직접 알리지."

가브리엘은 집사 옆을 지나 계단을 올라갔다. 그는 한 번에 두 계단씩 올라갔다.

위층 복도에 이르자 그는 포비의 침실이 있는 곳으로 성큼성큼 걸어갔다. 그는 노크도 없이 문을 활짝 열었다.

포비는 끝단을 노란색으로 처리한 연보라색 드레스를 입고 황금색 조그만 책상에 자리를 잡고 있었다. 가브리엘이 방안으로 들어오는 것을 보자 그녀는 깜짝 놀란 표정을 지었다.

"가브리엘, 어쩐 일이에요? 당신이 집에 계신 줄 몰랐어요."

"당신이 조금 전에 편지를 받은 걸로 알고 있어."

그녀는 더욱 놀란 표정이 되었다.

"그걸 어떻게 알았어요?"

"그건 중요하지 않아. 괜찮다면 그 편지를 보고 싶어."

포비는 당황하는 것 같았다. 가브리엘의 두려움은 극도에 달했다. 편지의 내용이 위험한 것이 분명했다.

"별로 중요한 내용이 아니에요. 잘 아는 사람에게서 온 개인적인 편지일 뿐이에요."

"그래도 봤으면 좋겠어."

"그 편지에 신경쓸 필요 없어요."

포비는 눈에 띄게 침을 꿀꺽 삼켰다.

"내가 그 편지를 아직도 갖고 있는지 잘 모르겠어요. 아마 버렸을지도 몰라요."

가브리엘의 두려움은 그를 집어삼킬 듯 위협적인 기세로 불꽃처럼 타올랐다. 그러나 그는 차갑고 숙달된 분노 아래 그런 감정을 억눌렀다.

"편지를 줘, 포비. 그걸 보고 싶어. 지금 당장."

포비는 자리에서 일어났다.

"여보, 내가 확신하는데, 당신이 그 편지를 읽지 않는 게 좋을 거예요. 그걸 보면 당신은 화를 낼 테니까."

"당신이 염려해 주는 건 고마워."

가브리엘은 차갑게 말했다.

"하지만 지금 당장 그 편지를 줘야 할 거야, 그렇지 않으면 내가 찾아나서겠어."

포비는 한숨을 쉬었다.

"당신은 점점 힘든 남편으로 변해가고 있어요."

"내가 당신이 과거에 생각했던 그런 남자가 아니라는 것 나도 알아. 하지만 당신이 오늘 오후에 지적했던 대로 당신은 지금 나를 난처하게 만들고 있어."

그는 희미하게 미소를 지었다.

"당신이 한 말을 기억하는지 모르지만, 난 가족의 일원이야."

"잘 알다뿐이겠어요."

포비는 투덜거리면서 책상 중앙에 있는 조그만 서랍을 홱 잡아당겨 접힌 종이를 꺼냈다.

"이 편지 때문에 당신이 괜스레 불쾌해할까봐 보여주지 않으려고 했는데 당신이 그렇게 고집을 피우니까……."

"그래, 인정해."

그는 앞으로 다가와 그녀의 손에서 쪽지를 나꿔챘다. 쪽지를 편 그는 빠르게 읽어내려갔다.

<사랑하는 포비.

날이 갈수록 당신의 안전이 염려되는군요. 최근에 난 당신이

수렁에 깊이 빠졌다 가까스로 살아났다는 것과 당신 침실에 불이 났다는 사실을 알게 됐소.

당신의 생명이 진정 걱정되는군요.

그래서 난 와일드가 당신 가족들이 우연한 사고라고 생각할 수 있는 교묘한 방법으로 당신을 살해하려 한다는 결론을 내렸소.

와일드는 당신의 유산을 얻고 싶은 거요. 그 사람은 『성채의 여인』 끝에 나오는 저주를 그 방편으로 이용하고 있소. 당신은 그런 사실을 알고 있는지?

당신은 엽기적인 취미를 갖고 있는 잔인하고 위험한 괴물과 결혼한 거요. 바다에서 그의 공격을 받고 살아난 몇 안되는 사람들에게 물어보면 알게 될 거요.

사랑하는 포비.

당신과 꼭 할 얘기가 있어요. 당신에게 모든 사실을 설명할 기회를 갖고 싶소. 와일드가 당신에게 나에 대한 거짓말만 늘어놓았을 게 분명할 테니까. 당신이 그 자의 악의에 찬 얘기를 믿지 않을 거라는 걸 알지만, 당신에게도 의문나는 게 있을 거요.

과거의 우리 사이를 생각해서라도, 부디 내가 그 의문에 대답할 수 있게 해줘요. 난 증거를 갖고 있소. 당신을 그 자에게서 구해내게 해줘요.

지금도 여전히 당신의 가장 헌신적인 찬미자
란셀롯으로부터>

"미친놈."

가브리엘은 쪽지가 벡스터라도 되는 것처럼 마구 구겨버렸다.
그리고는 걱정하는 포비의 얼굴을 노려보았다.

"당신은 당연히 이 자를 믿지 않겠지?"

"물론이에요."

그녀는 그의 내부 깊숙한 곳을 보려는 것처럼 그를 뚫어져라
노려보았다.

"가브리엘, 화났어요?"

"당신은 어떻게 생각해? 벡스터는 자기가 결백하고 내가 당신
유산을 노리고 당신을 살해하려는 나쁜 놈이라고 믿게 하려고
당신을 유혹하고 있어. 더욱이 그 자는 여전히 란셀롯을 자처하
고 있어."

"지난번에 말했잖아요, 난 기네비어가 아니에요."

포비는 의기 양양하게 말했다.

"난 그 여자보다 훨씬 더 똑똑해요. 가브리엘, 당신은 나를 믿
어야 해요."

그는 악의에 찬 미소를 지었다.

"정말이야? 말해봐, 당신은 이 쪽지를 언제 내게 보여줄 생각
이었지?"

순간 그녀의 얼굴이 창백해졌다.

"당신이 그 편지를 보고 놀라는 걸 바라지 않는다고 했잖아
요."

"솔직히 말해, 난 당신이 편지를 내게 보여줄 생각이 없다는
사실에 훨씬 더 놀라고 충격을 받았어."

"당신은 몰라요."

"아니, 그렇지 않아. 벡스터를 찾아내야 해. 서둘러 그 일을 해야겠어, 이런 일을 하지 못하게 하기 위해서라도."

포비의 침실에 노크 소리가 들리면서 방안의 긴장은 깨어졌다.

하녀가 문을 열고 살짝 절을 했다.

"죄송합니다, 마님. 클레링턴 부인께서 지금 곧 뵙고 싶어하십니다."

"금방 내려갈게."

포비는 문을 향해 가면서 가브리엘을 힐끗 보았다.

"당신도 곧 내려오셔야 해요."

그녀는 차갑게 말했다.

"엄마께서 우리에게 소식을 갖고 오셨나봐요."

"포비, 기다려."

가브리엘은 그녀를 제지하려고 한 손을 내밀었다가 마음을 바꾸었다. 자신이 그녀에게 또다시 상처를 주었다는 사실을 알았지만 어찌할 바를 몰랐다.

빌어먹을 벡스터 자식, 모두 그 녀석 탓이야.

가브리엘은 말없이 포비와 함께 아래층으로 내려갔다. 그들이 거실로 들어서자마자 그녀는 금세 표정이 밝아졌다.

리디아는 복숭아색 최신 유행 복장을 하고 소파에 앉아 있었으나 흥분을 억제하지 못하는 표정이 역력했다.

"오, 포비. 와일드도 함께 있어서 기쁘구나. 이 얘기는 와일드에게도 흥미가 있을 테니까."

"안녕하세요."

가브리엘은 형식적으로 인사를 했다.

“엄마, 뭘 찾아내셨어요?”

포비는 자리에 앉으며 물었다.

“오늘 오후에 클로데일 부인의 집에서 카드놀이를 했는데, 2백 파운드나 잃었지 뭐니? 하지만 그만한 보람은 있었단다. 대화하는 중에 우연찮게 벡스터의 이름을 주워들었지.”

가브리엘은 눈살을 찌푸렸다.

“알아낸 게 뭡니까?”

리디아의 눈동자가 반짝거렸다.

“랜틀리 부인이 벡스터가 3년 전 런던을 떠나기 직전에 정부가 있었다는 사실을 기억해 낸 것 같아. 분명히 그 여자가 배우였다고 했어.”

“정부……?”

포비는 몹시 기분이 상했다.

“그 사람이 저의 란셀롯을 연기하고 있으면서 정부를 갖고 있었단 말씀이세요? 정말 끔찍하군요.”

리디아는 가브리엘과 눈이 마주치자 눈을 찡긋했다. 가브리엘은 쓸쓸하게 미소지었다. 그는 장모의 덕을 톡톡히 보고 있었다. 리디아는 포비가 간직하고 있던 벡스터의 평판을 단 몇 초 만에, 가브리엘이 지난 며칠 동안 찾아낸 것 이상으로 허물고 있었다.

“랜틀리 부인은 벡스터의 여자에 대해 자세하게 알고 있던가요?”

가브리엘이 물었다. 그는 포비가 화가 나서 제대로 말을 하지 못하고 씨근거리고 있음을 알았다.

“많이 아는 것 같지는 않아. 다만 그 여자가 벡스터가 떠난 뒤, 더 크고 더 나은 곳으로 갔다는 것 정도야."

"더 크고 더 나은 곳이 어디예요?"

포비가 물었다.

리디아는 의기 양양한 미소를 지었다.

"그 여자는 필시 인기있는 매춘업소를 개업했을 거야. 랜틀리 부인은 그곳이 어딘지 모르지만, 내가 약간 머리를 굴려보니까 그곳이 문을 닫을 이유가 없겠더라구. 난 아직도 영업을 하고 있다는 쪽에 걸겠다."

그녀는 가브리엘을 바라보았다.

"만약 자네가 그곳을 알아내서 벡스터의 옛 정부와 애기를 해 보면 뭔가 중요한 것을 알아낼 수 있겠지."

"그러겠습니다."

가브리엘은 어느새 문을 향해 가고 있었다. 그것은 조사의 방향을 좁힐 수 있는 확실한 정보였다.

"잠깐만 기다려요."

포비가 다급하게 그를 불러세웠다.

"거디를 가려는 거예요?"

"벡스터의 정부를 찾아보러."

"그 애긴 당신이 매춘굴로 간다는 애기잖아요. 그것도 아마 한 군데 이상으로 말이에요?"

그녀는 말도 안된다는 듯이 대들었다.

"난 당신이 그런 장소 근처에 가는 것도 싫어요."

가브리엘은 그녀에게 화가 난 표정을 지었다.

"두려워하지 마. 난 그런 곳에서 직접 시험해 볼 생각은 없으니까. 단지 정보를 얻으러 가는 것뿐이라구."

"그럼, 당신 혼자 가는 건 싫어요."

그녀는 재빨리 말했다.

"내가 함께 가겠어요."

리디아가 신음했다.

"그런 바보 같은 말 좀 하지 마라, 포비. 네가 함께 갈 수 있는 곳이 아니야."

"어머니 말씀이 옳아."

가브리엘은 리디아의 도움에 고마워하며 포비에게 다가와 그녀의 손을 잡았다. 눈에 보이는 그녀의 질투심에 웃지 않을 수가 없었다. 그것 때문에 그의 마음도 풀어지는 것 같았다.

"진정해, 여보. 당신의 염려는 고맙지만 이런 일로 당신이 놀랄 필요는 없어. 나를 믿어."

그녀는 눈썹을 치켜떴다.

"당신이 나를 믿지 않는데도 내가 당신을 믿어야 해요? 그건 공정하지 못한 것 같아요."

가브리엘은 미소를 거두고 그녀의 손을 놓았다.

"오늘 밤은 늦을 거야. 그러니까 날 기다릴 필요 없어."

포비는 그를 노려보았다.

"알겠어요. 난 오늘 저녁도 하인들과 함께 떠들썩하게 보내야 되겠군요. 이런 일에 점점 싫증이 나요, 와일드."

"오, 잊을 뻔했구나."

리디아가 부드럽게 끼어들었다.

"자네가 포비를 오늘 저녁 감옥에서 해방시켜 줄 의향이 있는지 모르겠어, 와일드. 메러디스와 내가 극장에 갈 생각이거든. 앤터니가 우리와 함께 갈 거야. 포비가 우리와 함께 가지 못할 이유는 없겠지?"

포비의 표정이 구세주라도 만난 듯 밝아졌다.

"그럴 이유가 전혀 없어요."

그녀는 가브리엘을 돌아보았다.

"가족들과 함께 있으면 안전할 거예요. 당신도 반대하지 않겠죠?"

가브리엘은 잠시 망설였다. 그것이 아주 좋은 생각 같진 않았지만, 그렇다고 가족이 동반하는 그녀의 외출을 금지할 이유를 찾을 수는 없었다. 그녀는 가족들에게 에워싸여 있을 것이고, 그녀의 오빠가 줄곧 함께 있을 것이다.

"좋도록 해."

그는 마지못해 허락했다.

포비의 얼굴이 밝아졌다.

"당신의 너그러운 마음씨에 감동했어요. 내가 극장에 가면서 남편의 허락을 받아내려고 애원해야 한다고 누가 상상이나 했겠어요? 당신이 내 인생을 바꿔놨어요."

"그렇다면 우린 공평하군. 당신 때문에 내 인생도 완전히 바뀌었으니까."

그는 리디아를 바라보았다.

"도와주셔서 고맙습니다, 장모님."

"알고 있네."

리디아가 의미있게 웃었다.

"걱정마, 내가 알아서 정보를 모아줄 테니."

포비는 큰 소리로 신음하고서 어쩔 수 없다는 듯 천장을 향해 눈동자를 굴렸다.

"내가 당신에게 주의를 주었다는 것을 잊으면 안돼요, 와일드?"

가브리엘은 쓴웃음을 짓고는 환한 눈빛의 장모에게 고개를 숙여 인사했다.

"벡스터의 정부에 대한 정보를 알아내느라 게임에서 2백 파운드를 잃었다고 하셨죠? 제가 그 돈을 변상해 드리겠습니다."

"난 그런 건 꿈도 꾸지 않았는데."

리디아는 흡족해하면서도 의외라는 표정을 연기해 냈다.

"그렇게 하겠습니다."

가브리엘이 말했다.

"정 그렇다면. 어떤 사람들은 기사의 시대가 갔다고 말하기도 하지만, 이런 걸 생각하면……."

포비는 가브리엘을 쳐다보았다.

"어떤 사람들은 그것을 덮어 가리려는 잘못된 생각을 하기도 하죠. 와일드, 난 당신이 매춘굴을 조사하는 그런 일은 싫어요."

"탐색을 해보는 거라고 생각해, 포비."

가브리엘은 일에 착수하기 위해 방을 나갔다.

포비는 사람들로 북적대는 극장을 뿌듯한 마음으로 바라보았다.

"밤에 오페라를 관람하는 게 이렇게 재미있는 줄은 미처 몰랐어.”

그녀가 메러디스에게 속삭였다.

메러디스는 옅은 파랑색 치마가 달린 이브닝 드레스를 입고 호화스런 특등석에 포비와 나란히 앉았다.

“네가 요사이 갇혀 지내기 때문에 여느 때보다 더 재미있는 것 같아 보이는 거야.”

“내가 갇혀 있다는 사실이 어느 정도 영향을 주긴 줄 거야.”

“포비,”

메러디스가 장난스런 미소를 지었다.

“넌 마치 하루가 아니라 여러 달 갇혀 있었던 사람처럼 말하는구나. 와일드가 계획한 대로 하는 것이 최선이라는 것을 너도 알고 있잖아.”

“난 나를 위해 무엇이 최선인지 알고 있다고 생각하는 사람들에게 둘러싸여 지낼 운명인가봐.”

포비는 화려한 옷을 입고 연극 구경을 하러 온 사람들로 가득한 좌석을 흥미롭게 살펴보았다.

“웬 사람이 이렇게 많아? 오페라가 끝난 뒤에 마차를 타려면 한참 기다려야겠어.”

“한창일 때는 이 정도는 아무것도 아니야.”

리디아가 말했다. 그녀가 오페라 안경을 눈 위로 들어올리자 공단 머리띠의 깃털 장식이 움직였다.

“마크햄 부인이 보이는구나. 함께 있는 잘생긴 젊은이는 누군지 모르겠다. 부인의 아들은 틀림없이 아니고, 또 애인이 생겼나봐. 지난번 남자와는 이제 막 헤어졌다는 얘기를 들었는데.”

메러디스는 불쾌한 표정을 지었다.

"엄마, 엄마께서 항상 가장 놀라운 소문을 퍼뜨리는 장본인이시군요?"

"그러려고 최선을 다하고 있지."

리디아는 자랑스럽게 말했다.

특등석의 벨벳 커튼이 홱 잡아당겨지면서 앤터니가 들어왔다. 그의 일그러진 표정을 보고 포비의 눈이 휘둥그래졌다.

"레모네이드 가져왔어요?"

"아니, 그것보다 훨씬 급한 일이 생겼어."

앤터니는 벨벳 천이 씌워진 의자에 털썩 주저앉았다.

"금방 랜틀리 씨에게 갔었는데, 그와 그 사람의 친구가 와일드에 대한 얘기를 하고 있었어."

포비가 얼른 물었다.

"그 사람들이 무슨 말을 하고 있었는데?"

앤터니의 입이 굳어졌다.

"내가 다가가는 순간 그들이 화제를 바꿔버렸어. 하지만 그 사람들이 하는 얘기를 엿들었지. 네 남편이 남태평양에 있으면서 합법적인 사업가가 아니라 해적 노릇을 해서 재산을 모았을지도 모른다고 얘기하더라."

"감히 어떻게 그런 말을?"

포비는 큰 소리로 말하며 자리에서 벌떡 일어났다.

"내가 그 사람들을 찾아가서 즉시 그런 생각을 고쳐주겠어."

"무슨 말도 안되는 얘기야?"

리디아는 오페라 안경을 내려놓고 포비를 보며 눈살을 찌푸렸다.

"앉거라, 포비. 넌 아무 데도 가면 안돼."

메러디스는 포비에게 진정하라는 눈길을 보냈다.

"엄마 말씀이 옳아. 자리에 앉아. 사람들이 이쪽을 쳐다보면서 무슨 일이 일어났는지 궁금해하길 바라니?"

포비는 마지못해 자리에 앉았다.

"이런 말도 안되는 소문을 일축하려면 무슨 조치를 취해야 해요. 그냥 관망하면서 사람들이 와일드에 관해 이런 식으로 생각하게끔 내버려둘 순 없어요."

"이런 험담에 끌려다니면 아무것도 할 수 없어."

리디아가 엄하게 꾸짖었다.

"그럼 저더러 어쩌란 말씀이세요?"

리디아는 앞으로 있을 전투에 대한 승리의 예감으로 환하게 미소를 지어보였다.

"당연히 그 사람들을 우리 쪽으로 오게 해야지."

포비는 영문을 몰라 눈만 깜빡거렸다.

"뭐라구요?"

"엄마 말씀이 맞아."

메러디스가 차분하게 말했다.

"자기네 영토에서 싸우는 게 항상 유리한 법이야."

포비는 앤터니를 힘없이 바라보았다.

"엄마와 언니가 무슨 얘기를 하시는 것 같아요?"

앤터니는 껄껄 웃었다.

"글쎄다. 하지만 이런 일이 있을 때, 내가 가장 존경하는 사람은 어머니와 메러디스지."

리디아는 만족해하며 고개를 끄덕였다.

"첫 번째 충돌은 그리 오래 기다리지 않아도 될 거야."

그녀는 오페라 안경을 다시 눈에 갖다 댔다.

"그래, 랜틀리 부인이 지금 막 자리를 뜨고 있구나. 저 여자가 지금 이리로 오고 있다는 쪽에 걸겠다."

"엄마께서는 랜틀리 부인이 와일드의 과거에 대해 무례한 질문을 할 거라고 생각하세요?"

포비가 물었다.

"남편이 그런 일을 친구들과 얘기하고 있는 걸 보면 그럴 가능성이 높아."

리디아는 생각에 잠긴 표정을 지었다.

"좀 재미있는 일은 랜틀리 부인이 그 집안의 경제권을 쥐고 있는 여자라는 점이지. 랜틀리는 단지 아내의 지시를 따르기만 할 뿐이야. 랜틀리 부인이 왔을 때, 너희들도 그걸 기억해 둬라, 알겠니?"

"네, 엄마."

메러디스가 대답했다.

앤터니는 씩 웃었다.

"알겠어요."

"그래, 그래야지."

리디아는 잠시 말을 중단했다.

"해적이라는 소문을 누가 먼저 퍼뜨렸는지 궁금하구나."

"그야 말할 것도 없이 벡스터죠."

앤터니가 당연하다는 듯이 장담했다.

"와일드가 이젠 정말로 그 자식에 대해 뭔가 조치를 취해야 할 때예요. 그 자식은 방해만 하고 있잖아요. 와일드가 그러는데 벡스터는 여자들을 홀리는 재주를 갖고 있다더군요. 와일드의 전 약혼녀도 벡스터의 꼬임에 넘어갔대요."

포비는 오빠를 쳐다보았다.

"전약혼녀?"

앤터니는 인상을 썼다.

"미안하구나, 이런 말은 하지 말았어야 하는 건데. 하지만 이미 다 끝난 일이야. 그 여자는 다른 사람과 결혼을 했다더라."

"전약혼자라니오?"

포비는 재차 다그쳤다.

"남태평양 섬에 있을 때 약혼했던 여자일 뿐이야."

앤터니는 달래는 투로 말했다.

"와일드는 지나가는 말로 그 여자를 언급했을 뿐이야. 그건 하나도 중요하지 않은 일이야."

포비는 약간 속이 상했다.

"중요하지 않다고요?"

그녀는 낮은 목소리로 그 말을 되풀이했다.

"오늘 난 와일드가 매춘업소를 운영하는 어떤 여자를 찾아나선다는 걸 알았고, 오늘 밤엔 그 사람이 다른 여자와 약혼을 했었다는 사실을 알았어요. 그 사람은 그런 말을 일절 하지 않았다고요."

"세상에는 두 가지 타입의 남자가 있단다, 포비."

리디아는 안경을 통해 그녀를 지그시 바라보았다.

"과거를 쉴 새 없이 얘기하는 사람과 그런 얘기를 거의 하지 않는 남자가 있지. 네가 후자 쪽 남자를 얻었다는 사실을 감사해야 돼. 전자의 사람은 시간이 흐를수록 지겨워지는 경향이 있거든."

"그래도 제 남편이 최근에 다른 여자와 약혼했었다는 걸 알고 나니 신경이 쓰이는 걸요?"

"최근이라고는 할 수 없지."

앤터니가 정정하듯 끼어들었다.

"약혼은 일년 전에 파기되었으니까. 약혼 직후에 와일드는 약혼녀가 벡스터에게 항해 날짜와 화물 선적에 대한 정보를 알려주었다는 사실을 알게 되었지."

"세상에. 그 여자는 대체 어떤 사람이에요?"

"그 약혼녀 말이야?"

앤터니는 모르겠다는 듯 어깨를 으쓱했다.

"와일드가 그 여자에 대해 자세히 말하지 않아서 모르겠다만, 내 생각으로는 순진하면서도 의리는 별로 없는 사람 같아. 벡스터가 그 여자를 유혹하는 게 어렵지 않았으니 말이야."

포비는 한숨을 쉬었다.

돌아설 때마다 그녀는 가브리엘이 사람을 믿는 일을 주저하는 이유를 새삼 발견하는 것이었다. 그와 동시에 자신의 모험을 완수한다는 것이 거의 절망적임을 느꼈다.

그에게 사람을 믿으라고 가르칠 수 없다면 어떻게 사랑하라고 가르칠 수 있단 말인가.

그녀는 그날 오후 그가 벡스터의 쪽지를 요구하면서 그녀의 침실로 들어왔을 때, 그의 눈동자에 어렸던 차가운 분노를 씁쓸하게 떠올렸다. 그는 처음부터 최악을 가정하고 있었던 게 분명했다.

그녀로서는 그 쪽지의 충격에서 헤어나려고 노력하느라 가브리엘을 어떻게 대해야 할지는 말할 것도 없고, 어떻게 반응해야 할지 생각할 겨를도 없었다.

가장 먼저 나타난 본능은 그 쪽지를 숨기는 것뿐이었다. 그녀는 그가 화를 내고, 그녀가 닐의 거짓말을 믿을까봐 걱정할 거라는 것을 알고 있었다.

분명히 그녀는 잘못된 방법을 사용했다. 가브리엘은 그녀를 믿기보다는 좀더 신중한 태도를 취했다. 그녀가 가브리엘 주변에서 했던 모든 노력이 수포로 돌아가는 것 같았다.

"리디아, 잘 있었어요?"

포비는 현실로 돌아와 큰 소리가 나는 쪽을 돌아보았다.

랜틀리 부인, 유지니.

그녀는 항구로 들어오는 커다란 배처럼 침착하게 특등석으로 들어오고 있었다. 그녀는 풍만한 가슴과 엉덩이를 팽팽하게 조이고 있는 자줏빛 공단 드레스를 입고 있었다. 그녀가 쓰고 있는 터번 형태의 모자에는 커다란 조화가 우아하게 꽂혀 있었다.

앤터니는 자리에서 일어났고, 메러디스는 공손하게 고개를 끄덕여 인사했다.

"잘 있었어요, 유지니."

리디아는 어깨 너머로 흘깃 바라보았을 뿐이었다.

"밀리의 새 애인 봤어요? 매력적인 젊은이로 보이던데."

"밀리가 그 친구를 보여주려고 여기 데려온 게 틀림없어요."

랜틀리 부인이 말했다.

"하지만 내가 말하려는 건 그 얘기가 아니에요. 그 소문 들었어요, 리디아?"

포비가 뭔가 말을 꺼내려 하자 메러디스가 말없이 눈빛으로 그녀를 제지했다.

"무슨 소문 말이에요?"

리디아는 계속 오페라 안경으로 관중을 훑어보았다.

"그야 물론 와일드에 대한 얘기지."

랜틀리 부인은 잠깐 포비를 힐끗거렸다.

"사람들이 그러는데 와일드가 해적질을 해서 재산을 모았대요."

"사람들이 그래요?"

리디아는 침착하게 말했다.

"정말 재미있는 일이군. 난 가문에 해적이 한둘 정도는 필요하다고 항상 생각해 왔어요. 그런 사람이 있으면 가문에 생기가 돌거든요."

랜틀리 부인은 어안이 벙벙한 얼굴로 리디아를 쳐다보았다.

"부인은 와일드가 해적이었을지도 모른다는 사실을 알고 있었단 말이에요?"

"물론이죠. 앤터니, 크레스보로 부인이 오늘 밤 딸을 데려왔구나. 난 네가 그 애를 좀 봤으면 하는데. 훌륭한 신부감이 될 거야."

앤터니는 눈살을 찌푸렸다.

"지난밤에 태너스햄의 무도회에서 저 아가씨와 춤을 췄는데 머리에 든 게 아무것도 없는 것 같았어요."

"오, 얘야, 그랬구나. 난 멍청한 며느리는 참을 수 없어."

리디아는 냉정하게 말했다.

"핏줄을 생각해야지."

랜틀리 부인이 큰 소리로 헛기침을 했다.

"저 미안하지만, 리디아, 이런 놀라운 소문을 앞에 두고 지금 농담하는 거예요?"

메러디스는 랜틀리 부인을 보며 보일 듯 말듯 미소를 지었다.

"우리 남편은 제게 와일드가 크로서스보다 부자이고, 해운업의 이권도 상당히 많이 갖고 있다고 하던데요?"

"그 얘긴 나도 들었어."

랜틀리 부인이 사납게 말했다.

"남편은 또 와일드가 엄청난 이익이 있을 것으로 예상되는 신규 사업을 시작할 거라고 말했어요."

메러디스의 미소는 훨씬 더 부드러워졌다.

"와일드가 하는 사업들은 모두 이익이 많이 난다고 그러더군요. 와일드가 그 사업의 일부 지분을 팔 거라고 생각해요. 남편도 그 중 일부를 살 생각이에요."

랜틀리 부인의 시선이 갑자기 예리해졌다.

"그래? 그런 지분이 있단 말이지?"

"그럼요."

메러디스는 우아하게 부채질을 했다.

"저야 물론 그런 일에는 별로 신경쓰지 않지만, 부인의 남편이 와일드 사업의 지분에 관심이 있다고 생각하신다면, 우리 남편더러 와일드가 일부를 부인의 남편께 팔 생각이 있는지 알아보라고 설득시킬 수는 있어요."

"그렇게 해준다면 고맙지."

랜틀리 부인이 재빨리 말했다.

"그 일이 그렇게 쉽진 않을 겁니다."

앤터니가 생각에 잠긴 듯한 분위기로 말했다.

"넌 와일드를 알잖아, 메러디스. 와일드는 소문을 대수롭지 않게 받아들이진 않을 거야. 만약 랜틀리 부인이 와일드가 해적이라는 등 소문을 퍼뜨리고 다닌다는 것을 알게 되면, 와일드는 랜틀리 씨가 사업에 참여하는 것을 거절할 게 분명해."

메러디스는 앤터니에게 걱정하는 표정을 지었다.

"오빠 말이 맞아요."

그녀는 랜틀리 부인 쪽으로 시선을 돌려 미안한 표정을 지었다.

"부인 대신에 남편에게 말해주겠다는 약속은 철회해야겠어요. 와일드는 해적이라는 소문을 퍼뜨리고 다니는 사람에게는 누구를 막론하고 무척 화를 낼 게 분명해요."

"아니, 기다려봐."

랜틀리 부인이 다급하게 말했다.

"그런 끔찍한 소문이 어디서 나왔는지 모르지만 내가 즉시 알아보도록 할게."

"아주 현명하군요, 유지니."

리디아는 결국 오페라 안경을 내려놓고 랜틀리 부인을 똑바로 바라보았다.

"가족 중에 해적이 있다는 가정을 한다는 것은 즐거운 일이긴 하지만, 와일드가 그 얘기를 듣고 우리처럼 즐거워할지 확신할 순 없어요. 와일드가 화를 내면 정말 일이 힘들어지죠."

"게다가 아버지께서 새 사위에 대해 그런 소문이 떠돌아다닌다는 것을 알게 되면 어쩌실지 모르겠어요."

메러디스는 심히 걱정스런 표정으로 말했다.

"아버지께서는 그런 일을 쉽게 넘기지 않으세요. 아버지께서는 그런 소문을 퍼뜨리지 않을 거라고 생각하는 분들만으로 사업상의 거래를 한정시키실지도 몰라요."

"그래, 맞아."

리디아가 마치 그렇게 중요한 걸 잊고 있기라도 했다는 듯이 중얼거렸다.

"유지니, 최근에 랜틀리 씨가 클레링턴이 시작한 석탄 사업의 지분을 샀다고 하던데, 맞지요?"

"네, 우린 그 사업이 성공하길 바래요."

랜틀리 부인의 목소리는 끔찍이도 조심스러워졌다.

"만약 클레링턴이 랜틀리 씨와 사업을 할 수 없다는 결론을 내리게 되면 수치스러운 일이 될 거예요."

앤터니도 담담하게 말했다.

"정말 불행한 일이 되겠죠."

"알았어요."

랜틀리 부인은 당당하게 자리에서 일어났다.

“그 소문은 잠잠해질 테니 걱정말아요.”

그녀는 황급히 그곳을 빠져나갔다.

포비는 엄마와 오빠, 언니를 보며 환하게 미소를 지었다.

“난 우리 식구들이 그토록 열중하는 지겨운 사업 정보들이 쓸모가 있을 거라는 생각을 늘 해왔어요.”

“난 이따금 네가 우리를 쓸데없고 지겨운 일을 한다고 생각한다는 것을 알고 있었어, 포비.”

앤터니가 말했다.

“하지만 우린 그렇게 멍청하지 않아.”

“난 우리 식구들을 그렇게 생각한 적은 한 번도 없었어요.”

포비는 힘주어 말했다.

“와일드를 지지해 줘서 고마워요. 알다시피 그 사람은 그런 데 익숙지 않아서요.”

리디아는 오페라 안경을 다시 집어들고 관중들을 죽 훑어보았다.

“그 사람도 그런 일에 익숙해질 거다. 결국 그도 이제 우리 식구니까.”

20

"세상에, 웬 사람이 이렇게 많아요?"

극장 밖의 상황은 포비가 생각한 것보다 훨씬 더 나빴다.

"내가 마차를 잡으려면 한참 기다려야 할 거라고 했죠?"

"비가 오네."

메러디스가 외쳤다.

"한참 올 것 같아."

"내가 좀 알아볼게."

앤터니가 말했다.

"세 사람은 여기서 기다려요. 시종을 찾아보겠어요."

그는 식구들과 떨어져 우아하게 차려입은 극장 구경을 나온 사람들 틈으로 사라졌다. 포비는 리디아와 메러디스와 함께 로비 입구에 서서 극장 앞에서 이리저리 밀리는 군중들을 바라보고 있었다.

마차들이 서로 경쟁을 하듯 거리를 가득 메우고 있었다. 짜증 나는 상황이었다. 마부들은 좀더 이익이 많이 남는 장소로 가려고 서로 경쟁적으로 외쳐댔다. 두세 사람이 포비와 얼마 떨어지지 않은 거리에서 실랑이를 벌이고 있었다.

"포비, 갇힌 상황에서 잠시 벗어난 기분을 만끽했니?"

리디아는 흡족한 미소를 지었다.

"그럼요. 모두가 엄마 덕분이에요."

메러디스가 그녀를 바라보았다.

"사실 난 와일드가 비록 짧은 시간이지만 외출할 수 있게 허락해 준 것을 보고 놀랐어."

포비는 씩 웃었다.

"나도 그래. 엄마가 그 사람을 설득한 거야."

그 순간 멀지 않은 거리에서 일어나고 있던 언쟁이 심각한 싸움으로 번졌다. 어떤 남자가 실랑이를 벌이던 사내를 주먹으로 쳤고, 그 사내는 화가 나서 고함을 지르며 그 남자의 옆구리를 밀었다.

"어서 비켜, 이 나쁜 자식. 그 마차는 내가 먼저 봤어."

"웃기고 있네."

처음에 주먹을 날린 남자는 자신의 요구를 관철시키려고 무력을 사용했다. 그 남자의 주먹이 거칠어지면서 구경꾼을 치는 사태가 벌어지자 누군가 비명을 질렀다. 어떤 사내는 마구 욕설을 퍼부어댔다.

메러디스가 눈살을 찌푸렸다.

"이곳을 벗어나야겠어. 오빠가 서둘러줬으면 좋겠는데."

포비는 엄마와 언니와 함께 로비 안으로 후퇴하기 시작했다. 그러나 언쟁은 더 심해져 포비는 이리저리 밀려다녔다. 여자들은 날카로운 비명을 질러댔다.

옷이 찢어지는 소리 때문에 포비는 어깨 너머를 힐끗 돌아보았다. 어떤 여자가 소란한 틈을 이용해 추근대던 두 젊은이를 사정없이 후려치고 있었다. 포비는 가까이 있는 어떤 신사의 머리 위로 가방을 치켜들었다. 조그만 가방이 눈에 띄자 잠시 망설이던 그 남자는 놀라운 속도로 가방을 움켜쥐고 포비의 손에서 그것을 빼내려고 안간힘을 썼다. 그녀는 가방끈을 열심히 잡아당겼지만 끈이 떨어져나가면서 구슬백은 사람들의 발밑으로 사라져버렸다.

두 남자에게서 자신을 보호하려고 애쓰던 여자는 순간적인 혼란을 틈타 로비의 안전한 곳으로 내달렸다.

포비는 주변을 둘러보다 밀려오는 사람들 때문에 엄마와 언니로부터 떨어졌다는 것을 알았다. 사람들은 성난 바다에서 표류하듯 이리저리 밀려다녔기 때문에 포비는 사람들을 분간하기도 힘들었다.

포비가 근처에 있는 사람들을 보려고 발끝으로 서 있는데 술 취한 젊은 남자가 그녀 쪽으로 비틀거리며 다가왔다. 포비의 왼쪽 다리가 휘청대더니 그만 균형을 잃고 말았다.

"어머나."

포비는 비틀거렸으나 가까스로 버텨 넘어지진 않았다. 그녀는 치마를 바짝 끌어당기고 극장 로비의 불빛을 향해 뛰어가려고 했다.

그때 어떤 남자의 팔이 그녀의 허리를 휘감았다.

포비는 소리를 지르며 빠져나가려고 했다.

"이거 놔요, 뭔가 잘못 알고 있나본데요……?"

남자는 아무런 반응을 보이지 않은 채, 군중 속에서 포비를 사정없이 끌고 가기 시작했다. 포비는 더 큰 소리로 다시 비명을 질렀다. 주변에는 사람들이 많았지만 도와달라는 그녀의 외침에 신경쓰는 사람은 아무도 없었다. 사람들은 모두 폭도로 변해 위협하는 군중들로부터 자신을 보호하느라 정신이 없었다.

포비를 잡고 있는 남자 옆으로 두 번째 사내가 나타났다.

"이 여자 맞아?"

그 사내는 버둥대는 포비의 팔을 움켜쥐며 큰 소리로 물었다.

"맞겠지. 우리가 들은 대로 노란색과 녹색이 들어간 드레스를 입고 있었으니까. 비슷한 여자가 또 있는지 다시 가서 찾아보고 올게."

포비는 손을 움직여보았다. 사내의 수염난 얼굴이 손에 닿자 그녀는 손톱으로 그의 얼굴을 날카롭게 긁었다. 사내는 비명을 질렀다.

"망할 년 같으니라구."

"별것도 아닌 것이."

첫 번째 사내가 투덜거렸다.

"마차는 어디 있기로 했지?"

"저기 있군, 빌어먹을."

"왜 그래?"

"이 계집애가 나를 발로 찼어."

"거의 다 왔어. 문을 열어."

첫 번 사내가 포비를 위쪽으로 들어올렸다.

포비는 이번에는 마차의 열린 문을 움켜쥐었다. 장갑을 낀 그녀의 손가락이 나무 문짝을 할퀴었다. 그녀는 들어가지 않으려고 안간힘을 쓰고 버텼으나 허사였다.

누군가 그녀를 강제로 밀어넣는 바람에 그녀는 마차 안으로 내던져졌다. 그녀는 좌석 사이의 바닥에 쓰러졌다.

첫 번 사내가 마부에게 뭐라고 외치고 나서 마차 안으로 들어왔고 두 번째 사내도 뒤따라 들어왔다.

포비는 마차가 앞으로 나아가는 것을 느꼈다. 사내들이 거친 손으로 그녀의 손과 발을 묶을 때까지 그녀는 격렬하게 비명을 지르고 발버둥쳤다. 사내들은 더러운 천조각으로 그녀의 비명이 새어나가지 않게 입을 틀어막았다.

"망할 계집애 같으니."

사내 하나가 의자에 쓰러지면서 화를 냈다.

"고양이띠인가? 내 여자였다면 꼼짝 못하게 버릇을 가르쳤을 텐데."

다른 사내가 음흉하게 껄껄 웃었다. 그는 발끝을 포비의 엉덩이에 갖다 댔다.

"내일 아침이 되면 달라질 걸? 앨리스네서 하룻밤을 보내고 나면 사나운 고양이라도 어쩔 수 없을 거야."

포비는 마차 바닥에서 얼어붙어 있었다.

앨리스네?

그녀는 침착해지려고 애를 쓰며 논리적으로 생각해 보려 했다. 마차에서 이렇게 묶여 있는 동안 자신이 할 수 있는 것은 하나도 없었지만 조만간 기회가 올 것이다. 그녀는 묶여 있는 끈이라도 풀어보려고 손목을 틀며 애를 썼다.

마차는 북적대는 거리를 기어가듯 느리게 가고 있었다. 마차가 마침내 목적지에 도착하기까지는 오랜 시간이 걸렸다.

두 사내 중의 하나가 문을 열고 나서 포비 쪽으로 다가왔다. 그들은 포비를 마차에서 들어 계단에 내려놓았다.

그녀는 기다란 복도를 통해 운반되면서 어디로 가고 있는지 가늠해 보기 위해 주변을 돌아보았다. 몇 개의 문을 지나쳤는데, 그것들은 모두 굳게 닫혀 있었다. 그 중의 하나에서는 어떤 여자의 자지러지는 듯한 비명 소리가 들렸다. 또 다른 문에서는 살갗을 때리는 채찍 소리에 이어 고통스러워하는 남자의 신음이 새어나왔다.

"넌 뭐야?"

술에 취한 여자가 포비를 향해 물었다.

"새로 왔어?"

"그래, 네가 상관할 바 아니야."

포비를 데려가던 남자 하나가 대신 대답했다.

"앨리스가 요즘 거리에서 애들을 데려오는 줄은 몰랐는데?"

그 여자는 지나치면서 중얼거렸다.

"하긴, 여기는 일을 구하려는 애들이 항상 득실대니까."

"이 여자는 특별해. 앨리스가 이 여자는 독특한 취미를 가진 손님이라고 그랬어."

돈적지에 도착한 듯 사내들은 문을 열고는 포비를 어두운 방 안으로 끌고 가 침대에 떨어뜨려놓았다. 그녀는 어둠 속에서 엄습하 오는 공포와 싸우기 위해 마음을 단단히 먹었다.

"이젠 됐어."

그 중의 한 사내가 이제 안심이라는 듯 말했다.

"돈을 받아서 여길 나가기만 하면 돼."

그들이 나가고 문이 육중한 소리를 내며 닫혔다. 잠시 후 포비는 자물쇠가 돌아가는 소리를 들었다. 사내들의 발걸음이 복도를 다라 잦아들었다.

이윽고 침묵이 시작되었다.

포비는 조용히 일어나 앉았다. 맥박이 고동치고 가슴이 두근거렸다. 순간 그녀는 재갈 때문에 숨이 막힐 것 같다는 생각이 들었다. 온몸으로 번져오는 두려움은 사태를 더욱 악화시켰다. 어둠의 세계가 그녀 주위로 파고들어 어쩌면 기절할지도 모른다는 생각까지 들었다.

그녀를 미치게 만드는 공포를 몰아내기 위해 포비는 갖은 애를 썼다.

어떻게든 진정하고 침착해져야 한다. 그렇지 않으면 모든 것을 잃을 것이다.

무엇보다 먼저 해야 할 일은 재갈과 손목, 발목을 묶고 있는 밧줄을 푸는 것이었다. 포비는 침대 가장자리로 몸을 비틀며 나아가 바닥에 발을 내렸다. 침대가 있는 곳이라면 근처에 양초나

기타 필수품을 넣어두는 탁자가 있을 것이다. 포비는 칼을 발견하기를 간절히 바랐다.

예상했던 곳에 탁자가 있었다. 포비는 재갈 밑에 서랍 손잡이를 가까스로 걸어 입에서 더러운 천을 빼냈다. 숨을 한 번 크게 들이마시고는 다시 서랍 쪽으로 향했다. 그리고는 묶인 손을 이용해 서랍의 손잡이를 잡아당겨 열었다.

그러나 서랍에는 실망스럽게도 아편제 같은 것을 넣어두는 조그만 병이 있을 뿐이었다.

순간 열쇠가 돌아가는 소리에 포비는 엉거주춤 하던 일을 중단했다. 서둘러 서랍을 닫고 털썩 침대에 앉아버렸다.

방문이 열리면서 복도의 불빛이 침대 이불 위로 쏟아졌다. 여자 하나가 문에 서 있었다.

"벨벳 헬에 온 걸 환영해요. 당신이 여기 오게 되다니 대단히 반갑군요. 그날이 이렇게 빨리 올 줄은 몰랐어요. 난 이 일을 위해 시간과 돈을 많이 들였거든요?"

그녀는 방안으로 들어와 문을 닫았다. 탁자 위의 초에 불을 붙이는 소리가 들렸다. 불꽃이 번지며 금발머리와 예쁜 얼굴을 지닌 정체불명의 앨리스의 모습이 드러났다.

"당신은 이런 곳에 있었군요, 앨리스."

포비는 조용하게 말했다.

"매춘업소를 운영하는 게 하녀 일을 하는 것보다 수입은 더 좋겠지요."

"훨씬 낫지요."

앨리스는 보일 듯 말듯 미소를 지어보였다.

"내 위치에 있는 여자라면 기회를 최대한 이용해야겠지요."

포비는 그녀를 찬찬히 뜯어보았다.

"어쩔 셈이에요?"

"난 정말 대단한 계획을 세웠었지요."

앨리스는 침대 모서리로 다가와 포비를 내려다보고 섰다.

"하지만 시간이 모자라 겁이 나요. 닐이 무슨 일이 있는지 거의 눈치를 챘기 때문에 처음 계획을 포기하고 다른 방법을 써야 했어요."

포비는 꼼짝하지 않았다.

"무슨 얘길 하는 거예요? 처음 계획이란 또 뭐였죠?"

"그야 물론 당신에게 그 책을 팔게끔 겁을 주는 것이었지요. 이곳에 오는 손님들 중에는 고서 수집가들이 몇 명 있는데, 그 사람들은 좀 괴상한 미신을 믿는 경향이 있어요."

"그래서 당신은 그 저주를 현실로 만들려고 한 거예요?"

"그래요. 알고 있겠지만 닐이 그 애기를 모두 해줬어요. 그 책에 대해서도 많은 애기를 해줬구요. 그 저주의 두 번째 부분을 행하고 나서 난 당신에게 편지를 보내려고 했어요. 익명의 수집가가 『성채의 여인』을 사겠다고 나서는 것처럼 꾸미려고 했죠. 그러면 당신은 이미 그 책에 넌더리가 났기 때문에 그걸 팔고 싶어할 것으로 생각했어요."

"당신이 3년 전, 닐의 애인이었어요?"

"아, 그래요."

앨리스는 씁쓸하게 말했다.

"닐이 당신을 위해 헌신적으로 봉사하는 란셀롯 연기를 하고

있는 동안 줄곧 나는 그 사람의 애인이었어요. 당신 아버지에게
서 돈을 얻어낼 계획이 있다고 하더군요. 그 목적을 이루고 나면
나와 결혼하겠다고 했어요. 자기가 사랑하는 사람은 당신이 아니
라 나라고 말했지요. 바보 같게도 난 그 사람을 믿었어요."

"도무지 이해가 안돼요. 누구를 믿고 무슨 말을 믿어야 할지
모르겠어요. 도대체 지하 납골당은 어떻게 알았죠?"

"'악마의 안개' 근처의 조그만 마을에 사는 하인들의 얘기를
들었어요."

앨리스는 의자에 앉아 여느 숙녀 못지 않은 우아한 포즈를 취
했다.

"난 뛰어난 배우예요. 며칠 정도 술집 종업원 노릇을 하는 정
도는 식은죽 먹기였어요. 그렇게 해서 그 성에 관한 필요한 정보
들을 얻어냈죠."

"알겠어요."

"처음엔 단순히 당신을 바닷가 절벽 쪽으로 유인하려고 했죠.
그러다 납골당에 대한 얘기를 들었을 때, 대신 그것을 이용해야
겠다는 생각이 들었어요. 사실 당신이 죽는 건 원하지 않았어요.
단지 약간 겁을 주려는 생각뿐이었지요."

"당신이 내 방에 불을 지른 그날 밤 난 죽을 뻔했어요."

"그렇진 않았어요."

앨리스는 어깨를 으쓱해 보였다.

"난 당신 남편이 함께 있고, 당신이 아직 잠들지 않았다는 것
을 확신하고 있었어요. 당신은 이제 막 결혼했고 와일드가 새 신
부에게 흠뻑 빠져 있다는 소문이 있었으니까요."

"그래, 이제 어쩔 생각이에요?"

"당신을 붙잡아두고 몸값을 요구할 거예요. 당신 남편에게 그 책과 교환하는 조건으로 당신을 되돌려주겠다는 편지를 보낼 생각이에요. 이런 식으로 하면 일이 좀더 어려워지겠지만 달리 방법이 없군요. 내가 말했던 대로 닐이 내 계획을 알아버려서 시간이 없어요."

포비는 그녀를 뚫어져라 노려보았다.

"도대체 왜 그 책을 원하는 거예요? 그 책이 왜 그렇게 중요하죠?"

"나도 모르겠어요."

"이런 엄청난 문제를 일으키고 있으면서도 그 이유를 모른다고요?"

포비는 믿어지지가 않았다.

"다만 닐이 그 책을 끔찍이 원한다는 것만 알고 있어요. 그 정도면 내겐 충분해요."

앨리스는 의자의 팔걸이를 쥔 손에 힘을 주었다. 그녀의 눈동자는 가까스로 분노를 억누르고 있었다.

"그 사람은 돌아오고 나서 그 책을 되찾겠다는 얘기만 했어요. 이제 그 사람이 그 책을 손에 넣으려면 나와 거래를 해야 될 거예요. 난 엄청난 값을 부를 생각이에요."

포비는 자신이 미친 여자와 상대하고 있는 것이 아닌가 하는 생각이 들었다.

"닐은 다분히 감상적인 이유로 그 책을 원하고 있어요."

"그보다 더 중요한 이유가 있을 거예요, 분명히. 닐은 순수하게 당신에게 영원한 헌신을 맹세할 사람이 아니에요. 안됐지만 모두 연극이에요."

"앨리스, 당신은 닐에 대해 복수하려는 생각 때문에 제정신이 아닌 것 같아요."

포비는 부드럽게 말했다.

"아마 그럴지도 몰라요."

앨리스는 자리에서 일어나 침대 옆의 탁자로 갔다.

"이런 직업세계에 있는 여자는 수없이 많은 밤을 지옥처럼 지내죠. 누구라도 미치지 않을 수 없을 겁니다. 우리 중에 강한 자만이 살아 남는 거예요."

"당신은 살아 남았군요."

"그래요. 난 살아 남았어요. 나를 살아 남을 수 있게 만든 요인 중 하나는 닐 벡스터에게 복수하겠다는 희망 때문이었어요. 그 사람이 나를 벨벳이라는 지옥으로 밀어넣은 장본인이니까요."

포비는 가슴이 철렁해서 그녀를 바라보았다.

"나는 어떻게 되는 거예요?"

"당신?"

앨리스는 뭔가 생각하는 표정을 지었다.

"당신에게도 나처럼 그 저주의 마지막 부분을 현실로 만들어주면 재미있을 것이란 생각이 드는군요."

"무, 무슨 말이에요?"

"그 책의 마지막 저주가 어떻게 되지요?"

앨리스는 포비에게로 몸을 가까이 기댔다.

"'영원한 지옥의 밤에서 보내는 것'이라고 했나요? 난 당신을 영원한 지옥의 밤에서 보내게 만들 수 있어요, 와일드 부인. 이런 곳에서 손님에게 하룻밤 봉사를 해주는 일이 당신 같은 여자에게는 지옥의 밤처럼 여겨질 테니까요.”

프비는 아무 말도 나오지 않았다. 그녀의 입은 바짝바짝 말라왔다. 그녀는 애원하듯 앨리스의 거친 눈동자를 바라보았다.

“하지만 난 당신을 그럴 정도로 싫어하진 않아요.”

앨리스는 부드럽게 말했다.

“당신은 목적을 위한 수단일 뿐이니까.”

그녀는 몸을 숙여 포비가 입은 드레스의 얇은 보디스를 움켜쥐고 섬세한 실크 드레스를 손쉽게 쭉 찢어버렸다. 순식간에 포비는 페티코트만 입은 채 찢어진 천조각 사이에 놓여 있었다.

“왜 이러는 거예요?”

포비는 수치심과 함께 끓어오르는 분노를 참아낼 재간이 없었다.

“미리 주의를 주는 거예요. 당신이 밧줄을 풀 수 있을 거라고 생각진 않지만 만약의 경우 그런 일이 있다 하더라도, 고상한 드레스가 없는 상태로 도망치진 못할 테니까.”

“그렇게 생각해요?”

앨리스는 차가운 미소로 응수했다.

“당신은 이곳 복도에서 만나는 사람들을 잘 몰라요. 혹시 가족의 옛 친구를 만날 기회가 있다면 천만 다행이겠죠. 그러나 당신의 모습을 드러내서 남편의 명예와 자신의 명성에 먹칠을 한다면, 당신 남편이 달가워하지 않을 거예요. 그리고 그런 상태로 거리에 나가면 어쩔 셈인가요?”

포비는 앨리스가 정곡을 찔렀다는 사실을 인정해야 했다.

"앨리스, 내 말을 들어요……."

"상식적으로 행동해요. 여기 있으면서 당신 남편이 대가를 갖고 올 때까지 문제를 일으키지 말아요."

앨리스는 찢어진 천조각을 바닥에 떨어뜨려놓고 방에서 나갔다. 문이 부드럽게 닫혔다. 이어서 자물쇠 돌아가는 소리가 들렸다.

포비는 앨리스가 복도를 따라 멀어질 때까지 기다렸다. 사방이 조용해지자 그녀는 다시 침대 모서리에 앉았다. 몸을 돌려 침대 옆 탁자의 서랍을 더듬었다. 잠시 후 그녀는 아편제가 든 조그만 병을 손에 쥐었다.

그녀는 그것을 세차게 바닥으로 떨어뜨렸다. 그리고 그녀는 웅크리고 앉아 조심스럽게 유리조각 하나를 집어들었다.

시간이 꽤 걸린 것 같았다. 손에 피가 나긴 했지만 묶인 끈을 끊을 수 있었다. 그녀는 서둘러 발목을 묶고 있는 밧줄도 풀었다.

복도에서 들려오는 술에 취해 웃어대는 소리에 포비는 치를 떨었다. 가능한 한 빨리 방을 빠져나가야 했지만 앨리스의 말이 옳았다. 복도로 나가는 위험을 감수할 수는 없었다. 옷가지를 찾을 수 있지 않을까 하는 한 가닥 희망으로 옷장 문을 열었지만 안은 텅 비어 있었다.

포비는 창문으로 다가가 밖을 내다보았다. 뛰어내린다면 그녀의 다리는 부러질 것이 분명했지만 그 수밖에 다른 방도가 없는 것 같았다.

포비는 돌아서서 어두컴컴한 방안을 유심히 살폈다. 이 끔찍한 방을 빠져나가기 위해 사용할 수 있는 것은 아무것도 없었다. 침대의 이불을 제외하고는.

그녀는 침대를 향해 뛰어갔다. 채 10분도 되기 전에 그녀는 두 개의 커다란 시트를 한데 묶었다. 임시로 만든 밧줄 대용품의 한쪽 끝을 침대 기둥에 묶고 나머지를 창밖으로 던졌다.

그녀는 몸을 창턱에 올리고 매듭으로 묶인 시트를 꼭 잡고 아래로 내려가기 시작했다.

"포비."

닐 벡스터의 목소리가 골목 아래서 부드럽게 올라왔다.

"제발 조심해. 내가 당신을 받아주러 왔어."

닐의 목소리에 놀란 포비는 잡고 있는 시트를 거의 놓칠 뻔했다. 그녀는 엉거주춤 동작을 멈추고 골목 아래를 내려다보았다.

"닐? 당신이에요?"

"그래요, 기다려요. 조금만 있으면 당신을 안전하게 해주겠소."

그는 달빛이 비추는 쪽으로 나왔다.

포비는 기가 막힌 표정으로 그를 내려다보았다.

"웬일이에요? 내가 여기 있는 걸 어떻게 알았어요?"

"앨리스가 당신을 납치했다는 소식을 듣고 곧장 이리로 왔어요. 당신을 구하려고 했는데 이미 스스로 조치를 취했구려. 당신은 언제나 영리했지요. 내려와요, 내 사랑, 조심해서."

포비는 망설였다. 내려가는 대신 침대 시트에 매달린 채 닐의 표정을 읽으려고 애썼다. 그러나 어둠 속이라 그의 표정을 읽는 것은 거의 불가능했다.

포비가 어찌할 바를 모르고 매달려 있을 때 방문이 열리는 소리가 들렸다.

"포비?"

억눌린 듯한 음성이었지만 가브리엘의 목소리가 분명했다.

"포비, 여기 있어?"

"가브리엘?"

그녀는 구세주라도 만난 듯 애타게 그를 불렀다.

"젠장, 포비, 어디 있는 거야?"

"와일드로군."

닐이 소리를 질렀다.

"포비, 부탁이야, 시트를 놔버려. 와일드가 금세 당신을 잡고 말 거야."

"떨어지기엔 너무 먼 거리예요."

포비는 핑계거리를 만들듯 그의 말을 거부했다.

"내가 받아줄게요."

닐의 음성은 필사적이었다.

"어서, 그 자가 당신을 죽이려 한다는 정보를 갖고 있소. 증명할 수도 있어요."

가브리엘은 열려진 창문 밖으로 몸을 내밀었다. 그는 창턱을 손으로 움켜쥐었다.

"포비, 이게 무슨 짓이야, 돌아와."

그는 시트를 잡고 위로 끌어올리기 시작했다.

"포비, 날 믿어요."

닐이 외쳤다.

"다시 올라가면 당신은 목숨을 내놓아야 할 거야."

그는 두 팔을 벌렸다.

"내려와, 받아줄게. 나와 함께 있어야 안전할 거요."

포비의 팔은 엄청난 노력을 하고 있었다. 어깨는 아파왔고 손가락은 시트를 너무나 열심히 쥐고 있어 떨리고 있었다. 그녀는 얼마나 더 이렇게 필사적으로 잡고 있을 수 있을지 자신이 없었다.

"당신이 시트를 놓고 내려가면 난 당신을 적어도 일년은 가둬둘 테니 그렇게 알아."

가브리엘이 단단히 일렀다.

'포비, 자신을 가져."

닐은 간절한 모습으로 팔을 위쪽으로 쳐들었다.

'우리가 한때 서로에게 어떤 의미였는지 생각하고, 당신의 진정한 란셀롯을 믿어줘."

"당신은 내 아내야, 포비."

가브리엘은 시트를 계속 끌어올렸다.

"당신은 내 말에 따라야 돼. 시트를 놓지 마."

어쩌면 이렇게도 꿈과 똑같을까.

그녀는 위쪽으로 끌려 올라가면서 문득 그런 생각이 들었다. 두 남자가 서로 그녀에게 손을 뻗고 자신의 안전을 약속하고 있었다. 그녀는 두 사람 가운데 선택을 해야 했다.

그러나 그녀는 이미 선택했다.

창턱에서 채 30센티미터도 안 남은 거리에 이를 때까지 그녀는 시트에 꼭 매달려 있었다.

"빌어먹을, 당신은 나를 죽이려고 작정을 했군."

가브리엘은 손을 아래로 뻗어 그녀의 손목을 잡고 끌어올렸다.

"괜찮은 거야?"

"네, 그런 것 같아요."

그는 그녀를 아무렇게나 바닥에 내려놓고서 창밖으로 몸을 내밀었다.

"망할 자식, 달아나버렸어."

포비는 바닥에서 몸을 일으켜 찢어진 슈미즈를 바로 폈다.

"가브리엘, 어떻게 나를 찾아냈어요?"

달빛에 비친 그의 얼굴은 이루 말할 수 없이 험악했다.

"스팅턴과 내가 아침 일찍 이곳을 알아낸 다음 줄곧 지키고 있었지. 당신이 이곳으로 실려오는 걸 봤지만 너무 멀리 떨어져 있던 탓에 그 자식들을 어떻게 할 수가 없었어. 이렇게 마냥 시간을 보낼 순 없어. 자, 어서 여기를 빠져나가야 해."

"이런 차림으로 밖으로 나갈 순 없어요."

포비는 본능적으로 두 팔로 가슴을 가렸다.

"알아보는 사람이 있을지도 몰라요."

가브리엘은 인상을 썼다.

"옷장에 입을 게 있을지 몰라."

"옷장은 텅 비어 있어요."

"그래도 여기 있을 순 없어, 자."

그는 그녀의 손목을 잡고 방문을 열었다. 재빨리 복도 아래위쪽을 힐끗 살폈다.

"아무도 없어. 뒷계단으로 나갈 수 있을 거야."

포비는 가브리엘 뒤를 절룩거리며 따라가면서 슈미즈 앞자락을 꼭 여몄다.

얇은 마직 속옷만 입고 있는 끔찍한 느낌이라니.

"어떻게 들어왔어요?"

"당신이 들어왔던 것처럼 뒷계단으로 올라왔지. 아무도 본 사람은 없어."

남자의 커다란 웃음 소리가 복도 맨 끝의 계단에서 들리더니 여자의 깔깔거리는 소리도 뒤를 이었다.

"이리로 와."

가브리엘이 옆에 있던 문의 손잡이를 돌렸다. 다행히 문이 열렸다. 그는 포비를 방안으로 끌어당겼다.

붉은 머리에 검은 스타킹만을 신은 젊은 여자가 놀라서 뒤를 돌아보았다. 여자는 한 손에 채찍을 들고 있었다. 그녀는 침대에 엎드린 채 기둥에 묶여 있는 건장해 보이는 남자의 엉덩이에 채찍을 휘두르고 있었던 게 분명했다. 침대에 있는 남자는 눈에 검은색 안대를 하고 있었다.

가브리엘은 조용히 하라는 뜻으로 손가락을 입에 댔다. 붉은 머리 여자는 눈썹을 치켜 올렸다. 포비의 놀란 표정을 본 그녀의 입술은 재미있다는 듯 냉소적인 미소를 지었다.

"나의 폭군이여, 멈추지 마."

침대의 남자가 애원하다시피 말했다.

"이 일을 빨리 끝내야 돼, 그렇지 않으면 모든 일을 망치게 돼."

붉은 머리의 여자는 하는 수 없다는 듯 다시 채찍을 휘둘렀다.

포비는 질겁을 했다.

"더 세게."

그 남자가 소리를 질렀다.

"더 세게."

"알았어요."

붉은 머리 여자는 가르랑거리는 목소리로 대답했다.

"나한테 잘못했지요?"

"그래, 그래, 미안해."

"당신이 정말 미안해하는지 모르겠어요."

붉은 머리 여자는 채찍을 들어올려 엄청난 소리가 나도록 내리쳤다.

침대 위의 남자는 황홀경에 빠진 듯했다.

가브리엘은 화장대에 지폐 몇 장을 던져두고 옷장을 가리켰다. 붉은 머리 여자는 돈을 힐끗 보더니 고개를 끄덕였다. 그러나 여자는 자신의 일을 멈추지는 않았다.

가브리엘이 조용히 옷장을 여는 동안에도 채찍질이 계속되고 남자는 점점 더 큰 소리로 신음했다.

포비는 옷장에 줄줄이 걸려 있는 화려한 드레스를 보는 순간 자신이 목격한 끔찍한 장면들을 모두 잊어버렸다. 감탄해 마지않으며 그녀는 화려한 색상의 옷들을 멍하니 바라보았다.

"하나를 골라."

가브리엘이 낮은 소리로 말했다.

고르는 일은 정말 힘들었다. 포비는 그 옷들이 모두 마음에 들었던 것이다. 그러나 다급해하는 표정으로 서 있는 가브리엘을 보고는 망설이고 있을 계제가 아니라는 것을 알았다. 화려한 진홍색 공단 드레스를 움켜쥐고는 머리 위로 뒤집어썼다.

침대 위의 남자의 신음 소리는 점점 더 커지고 강렬해졌다. 가브리엘은 옷장 위쪽으로 손을 뻗어 곱슬거리는 금발 가발을 빼냈다. 그는 그것을 포비 머리에 씌웠다. 그녀는 자신이 곱슬거리는 금발 머리카락 사이로 그를 바라보고 있음을 알았다.

붉은 머리 여자는 옷장 서랍 쪽으로 고갯짓을 했다. 가브리엘은 그녀의 눈짓을 따라 서랍을 열었다. 그 속에서 검은색 가면을 집어 포비에게 건넸다. 포비는 재빨리 그것을 썼다.

가브리엘은 포비의 손을 잡고 자기 일에 열중하고 있는 창녀에게 고맙다는 뜻으로 고개를 끄덕이고는 조용히 문을 열었다. 포비와 가브리엘이 복도로 나올 때쯤, 침대 위의 남자는 만족감에 거의 울부짖고 있었다.

그들은 술취해 비틀거리는 뚱뚱한 남자와 거의 충돌할 뻔했다. 포비는 가면을 통해 그 남자를 알아보았다. 밤모임에서 그녀에게 가끔씩 얘기를 해주던 쾌활하고 할아버지 같은 프러드스톤 경이었다.

프러드스톤은 가브리엘을 보더니 알겠다는 듯 씩 웃고는 그의 어깨를 툭툭 쳐주었다.

"여기 있군, 와일드. 결혼식을 한 직후에 자네를 여기서 보게 될 줄은 생각지 못했네. 결혼생활이 벌써 싫증났다고 얘기하지는 말게."

"이제 막 가려던 참입니다."

"자네와 거래를 해야 하는 건데, 안그래?"

프러드스톤은 진홍색 드레스를 입은 포비의 깊이 파인 목선 쪽에 시선을 두고 껄껄거리며 웃었다.

"관리를 하려면 어쩔 수 없는 특별한 경우들이 있지요."

가브리엘의 목소리는 뭔가 감추는 듯했다.

"실례하겠습니다, 프러드스톤 경. 좀 급해서요."

"가보게. 즐겁게 보내."

프러드스톤은 복도를 지나가며 즐거운 듯 손을 흔들었다.

가브리엘은 뒷계단 쪽으로 포비를 끌고 갔다. 문을 활짝 연 그는 어두컴컴한 계단 아래로 그녀를 서둘러 내려가게 했다.

"어쩜, 가브리엘."

포비는 들릴 듯 말듯 속삭였다.

"프러드스톤 경이었어요."

"알아."

"그 분은 어떻게 감히 당신이 이런 곳에 출입한다고 생각할 수 있어요? 당신은 결혼했잖아요."

"알아, 나를 믿어. 오늘 일은 누구보다도 내가 잘 알고 있으니까. 당신 때문에 내가 얼마나 걱정했는 줄 알아? 발밑에 사람 몸뚱이나 조심해."

"사람이라고요?"

포비는 걸음을 멈추려 했지만 가브리엘이 그녀를 아래로 끌어당겼다.

"계단에 죽은 사람이라도 있어요?"

"죽은 건 아니고 의식만 잃었을 뿐이야. 뒷계단을 지키고 있던 녀석이야."

"알겠어요."

포비는 침을 꿀꺽 삼켰다.

"당신이 이렇게 만들었어요?"

"아니, 그 녀석에게 조용히 있겠냐고 물었을 뿐이야."

인내심이 한계에 달한 목소리였다.

"그럼 당신은 내가 그 방의 열쇠를 어디서 얻었다고 생각하는 거야? 어서 서둘러, 포비."

그로부터 5분 후에 그들은 스팅턴이 고삐를 잡은 마차 안에 안전하게 자리를 잡았다. 집에 오는 동안 가브리엘은 아무 말도 하지 않았다.

집에 도착하자 그는 포비에게서 금발머리 가발을 나꿔채고는 가면을 한쪽으로 던져버렸다. 마차 불빛 속에서 그의 눈동자는 아무런 표정도 없었다.

"곧장 당신 침실로 올라가 있어, 금방 올라갈게. 난 스팅턴과 먼저 얘기할 게 있어. 그 다음에 당신과도 몇 가지 얘기할 거니까."

21

가브리엘은 계단에 선 채로 스팅턴에게 지시를 내렸다.

"벡스터를 찾아보게. 그 자를 찾거든 가까이 있도록 해. 하지만 자네가 근처에 있다는 사실을 노출시키지 말도록. 무슨 일이 있어도 그 자를 놓치면 안돼."

"알겠습니다. 최선을 다하겠습니다."

스팅턴은 마차에 앉아 모자 끝을 들어올리며 인사했다.

"부인께서 무사하셔서서 정말 기쁩니다. 이렇게 말하면 기분나쁘실지 모르지만 정말로 강심장을 가진 분이세요."

가브리엘은 그 말에 화가 났지만 그에게 또 다른 지시를 내리기 위해서 참았다. 시간이 없었다.

"자네가 용기있다고 칭찬하더라고 집사람에게 전하지."

그가 퉁명스럽게 말했다.

"네, 제가 말했던 대로 강심장을 지니셨어요. 웬만한 남자들에 비길 분이 아니라니까요. 일을 하면서 그런 분은 별로 만나지 못했어요."

스팅턴이 고삐를 살짝 움직이자 마차가 거리를 굴러가기 시작했다.

가브리엘은 집안으로 들어와 문을 닫고 한 번에 두 계단씩 올라갔다. 그의 마음은 소용돌이치고 몸은 아직도 긴장감으로 고동치고 있었다. 복도를 성큼성큼 걸어가다 포비의 침실 문앞에 와서 걸음을 멈추고는 손잡이를 잡았다. 잠시 무슨 말을 해야 할지 생각을 가다듬었다.

그녀는 그를 선택했다.

그는 침대 시트로 만든 밧줄에 매달려 그녀를 원하는 두 남자 사이에서 갈등하던 포비를 평생 잊지 못할 것이다.

그녀는 그를 선택했다.

그런 생각이 그의 내부에서 불길처럼 치솟았다. 그는 그녀를 믿는다는 말은 고사하고 그녀를 사랑한다는 말조차 하지 못했다. 그런데도 그녀는 금발의 란셀롯이 아닌 그를 선택하고 그를 믿었다.

가브리엘은 손잡이를 돌려 문을 열고 방안으로 조용히 들어갔다. 포비가 화장대 앞에 서 있는 것을 보고 그는 잠시 걸음을 멈췄다. 그녀는 그가 매춘부에게서 자신을 위해 사준 야한 진홍색 드레스를 입은 스스로의 모습을 보고 감탄하고 있었다.

"가브리엘, 정말 고마워요. 난 항상 빨간색 드레스를 입을 수 있다고 생각해 왔어요. 비록 메러디스 언니는 이 색이 나한테 어울리지 않는다고 말하긴 했지만."

빙그르 돌아서는 포비의 눈동자는 흥분으로 빛나고 있었다.

"모임에 갈 때까지 기다릴 수 없을 것 같아요. 이런 종류의 옷을 입은 여자는 없을 거예요."

"그건 확실해."

가브리엘은 드레스를 가까이 들여다보며 살짝 미소를 지었다. 값싸고 번쩍번쩍 빛나는 진홍색 드레스는 방안을 대낮처럼 환하게 밝혀주었다. 깊게 파인 주름들이 부채꼴 모양의 솔기 가장자리를 장식하며 포비의 다리를 지나치게 드러내고 있었다. 그녀의 유두를 간신히 가리고 있는 검은색 레이스로 만들어진 커다란 꽃들이 지나치게 파인 목선을 장식하고 있었다.

"벨벳 헬의 붉은 머리 여자가 의상 디자이너 이름을 말해줄지 모르겠어요."

포비는 생각에 잠겼다가 드레스의 조그만 소매를 맞추려고 거울 쪽으로 돌아섰다.

"당신은 그 여자에게 물어보지 못할 게 분명하니까 그 디자이너 이름을 결코 알 수 없을 거야."

가브리엘은 손을 내밀어 그녀의 어깨를 잡고 그녀를 자신 쪽으로 돌려세웠다.

"포비, 오늘 밤에 있었던 일을 전부 말해봐. 당신을 납치한 사람이 앨리스라는 건 알고 있어. 그 여자가 당신에게 뭐라고 했지?"

포비는 망설였다.

"나를 볼모로 잡고 있겠다고 했어요."

"돈을 원한대?"

"아니오, 『성채의 여인』을 원하고 있어요."

"세상에, 왜?"

"닐이 그 책을 원하고 있기 때문에, 그 사람에게 복수할 수 있는 것은 무엇이나 할 생각이래요. 그 사람이 자기와 결혼하겠다는 약속을 지키지 않았다고 했어요. 그가 남태평양으로 떠나면서 앨리스를 그런 끔찍한 곳에 버려두었다더군요. 그 여자는 닐을 절대로 용서하지 않을 거예요."

"망할,"

가브리엘은 사건의 앞뒤를 꿰맞춰보려고 하면서 나지막이 중얼거렸다.

"그 책을 원하는 사람이 하나가 아니라 둘이었군."

"맞아요."

"우리가 결혼하기 전에 런던 집의 서재를 뒤진 자가 벡스터였어."

그는 그녀의 얼굴을 살폈다.

"당신은 시트를 타고 내려가 왜 벡스터의 품에 안기려 했던 거야?"

"난 도망치려 하고 있었어요. 벽을 따라 내려가기 시작했을 때도 난 그 사람이 골목에 있는 줄은 몰랐어요. 가브리엘, 이게 다 무슨 일이죠?"

"복수야. 그러나 뭔가가 더 있어. 그 빌어먹을 책과 관련된 뭔가가 있는 거야."

가브리엘은 포비의 어깨에서 억지로 손을 떼고 창가로 가로질러 갔다.

"모든 일이 항상『성채의 여인』으로 귀결지어지네요, 그렇죠?"

"그 책은,"

가브리엘은 몹시 괴로워했다.

"그렇게 가치있는 게 아닌데, 절대 이런 문제를 일으킬 만큼 가치있는 책이 아니야."

포비는 잠시 그 문제를 생각했다.

"우리가 그 책을 좀더 면밀히 살펴봐야겠어요."

그가 날카롭게 주변을 살폈다.

"왜? 특별한 건 아무것도 없어."

"그래도 다시 한 번 살펴봐야 해요."

"좋아."

포비는 방을 가로질러 옷장 제일 아래 서랍에서『성채의 여인』을 가져왔다.

가브리엘은 그녀가 탁자에 책을 놓자 좀더 자세히 살피기 위해 몸을 앞으로 숙였다. 촛불이 그녀의 검은 머리와 지적인 얼굴을 비췄다. 창녀의 붉은 드레스를 입었어도 포비는 여전히 귀부인 같아 보였다.

그녀에게는 의상이나 환경으로도 바꿀 수 없는 내재적인 여성스런 우아함이 있었다. 그녀는 남자가 목숨과 명예를 걸 수 있는 여자였다.

그런 그녀가 그를 택했다.

"가브리엘, 좀 이상한 데가 있어요."

그가 눈살을 찌푸렸다.

"이 책은 당신이 벡스터에게 준 책이라고 했잖아?"

"갖긴 하지만 뭔가 이상해요. 겉표지가 다시 붙여진 것 같지 않아요? 보세요, 일부가 새 것처럼 보여요."

가브리엘은 두꺼운 가죽 표지를 자세히 들여다보았다.

"당신이 이런 상태로 란셀롯에게 주진 않았단 말이지?"

포비는 콧잔등을 찡그렸다.

"그런 식으로 그 사람을 부르지 말아요. 그리고 이런 상태로 그 사람에게 책을 준 건 아니에요. 내가 닐에게 주었을 때는 붙여진 상태가 아주 낡아 있었어요."

"가죽 밑을 보는 게 좋겠어."

가브리엘은 포비의 책상에서 조그만 칼을 가져와 새로 붙인 가죽 표지를 조심스럽게 뜯었다. 포비가 모서리를 들어올리자 그가 유심히 살펴보았다. 포비는 부드럽고 하얀 면이 드러나도록 천천히 표지를 벗겼다.

"이게 뭐지?"

포비는 면을 조심스레 옆으로 들어올렸다.

가브리엘은 신비스런 달빛처럼 빛나는 다이아몬드와 황금을 보고 즉각 자신이 무엇을 보고 있는지 알아챘다.

"아, 일이 어떻게 된 건지 알겠어."

"이게 뭐죠?"

포비는 눈이 휘둥그래져서 물었다.

"내가 캔턴에서 특별한 진주를 가지고 만들었던 목걸이야."

가브리엘은 책에서 반짝이는 물건을 들어올렸다.

"운이 있었으면 팔찌와 브로치, 귀걸이 세트가 되었을 텐데."

"너무 아름다워요."

포비는 보석에 홀린 듯 정신없이 바라보았다.

"이런 색깔의 진주는 처음 봐요."

"아주 귀한 것이지. 이런 품질의 진주를 모으느라 여러 해가 걸렸어."

그는 목걸이를 촛불 가까이 가져갔다. 다이아몬드는 불꽃을 품은 듯 반짝였지만 진주는 신비스런 어두운 빛을 발했다. 그것은 마치 끝이 없는 밤하늘을 쳐다보는 것 같았다.

"처음엔 흑진주라고 생각했어요."

포비는 보석에 시선을 둔 채 말했다.

"그런데 검은색은 결코 아니에요. 색을 말로 설명하기가 불가능해요. 은색과 초록, 군청색이 환상적으로 어우러진 것 같아요."

"신비의 달빛."

"신비의 달빛,"

포비는 의아해하며 가브리엘의 말을 따라했다.

"그래요, 완벽한 묘사예요."

그녀는 그것이 깨져버리기라도 할 것처럼 살짝 만져보았다.

"정말 특이해요."

가브리엘은 촛불에 비치는 그녀의 살결을 바라보았다.

"이 보석은 당신처럼 아름다워."

그녀는 갑자기 고개를 휙 들었다.

"이 목걸이가 정말 당신 거예요?"

그는 고개를 끄덕였다.

"옛날엔 그랬었지. 벡스터가 내 배를 공격했을 때 가져갔어."

"이젠 다시 당신이 갖게 되었군요."

포비는 흡족해하며 말했다.

그는 고개를 저었다.

"아니, 당신이 발견했으니까 이제 당신 것이야."

포비는 확실히 놀란 표정으로 그를 바라보았다.

"이런 물건을 어떻게 내게 줄 수 있어요?"

"당신에게 주고 싶어."

"하지만 가브리엘……."

"내 뜻을 받아줘, 포비. 우리가 결혼하고 나서 내가 당신에게 해준 게 거의 없잖아."

"그렇지 않아요."

그녀는 침을 튀겨가면서 열심히 말했다.

"절대로 그렇지 않아요. 오늘 밤엔 당신이 이렇게 예쁜 옷도 사주셨잖아요."

가브리엘은 그 끔찍한 드레스를 쳐다보더니 웃기 시작했다.

"뭐가 그리 재미있는지 모르겠군요."

가브리엘은 더 열심히 웃어댔다. 값싸고 야한 드레스를 입고 있는 포비를 보자 그는 더할 나위 없는 기쁨이 샘솟았다. 그녀가 그토록 사랑스러워 보일 수가 없었다. 흡사 중세의 전설에 나오는 공주 같았다. 그녀의 눈동자는 크고 반짝반짝 빛났고, 그녀의 입술은 가브리엘 자신만 가지고 있는 줄 알았던 열정을 담고 있었다.

"가브리엘, 나를 비웃는 거예요?"

그는 재빨리 표정을 진지하게 바꾸었다.

"아니야, 여보. 절대 그렇지 않아. 그 목걸이는 당신 거야. 미래에 나와 결혼할 여자를 위해 만들었던 거니까."

"남태평양 섬에서 당신을 배신한 그 약혼녀 말인가요?"

그녀는 의심스럽다는 투로 물었다.

그는 그녀에게 하우너러에 관해 말한 사람이 누구일까 궁금했다. 앤터니밖에는 없었다.

"내가 그 목걸이를 만들 당시에는 약혼하지 않은 상태였어. 누구와 결혼하게 될지 몰랐었지."

가브리엘은 솔직히 말했다.

"내가 후손에게 물려줄 적당한 가훈을 원했던 것처럼, 미래의 아내에게 줄 알맞은 목걸이를 갖고 싶었던 거야."

"그래서 당신은 가훈처럼 가문의 보석을 만든 거군요."

그녀는 목걸이를 보고 나서 다시 그를 바라보았다.

"당신의 뜻은 잘 알지만 이렇게 특별한 선물은 원하지 않아요."

"왜?"

그가 그녀를 향해 다가오다가 그녀가 그만큼 뒤로 물러나자 걸음을 멈췄다.

"난 줄 수 있어."

"나도 알아요. 그 말이 아니에요."

그가 한 걸음 더 다가가자 그녀의 등은 벽에 닿았다. 그는 그녀의 목에 목걸이를 휘감고 두 손으로 그녀의 머리를 감싸쥐며 그녀의 이마에 입을 맞췄다.

"그러면 무슨 얘기지?"

"가브리엘, 날 유혹하려들지 말아요. 내가 원하는 게 목걸이가 아니라는 것 당신도 알잖아요."

"그럼 당신이 원하는 게 뭐지?"

"내가 원하는 게 뭔지 알고 있잖아요. 난 당신의 믿음을 원해요."

그는 희미하게 미소지었다.

"당신은 이해하지 못해."

"내가 이해하지 못하는 게 뭐예요?"

"난 당신을 믿어."

그녀는 희망으로 가득찬 눈을 하고 그를 바라보았다.

"그래요?"

"그래."

"우리에게 조그만 오해들이 있는데도?"

"그런 것 때문에 더욱."

그는 인정했다.

"나를 의도적으로 속이려 하는 여자는 어느 누구도 시간이 흐를수록 그런 일은 해내기 어려워. 적어도 당신만큼 똑똑한 여자라면 몰라도."

그녀는 석연치 않은 미소를 지었다.

"그 말이 칭찬인지 잘 모르겠어요."

"문제는,"

가브리엘의 목소리는 거칠어졌다.

"내가 당신을 믿는가 하는 게 아니야. 요 며칠 동안 내 가슴을 찢어놓은 건 당신이 계속 나를 믿어줄 것인지 모르겠다는 점이었어."

"가브리엘, 어떻게 내가 당신을 믿지 않을 거라는 생각을 할 수 있어요?"

"그런 생각이 들었어. 난 결국 당신이 금발머리의 란셀롯을 선택할 건지, 아니면 화도 잘 내고 당신을 누르려 하는 독재적인 남편을 선택할지 알 수 없었거든."

포비는 천천히 그의 목에 팔을 둘렀다. 그녀의 눈동자는 사랑과 장난기로 빛났다.

"나 역시 당신과 비슷한 결론에 도달했어요. 내게 자신을 믿게 만드는 남자는 그토록 포악하지는 않을 거예요."

그는 씁쓸하게 미소지었다.

"그렇게 생각해?"

"그럼요. 닐이 오해의 희생물이라는 것을 확신할 순 없었지만, 당신을 의심해 본 적은 없어요. 오늘 밤 내가 두 사람 사이에 매달려 있었을 때, 확실히 어떤 남자를 믿어야 하는지 알았어요."

가브리엘은 대단히 기분이 좋아졌다.

"그걸 어떻게 알았지?"

포비는 그의 입술에 살짝 입을 맞췄다.

"닐은 마지막 순간까지 용맹하고 고결한 기사의 연기를 제대로 하지 못했어요."

"나도 그 자의 얘기를 들었어."

"그러나 반면에 당신은 아내를 구하기 위해 넋이 나간 남편이었지요. 그 순간에 당신은 나를 유혹하려 하지 않았어요. 너무나 절망적이었기 때문에 그런 생각을 할 틈이 없었던 거예요.”

가브리엘은 기분나쁜 표정으로 그녀를 바라보았다.

“그건 사실이야.”

포비는 부드럽게 웃고는 부드러운 손으로 그의 얼굴을 감싸안았다.

“그게 바로 우리가 서로를 믿고 있다는 뜻이에요.”

그녀의 눈동자에 어린 따스함에 가브리엘은 가슴이 저려왔다.

“그래, 맞아, 포비.”

가볍게 탄성을 지르며 가브리엘은 그녀를 번쩍 안아 침대로 데려갔다. 그가 그녀의 몸 위로 덮치자 야한 진홍색 드레스 치맛자락이 그의 신발 주위로 굽이쳤다.

그를 바라보는 포비의 눈동자가 밝게 빛났다. 그 시선에 빨려들 것 같다는 생각이 들었다. 그는 정열적으로 그녀에게 키스했다. 그의 혀는 곧이어 이어질 좀더 진한 사랑을 예시하며 그녀의 입속으로 들어왔다.

“난 당신 같은 사람을 결코 두 번 다시 얻지 못할 거야.”

그는 탁한 목소리로 속삭였다. 그는 고개를 숙여 검은색 레이스 꽃이 이리저리 움직일 때마다 드러나는 붉은 유두를 음미했다.

포비는 이미 불붙은 가브리엘의 감각을 육감적으로 감싸안으며 몸을 활처럼 구부렸다. 그는 진홍색 드레스를 허리 쪽으로 끌어내려 젖가슴을 탐했다. 포비는 그의 셔츠를 풀어 손가락으로 가슴털을 부드럽게 매만졌다.

“사랑해요.”

그녀는 그의 볼에 대고 말했다.

“오, 포비, 그 말을 계속해 줘.”

가브리엘은 거의 알아들을 수 없는 고통스런 음성으로 애원했다.

“견딜 수 없어.”

그는 붉은 치마를 그녀의 허벅지 위로 밀어올렸다. 밀려올라간 치맛자락은 그녀의 허리 쪽에 주름져 모였다. 값싼 공단은 촛불 아래 이탈리아 실크처럼 빛났다. 그녀는 이미 촉촉히 젖어 있었다.

포비는 그의 감촉에 전율했다. 그는 그녀에게서 뿜어져나오는 열기를 느낄 수 있었다. 또한 그의 남성이 착 달라붙는 바지 아래서 꿈틀대고 있는 것도 느낄 수 있었다. 그는 옷을 벗어 자신의 남성을 해방시켜 주었다.

“가브리엘? 부츠는 벗지 않을 거예요?”

“그렇게 오래 기다릴 수가 없어.”

그는 그녀의 부드러운 허벅지 사이로 들어와 그녀에게 자신의 몸을 묻었다.

“나를 꼭 붙잡아줘, 영원히.”

그는 조심스레 그녀의 뜨겁고 아늑한 부분 속으로 몸을 움직였다. 그가 고개를 숙여 그녀의 입술을 다시 감쌌을 때 그녀의 몸은 긴장해서 움츠러들었다. 그녀의 팔은 그를 더 가까이 끌어안았고, 다리로는 그를 더 힘껏 감쌌다.

그녀는 자신을 그에게 내주고 있었다. 가브리엘은 그녀의 선

물에 완전히 도취되었다.

그는 마치 자신이 그녀의 일부라도 되는 듯 더 깊숙이 그녀 속으로 들어갔다.

잠시 동안 그는 황홀경에 빠져 있었다.

포비는 한참 후에야 몸을 움직일 수 있었다. 가브리엘의 강인하고 따뜻한 허벅지가 그녀의 다리와 나란히 놓여 있었다. 그의 팔은 여전히 그녀를 안고 있었다.

그녀는 그가 깨어 있다는 것을 알았다.

"가브리엘?"

"음……?"

"구슨 생각을 하고 있어요?"

그는 그녀를 부드럽게 끌어안았다.

"아무것도 아니야. 잠 좀 자도록 해."

"잠자고 싶은 생각 없어요."

그녀는 갑자기 벌떡 일어나 앉았다. 짓눌린 진홍색 공단 드레스가 바스락거리는 소리를 냈다. 그녀는 겁먹은 얼굴로 아래를 힐끗 보았다.

"맙소사, 가브리엘, 내 드레스 좀 봐요. 망가지지 않길 바랐는데."

그는 베개 위에 팔베개를 하고 재미있다는 듯 드레스를 바라보았다.

"거칠게 다뤄도 버틸 수 있는 옷이라고 생각했는데."

"괜찮을 거라고 생각했다고요?"

포비가 침대에서 내려오자 드레스가 그녀의 허리춤까지 홀러
내렸다. 그녀는 구겨진 공단의 주름을 흔들어 펴면서 걱정스런
눈길로 드레스를 살펴보았다.

"괜찮을 거야. 혹 망가졌다면 내가 다른 옷을 사주지."

"이렇게 예쁜 빨간색 드레스는 찾을 수 없을 거예요."

포비는 드레스를 침대 발치에 조심스럽게 펼쳤다.

"약간 구겨지긴 했지만 그런 대로 괜찮네요."

가브리엘의 시선이 얇은 슈미즈만 걸치고 있는 그녀의 몸을
훑었다.

"드레스 걱정은 하지 마, 포비."

그녀는 일어나서 그의 얼굴을 힐끗 살폈다.

"무슨 생각을 하는 거예요, 가브리엘?"

"중요한 건 아니야. 이리 와."

그녀는 가까이 가지 않고 침대 끝에 걸터앉았다.

"말해봐요. 이제 우린 서로를 믿기로 맹세했으니까 서로에게
모든 것을 말해야 하는 거예요."

가브리엘의 얼굴이 일그러졌다.

"모든 걸?"

"네, 모든 걸."

그는 빙그레 미소를 지었다.

"좋아. 어쨌든 조만간 당신도 알게 될 테니까. 벡스터를 잡기
위한 함정을 어떻게 파는 게 좋을지 생각하고 있었어."

포비는 잠시 말이 없었다.

"지난번에 당신이 했던 식으로 하실 거예요?"

"아니."

가브리엘의 입술은 굳어졌고, 시선은 얼음장처럼 차가워졌다.

"이번에는 도망치지 못할 거야."

가느다란 전율이 포비의 온몸을 타고 흘렀다.

"어떻게 할 생각이에요?"

"벡스터는 우리가 『성채의 여인』 안에 있던 목걸이를 찾아냈다는 사실을 모르고 있어."

가브리엘은 천천히 말했다.

"그 자는 그 책을 손에 넣으려고 분명히 또 다른 시도를 할 거야. 이번에는 그 자를 어떻게 요리할까 생각중이야."

"그 사람이 다음 시도를 할 때 사로잡을 생각인가요?"

"그래."

"알겠어요. 그럼 그 덫으로 그 사람을 어떻게 유인할 생각이죠?"

"그게 문젠데……."

포비는 어떤 생각이 스치자 표정이 밝아졌다.

"그 사람을 유인할 방법이 생각났어요."

가브리엘의 눈썹이 치켜 올라갔다.

"어떻게?"

"나를 미끼로 사용하는 거예요."

포비는 의기 양양한 미소를 지었다.

가브리엘은 그녀를 노려보았다.

"당신 미쳤어? 그건 말도 안돼."

그는 일어나 앉더니 발을 바닥에 휙 내려놓으며 자리에서 일어섰다. 셔츠는 반쯤 풀어헤쳐진 채 허리춤에 손을 얹은 그는 험악한 표정을 지으며 포비 쪽으로 몸을 숙였다.

"당신을 미끼로 사용하는 일은 절대 있을 수 없어."

그는 다시 한 번 침착한 어조로 강조했다.

"하지만 가브리엘……."

"그런 얘기라면 더 이상 듣고 싶지 않아."

그녀 역시 그를 노려보았다.

"정말이지 당신은 좀 지나쳐요. 단지 제안하는 것뿐이었는데."

"제안은 무슨 그런 말도 안되는 제안이 있어? 그런 얘기는 꺼낼 생각도 하지 말아."

그는 탁자로 다가가 『성채의 여인』을 내려다보았다.

"내게는 벡스터에게 이 책이 가치있다고 믿게 만들 방법이 필요한 거야."

포비는 곰곰이 생각했다.

"당신이 그 책을 팔겠다고 하는 거예요."

"뭐라고 했어?"

"만약 닐이 우리가 그 책을 팔았다는 걸 알고, 그 책이 새 주인에게 넘어가게 되면 그쪽으로 시도를 할 거고 그렇게 되면 잡기가 쉽지 않겠어요?"

가브리엘의 미소는 점차 고약해졌다.

"여보, 당신은 남태평양에서 해적 잡는 일을 했더라면 아주 잘했을 거야. 정말 훌륭한 생각인데?"

포비는 우쭐해졌다.

"고마워요."

가브리엘은 뭔가 깊이 생각하는 얼굴로 방안을 왔다갔다했다.

"우리의 친구 나쉬에게 그 책을 팔겠다고 하면 어떨까? 한밤 중에 일을 벌이는 그 사람의 수법은 아마 대단히 쓸모있을 거야. 벡스터가 그 책이 한밤중에 인적이 드문 시골길을 통해 괴짜 수집가에게 운반된다는 것을 알게 되면 그 자는 아마 노상강도로 나올 거야."

"그 사람이 마차를 공격할 거라는 말이에요?"

"그렇지. 우린 그 자를 대비하고 있으면 되고."

"그렇군요."

포비는 흥분으로 들떴다.

"나가 남장을 하고 나쉬에게 그 책을 가져다 주기 위해 고용된 대리인 역할을 하면 될 거예요. 당신은 마부로 변장하고요. 닐이 마차를 세우면 우린 그 사람을 대비하면 돼요."

가브리엘은 그녀 앞에서 걸음을 멈추고 그녀의 어깨를 꼭 잡은 다음 그녀를 침대로 데려갔다.

"당신은 벡스터가 재차 일을 꾸밀 때, 그 빌어먹을 책 근처에는 얼씬도 하면 안돼. 무슨 일이 있어도 당신은 이 일에 끼어들면 안돼. 알겠어?"

"가브리엘, 난 이런 모험을 당신과 함께 하고 싶어요. 나도 그럴 권리가 있단 말이에요."

"권리?"

그녀는 그를 반항적으로 노려보았다.

"『성채의 여인』은 내 책이에요."

"아니, 그렇지 않아. 내가 벡스터의 배를 공격하고 나서 가져온 거야. 바다의 법을 적용하면 그 책은 내 거야."

"가브리엘, 그건 옳지 않아요."

"그렇다면 결혼지참금 조로 그 책을 요구하겠어. 이제 만족해?"

"아니오. 난 아직도 닐을 잡는 이 계획에 참여하고 싶어요."

"당신은 자신이 하고 싶어하는 일은 전부 하려고 하는 사람이야. 난 당신이 그런 위험에 빠지는 걸 허락할 수 없어."

그는 그녀에게 거칠게 키스했다.

"이제 난 이 일에 대해 좀더 생각해 봐야겠어. 책을 팔겠다는 당신의 아이디어는 좋지만 벡스터에게 마차를 공격하게 하는 수법은 마음에 들지 않아. 그런 상황에는 예측할 수 없는 일들이 너무나 많거든."

포비는 분해하며 그를 노려보았다.

"내가 좀더 좋은 아이디어를 낼 거라고 기대하지 말아요. 당신이 그 모험을 나와 함께 하겠다는 생각이 없다면 말이에요."

그는 그녀의 말에 신경쓰지 않았다.

"알았어, 책을 팔겠다는 생각은 정말 좋았어."

그는 탁자 옆에서 잠시 걸음을 멈추고 칼을 들어 책표지 뒷장의 붙인 부분을 자르기 시작했다.

"나쉬 말고 다른 사람은 어떨까? 런던에 있는 책 수집상도 괜찮은데."

"맞아요."

포비는 비록 자신이 그 일을 도와줄 수 없다는 말에 화가 나긴 했지만, 또다시 계획 얘기가 나오자 어쩔 수 없이 빠져들고 말았다.

"닐은 오히려 서점에서 그 책을 쉽게 훔칠 수 있다고 생각할 지 몰라요."

"당신이 그 책에 관한 미신에 사로잡히게 돼 책을 팔기로 했다는 소문을 퍼뜨리는 거야."

"그런 소문은 쉽게 퍼져나갈 거예요. 엄마와 메러디스 언니도 우리를 도와줄 거구요."

"가능한 일이야."

가브리엘은 표지 뒷부분을 마저 잘랐다.

포비는 그가 가죽 표지를 한쪽으로 벗겨내는 것을 황홀해하며 바라보았다. 그는 면 패드 밑으로 손을 넣어 반짝이는 돌을 한 줌 꺼냈다.

"환한 대낮에 일을 처리하는 거야. 가게 주인에게는 미리 언질을 줘서 벡스터를 기다리는 동안 내가 가게를 보겠다고 말해두고."

"당신 일을 도와드릴게요."

포비는 재빨리 끼어들었다.

"당신은 안돼."

가브리엘은 손을 펼쳐 목걸이와 한쌍으로 보이는 팔찌와 귀걸이, 브로치를 보여주었다.

"당신 오빠한테 도와달라고 부탁할 생각이야. 그리고 스팅턴에게도."

"그게 좋겠군요."

포비는 팔짱을 꼈다.

"솔직히, 가브리엘, 내 얘기가 당신에게 어떻게 하라는 지시로
들리지 않았으면 좋겠어요. 다만 난 모험에서 열외되기는 싫어
요."

그는 희미하게 웃었다.

"당신이 다른 형태의 모험을 할 수 있도록 한 번 알아볼게, 약
속하지."

"쳇."

그는 부드럽게 웃었다.

"날 믿어."

포비는 입술을 오므렸다.

"당신에게는 협조적인 서점 주인이 필요할 거예요."

"그건 그래."

"당신 계획에 기꺼이 동조해 줄 수 있는 사람으로요. 서점 주
인들이 모두 자기 서점을 도둑의 목표물로 삼는 걸 원하는 건
아니니까요."

가브리엘은 생각에 잠기며 얼굴을 찌푸렸다.

"당신 말이 맞아."

"내게 생각이 있어요."

그는 호기심 어린 표정으로 그녀를 바라보았다.

"그래?"

"이 일을 위해 서점을 사용하고 싶은 생각이 있다면 당신의
출판업자인 레이시에게 물어보는 게 어떻겠어요?"

"그 늙은 주정뱅이? 그 사람이라면 이 계획에 따라줄지도 모
르겠군."

포비는 곁눈질로 가브리엘을 유심히 살폈다.

"그 사람은 그렇게 해줄 거예요."

"어째서 당신은 그렇게 확신하는 거지?"

어둠 속에서 가브리엘의 눈동자가 광채를 띠고 있었다.

포비는 그의 시선을 피해 자신의 맨발만 바라보았다.

"당신에게 얘기하지 못한 게 있어요."

"그래?"

그는 방안을 가로질러 가 한 손으로 침대 기둥을 붙들었다.

포비는 가브리엘을 의식하고 헛기침을 했다.

"말하려고 했지만 기회가 없었어요."

"그런 말은 믿을 수 없어. 우리에겐 중요한 문제들을 얘기할 기회가 많았어."

"네, 사실 난 그 얘기를 어떻게 꺼내야 할지 몰랐어요. 당신이 좋아하지 않을 걸 알고 있었기 때문에, 게다가 당신에게 입을 다물고 있으면 있을수록 당신이 내가 당신을 의도적으로 속였다고 생각할까봐 두려웠어요."

"당신은 의도적으로 그렇게 한 거야."

"그렇지 않아요. 난 그냥 그 문제를 얘기하지 않은 것뿐이에요. 문제는 당신이 속이는 것을 싫어한다고 말하고부터예요. 그리고 당신은 이미 나를 믿어주는 어려운 일을 해냈고 그런 일들은 차츰 나아지고 있잖아요. 무엇보다 난 가족들이 내 비밀을 알게 되는 걸 원치 않았어요. 당신은 최근에 우리 식구들과 가까워졌어요. 그래서 당신이 내가 무슨 일을 하고 있었는지 식구들에게 말할지도 모른다는 생각이 들었어요."

"됐어."

가브리엘은 한 손을 그녀의 입에 대고 그녀의 말을 막았다.

"당신이 이런 고백을 좀더 쉽게 할 수 있게 해줘야 하는 건데."

그녀는 입을 가로막고 있는 그의 손 위로 그를 바라보면서 그의 눈동자가 웃음기를 머금고 있다는 것을 알았다.

가브리엘은 그녀의 입에서 조심스럽게 손을 떼어냈다.

"얘기가 약간 빗나갔는데, 자, 그럼 이제 본론으로 들어갑시다. '무모한 모험'은 어떻게 생각하시죠, 편집장님?"

"정말 대단한 작품이에요. 너무 좋았어요. 초판은 최소한 만 5천 부는 찍어야 될 거예요. 그리고 값도 올려받을 수 있을 거구요."

포비는 신이 나서 말했다.

"사람들이 그 책을 사려고 레이시 서점에 줄을 지어 늘어설 거예요. 이동 도서관들도 그 책을 원할 거예요. 우리는 큰 돈을 벌 수 있을……."

그녀는 갑자기 말을 중단하고 멍하니 그를 바라보았다.

"당신, 알고 있었군요?"

포비는 힘없이 물었다.

"거의 처음부터."

"알았어요."

그녀는 그를 뚫어져라 쳐다보았지만 도무지 그의 표정을 읽을 수가 없었다.

"내가 당신 책의 편집인이자 출판업자였다는 사실을 알고 나서 얼마나 화가 났는지 말해줄 수 있어요?”

“당신에게 내 표정을 보여줄 생각이었어.”

그는 그녀를 덮쳐 다시 침대 위로 눕혔다. 그는 그녀를 끌어안고 그녀가 자기 위에 올라타게끔 몸을 굴렸다.

포비는 숨이 막혔다.

“당신이 이런 식으로 당신 일에 대한 내 의견에 영향을 주려는 수법을 쓰지 않길 바랐는데.”

“상황에 따라 다른 거야. 절망에 빠진 작가는 자신의 책을 출판하기 위해 어떤 일이라도 하는 법이거든. 당신에게 영향을 주려는 이런 기술이 성공적인 거야?”

“대단히.”

“그럼 당신은 아마 내가 이런 기술을 자주 사용했으면 하고 기대하겠군.”

22

레이시 서점 밖에서 불침번을 서던 둘쨋날 밤.

런던은 짙은 안개에 뒤덮여 있었다. 잿빛 덩굴손 모양의 부유물들이 끝없는 유령의 행렬처럼 거리를 떠다녔다. 그런 부유물들은 거리를 지나면서 철제 스탠드에 일정한 간격으로 세워둔 기름 등잔에서 나오는 가느다란 불빛을 빨아들이고 있었다. 폴 몰 거리와 세인트 제임스 성당을 비추는 새로 나온 가스등은 이곳에는 아직 설치되지 않은 상태였다.

가브리엘은 그들이 한밤중에 망을 보는 동안, 포비를 자신과 앤터니와 함께 오도록 허락한 것은 심각한 판단상의 실수라는 생각이 들었다. 그녀의 논리와 간절한 애원을 물리칠 수 없었던 것이다.

포비는 그 자신만큼, 아니 그보다 더 고집이 셌다. 그가 닐 벡스터를 잡기 위한 덫을 칠 때, 자신도 그곳에 있을 권리가 있다는 그녀의 말을 부정하기도 힘들었다.

그러나 적어도 그는 포비가 자신을 미끼로 사용하라는 갖가지 제안을 물리치는 데는 성공했다. 그녀의 생각 가운데 일부는 당혹스러울 정도로 독창적인 면이 있었다. 그러나 그는 그런 제의들을 모두 제지시켰다.

이 모든 문제를 일으킨 나쁜 자식을 잡는 일에 그녀의 목숨을 걸 생각은 추호도 없었다.

가브리엘과 포비가 수많은 말다툼, 애원, 감동적인 설득 끝에 도달한 타협점은 그녀가 마차를 타고 안전한 곳에서 사건을 지켜볼 수 있도록 허락하는 것이었다.

그는 그녀가 어두운 마차 안에서 자신 옆으로 바싹 다가오자 그녀를 힐끗 쳐다보았다. 가브리엘은 후드가 달린 검은 외투를 입고 있었고, 그녀는 마치 안개처럼 신비롭고 가벼워 보였다. 포비는 창을 가리고 있는 커튼 틈새로 레이시 서점을 유심히 살폈다.

그들이 길 옆에 마차를 주차해 놓았던 초저녁부터 그녀는 흥분에 들떠 있기도 했지만 마지막 순간까지 생각에 잠겨 있었다. 그들은 어젯밤에도 벡스터가 모습을 드러내길 기다리며 이렇게 헛고생을 했다. 가브리엘은 그녀가 도대체 무슨 생각을 하고 있는지 궁금했다.

그는 불현듯 그녀의 일부는 그에게 영원히 미스터리로 남아 있을 운명인가보다는 생각이 들었다. 남녀 사이에는 항상 그런 것이 존재했다. 아마 그것은 신비인지도 모른다.

자신이 그녀를 아무리 많이 소유한다 해도 그녀와 자주 웃거나 다툰다 해도, 그녀가 간직한 모든 비밀을 전부 다 알 수는 없을 것이란 생각이 들었다. 그녀가 이제는 돌이킬 수 없이 완전한 자신의 소유라 해도, 그녀는 영원히 그를 애태우고 자극하고 도취시키는 베일에 싸인 여인으로 남을지도 모른다.

그는 자신이 지금까지 다른 사람을 믿어본 적이 없었기 때문에, 그녀를 믿음으로써 그녀에게서 잘 모르던 부분을 이따금씩 알게 되는 즐거움을 만끽하고 있다는 것도 알고 있었다.

그러나 확실한 것은 그녀는 결코 그의 곁을 떠나지 않으리란 것이다.

모든 작가들에게는 시상 혹은 시적 영감이라는 것이 필요하다. 포비는 그에게 그런 대상이 되어줄 것이다. 게다가 그녀는 그의 편집인이자 출판업자가 아닌가.

그것은 확정된 생각은 아니었지만, 그런 일은 저녁 식탁에서 즐거운 얘깃거리가 될 것이다. 그런 생각이 들자 가브리엘은 슬며시 웃음이 나왔다.

"란셀롯을 오늘 밤 잡는 일은 재고의 여지가 없어."

그는 오랜 침묵을 깨면서 조용히 말했다.

"닐은 당신이 말했던 그 이상이란 확신이 들어요."

"그 이상?"

"그 사람이 속인 여자가 나 혼자만이 아니잖아요. 그 사람은 앨리스에게도 잔인하게 굴었을 거예요. 앨리스를 지옥에서 구해

낼 성각도 없으면서 그 여자에게 자신을 믿게 만들었어요.”

가브리엘은 무슨 말을 해야 좋을지 알 수가 없었다. 다만 수많은 앨리스 같은 여자들에게서 쾌락을 즐긴 다음, 그들을 매춘이라는 지옥 같은 생활을 하게 유기해 버리는 남자들을 생각했다.

“그 자는 망상의 천재야.”

“아니오, 천재는 아니에요.”

포비는 천천히 말했다.

“그 사람은 시도했던 모든 일에 성공하진 못했어요. 3년 전, 우리 아버지를 바보로 만들지도 못했구요. 게다가 비록 노력은 했지간 내 사랑을 얻지도 못했잖아요. 그리고 해적을 완전히 탈피한 것도 아니구요.”

“가장 중요한 건 내가 당신의 유산을 노리는 잔인한 해적이었다는 얘기를 당신에게 믿게 만들지 못했다는 점이지.”

“그 얘기도 맞아요. 난 당신이 어떤 사람이라는 걸 알고 있었어요.”

그녀는 어깨 너머로 그를 힐끗 보았다.

“그 사람이 오늘 밤 나타날 것 같아요, 가브리엘? 간밤에는 흔적도 없던데.”

“그 자도 오늘 밤이나 적어도 내일 밤까지는 일을 벌여야 한다는 걸 알고 있어. 『성채의 여인』이 모레 힘께나 있는 어떤 수집가의 손에 넘어간다는 소문을 확실히 퍼뜨렸으니까. 레이시 서점에서 보내는 사흘 밤이 그 자를 잡을 확률이 가장 높지.”

마차 지붕에서 톡톡 두드리는 소리가 났다. 가브리엘은 벌떡 일어나 지붕 쪽에 난 문을 열었다. 마부 모자를 푹 눌러쓰고 외투를 입은 앤터니가 마부석에 웅크리고 앉아 있었다. 그는 졸리운 마부 흉내를 잘도 냈다.

"벡스터가 나타났어요?"

가브리엘은 나직한 음성으로 물었다.

"아니오, 그런데 스팅턴이 좀 걱정이 됩니다. 지금쯤 골목에서 망을 보고 올 때가 됐는데."

가브리엘은 스팅턴의 흔적을 찾아보려고 안개 속을 살폈다. 그는 스팅턴에게 가게 뒷골목을 점검해 보라고 했었다.

"처남 말이 맞아요. 내가 가보고 오는 게 좋겠소. 포비를 봐주시오."

"차라리 포비를 마차 안에다 안전하게 쇠줄로 묶어두지 그래요?"

그가 퉁명스럽게 말했다.

"저 애가 갑자기 무슨 일이 일어났는지 보고 싶어하는 생각이 들면 나도 책임질 수 없어요."

"그러진 않을 거예요."

가브리엘 뒤에서 포비가 대답했다.

"지시를 따르기로 했어요."

가브리엘이 부드럽게 말했다.

"내가 스팅턴에게 무슨 일이 생겼는지 알아보고 오는 동안 두 사람은 반드시 여기 있어야 해요."

포비는 그가 마차 문을 열자, 그의 팔을 붙잡았다.

"조심하세요."

"그럴게."

그는 그녀의 손을 잡고 손목 안쪽에 부드럽게 입을 맞춘 다음 밖으로 나갔다.

거리로 나오자마자 그는 근처 건물의 어두운 그림자 속으로 들어갔다. 짙은 안개는 벡스터에게 유리하게 작용하는 만큼 그에게도 도움이 될 것이다.

그는 유난히 짙어 보이는 안개를 타고 텅 빈 거리를 이동했다. 거리에는 사람의 흔적을 찾아볼 수가 없었다. 가게들도 어두컴컴하고 조용했다. 고양이 한 마리만이 거리를 가로질러 안개 속으로 사라졌다.

가브리엘은 골목 입구에 들어서자마자 뭔가 좋지 않은 낌새를 알아챘다. 그는 잠시 조용히 서서 보이지 않는 것을 다른 모든 감각으로 느껴보려 했다. 그런 다음 외투 주머니에 손을 넣어 가져온 권총을 꺼냈다.

그는 벽에 바짝 붙은 채 골목 쪽으로 서서히 들어갔다. 그곳에는 빛이라곤 없었지만 랜턴을 가지러 마차로 되돌아가고 싶지는 않았다. 벡스터가 근처에 있다면 불빛으로 인해 자신의 존재를 눈치챌 것이다.

어둠을 향해 한 걸음 더 나아가자 발끝에 뭔가 부드러운 것이 닿았다. 아래를 내려다보고서야 그는 낡은 옷가지로 보이는 물체가 스팅턴이라는 것을 알았다.

그는 스팅턴을 찾아냈다.

가브리엘은 쓰러진 사람 옆에 몸을 숙여 맥박이 뛰는지 알아보았다. 맥박이 잡혔다. 다행히 스팅턴은 죽은 게 아니라 기절해 있었다.

가능성은 두 가지였다. 노상강도와 부딪쳤거나 벡스터가 모습을 드러내지 않고 골목으로 들어와 지금쯤 서점 안에 있거나 둘 중의 하나였다.

가브리엘은 자갈길을 살금살금 가로질러 가 서점의 뒷문을 찾았다. 문이 약간 열려 있었다. 그는 어두컴컴한 가게 안으로 들어갔다.

예전에 레이시가 인쇄기로 작업하던 방을 가본 적이 있어 그는 이곳을 알고 있었다. 창문에서 스머드는 빛만으로도 기계의 형체를 알아보기에는 충분했다.

위험에 대한 예감이 그를 스치고 난 직후 뒤에서 바닥을 스치는 신발 소리가 들렸다.

가브리엘은 재빨리 뒤를 돌아보았지만 어둠 속에서 그를 덮치는 형체를 피하기에는 너무 늦었다. 그는 밑에 깔렸으나 상대의 공격을 늦추기 위해 재빨리 몸을 굴렸다. 그러는 사이에 그의 손에서 권총이 떨어졌다.

"나쁜 자식."

닐은 팔을 쳐들어 가브리엘의 몸을 향해 내리쳤다. 그의 손에 쥐어진 칼에 한 줄기 빛이 번쩍거렸다.

가브리엘은 가까스로 일격을 피했다. 닐 밑에서 빠져나오려고 몸부림을 치다가 수그린 자세에서 몸을 일으켰다. 그리고는 칼을 넣어둔 부츠 쪽으로 손을 뻗었다.

"이번엔 나를 막지 못할 거다."

벡스터가 살기 등등하여 으르렁거렸다.

"네 목을 자르고 말겠어."

그는 칼을 빼들고 가브리엘 쪽으로 다가왔다. 가브리엘은 뒤로 물러났으나 무거운 철제 기계가 가로막고 있었다. 벡스터가 다시 덮쳤을 때, 그는 겨우 옆으로 몸을 피할 수 있었다.

"다시 덮칠 때는 두 번 생각해라, 벡스터. 내게도 무기가 있어."

"네 총이 바닥에 떨어지는 소리를 들었다."

벡스터의 이빨이 어둠 속에서 심해 상어의 그것처럼 번득였다.

가브리엘을 향해 칼을 겨눈 채 닐은 다시 앞으로 내달았다. 가브리엘은 무거운 외투를 벗어 닐 쪽으로 휙 던졌다. 닐은 그것을 뒤집어쓰고는 미친 듯이 고함을 질러댔다.

가브리엘은 그 순간을 놓치지 않고 재빨리 그를 발로 차버렸다. 그의 발이 닐의 허벅지에 꽂히자 그는 균형을 잃었다. 닐은 넘어지면서 또다시 고래고래 고함을 질렀다.

가브리엘은 앞으로 다가가 닐의 팔을 발로 밟았다.

"칼을 놔."

"안돼, 빌어먹을 자식."

가브리엘은 몸을 숙여 자신의 칼끝을 닐의 목에 댔다.

"이 칼은 엑스칼리버가 아니고, 난 아서 왕도 아니야. 지금 이대로 기사도 정신으로 끝내버리겠어. 칼을 내려놔."

닐은 여전히 칼을 쥐고 있었다.

"넌 그걸 사용하지 못해, 와일드."

"그렇게 생각하나?"

닐은 결국 칼 손잡이를 내려놓고 가브리엘을 노려보았다.

"내 목을 베면 포비가 널 절대 용서하지 않을 거야, 그건 너도 알고 있겠지."

"포비는 이제 너를 더 이상 란셀롯으로 생각하지 않아. 네가 만들어낸 망상은 포비와 앨리스가 만났을 때 산산이 부서져버렸어. 내 아내는 네가 정부를 버린 것을 용납하지 않던데. 란셀롯이라면 아가씨들을 지옥에 내버릴 게 아니라 오히려 그런 곳에서 구해냈어야지."

벡스터는 가브리엘을 죽일 듯이 노려보았다.

"미친놈. 포비가 왜 그 창녀를 신경쓴다는 거야?"

순간 랜턴 불빛이 두 남자에게 쏟아졌다.

"왜냐고?"

골목에서 문으로 들어오던 여자가 물었다. 그 여자는 장갑낀 손에 권총을 들고 있었다.

"당신은 나를 좋아하지 않았어, 안그래, 닐? 거짓말만 했어. 그런데도 난 그걸 믿었지."

"앨리스."

랜턴의 노란 불빛에 닐의 놀란 표정이 역력히 드러났다.

"앨리스, 제발 이 자에게 칼을 놓으라고 해줘. 총을 사용해, 어서!"

"당신에게 이 총을 사용할 거야, 닐."

앨리스는 랜턴을 더 높이 쳐들었다.

"당신이 그렇게 소중하게 여기는 책은 어딨지?"

"앨리스, 제발, 나를 도와줘. 당신이 와일드를 쏜다면 내가 그 책을 찾을 수 있어."

"난 와일드를 죽이는 일 따위엔 흥미없어."

앨리스는 침착하게 말했다.

"내가 죽여야 할 사람이 있다면 바로 당신이야. 책은 어디 있지?"

"난 몰라. 내가 책을 찾기도 전에 와일드가 방해했어."

가브리엘은 앨리스를 쳐다보았다.

"책은 저기 모퉁이에 있는 책상에 들어 있소."

"고마워요."

앨리스는 책상을 향해 가면서도 계속 두 남자를 향해 총을 겨눴다.

"두 번째 서랍이오."

가브리엘이 친절하게 일러주었다.

앨리스는 두 번째 서랍을 열었다.

"알겠어요. 당신은 무척 협조적이시군요. 고마워요, 와일드."

그녀는 자신이 들어온 문을 향해 뒷걸음질쳤다. 그녀의 권총은 조금의 흔들림도 없었다.

"난 이제 갑니다."

"앨리스, 내 사랑, 나를 도와줘."

닐은 탁한 음성으로 구걸했다.

"당신은 내가 소중하게 생각했던 유일한 여자야. 당신도 그걸 알잖아."

"그렇다면 당신은 클레링턴 백작의 돈을 받아 영국을 떠나면서 나를 데려갔어야 했어요."

"사랑하는 여자를 남태평양을 항해하는 그런 험한 여행에 어떻게 데려갈 수 있겠어?"

"당신은 내가 매춘을 즐겼을 거라 생각했어요? 당신에게 이 책이 왜 그렇게 소중한지는 모르지만, 당신이 영국에 돌아와 이 책을 찾는 일에 혈안이 되어 있었기 때문에 나도 이 책을 찾으려고 생각한 거예요."

"나를 도와줘, 그러면 그 책이 왜 그렇게 중요한 책인지 말해 줄게."

닐은 무릎이라도 꿇을 듯한 자세로 애원했다.

앨리스는 고개를 젓고 나서 다시 한 걸음 뒤로 물러섰다.

가브리엘은 앤터니가 그녀 뒤의 문으로 들어오고 있는 것을 발견했다. 앨리스는 한 걸음 더 뒤로 물러나다 그와 거의 부딪칠 뻔했다. 앤터니는 팔로 그녀의 몸을 단단히 감았다.

"난 정말 폐끼치는 일은 하고 싶지 않아."

앤터니는 앨리스의 손에서 권총을 나꿔채며 중얼거렸다.

"랜턴을 조심스럽게 아래로 내려놔."

앨리스는 머뭇거렸다.

"그렇게 해요."

가브리엘이 충고했다.

"그런 다음 이곳을 떠나요. 우린 당신에게 관심이 없으니까. 우리가 원하는 사람은 벡스터요."

앨리스는 랜턴을 바닥에 내려놓았다. 앤터니는 그녀를 놔주고 서점 안으로 들어왔다.

"이제 그 책은……."

가브리엘이 부드럽게 말했다. 그는 앨리스가 낡은 책을 손에 꼭 움켜쥐고 있는 것을 보았다. 그녀의 시선은 닐을 향하고 있었다.

그 순간 포비의 모습이 문에 나타났다. 가브리엘은 나직이 욕을 중얼거렸다. 가브리엘은 그녀를 배제하고 이런 일을 할 수 없다는 것을 알았어야 했다.

"난 그 책을 앨리스가 갖기를 바래요."

포비가 말했다.

가브리엘은 한숨을 쉬었다.

"그래, 앨리스가 그 책을 가져도 좋아. 앨리스는 여기서 나갔으면 좋겠어."

"아니, 기다려."

닐이 외쳤다.

"당신들은 아무도 자기들이 무슨 짓을 하고 있는지 몰라. 나를 놔준다면 그 책의 비밀을 말해주겠어. 그 책은 대단히 가치있는 책이야."

"그 안에 숨겨놓은 보석 얘기를 하는 모양인데, 그런가?"

가브리엘이 미소를 지었다.

"보석의 운명은 걱정할 필요 없어. 우리가 찾아냈으니까."

"망할 자식."

벡스터는 앨리스에게 절망적인 표정을 지어보였다.

"모두 다 마찬가지야."

그의 절망적인 시선은 포비를 향했다.

"내 말을 들어줘, 포비. 와일드는 내가 말했던 그런 인간이야. 난 당신을 구해주려 한 거야."

“난 당신이 앨리스를 어떤 식으로 구해줬는지 알았어요.”

포비가 말했다.

“앨리스는 창녀야.”

닐은 화를 냈다.

“창녀일 뿐이라구.”

“앨리스는 여자예요, 나도 마찬가지구요. 당신은 앨리스에게 거짓말을 했고 배반했어요. 내가 어떻게 당신을 믿을 거라고 생각했어요?”

“내 얘기를 듣지 못했어? 그 여자는 아무것도 아니라구, 그냥 창녀일 뿐이란 말이야.”

“진짜 기사는 그를 믿는 사람들을 배반하지 않아요.”

포비는 조용히 말했다.

“당신의 그 기사도에 대한 끝이 없고 어리석은 얘기는 정말 골치가 아파. 당신은 정말 정신나간 바보 같은 여자야.”

가브리엘은 부츠로 닐의 손목을 지그시 눌렀다. 닐은 괴로워하며 비명을 질렀다.

“그 정도면 충분히 얘기가 된 것 같아.”

가브리엘은 앨리스를 힐끗 보았다.

“당신은 가도 좋다고 말하지 않았소? 그 책도 가지고 가요.”

앨리스는 책을 가슴에 꼭 끌어안고 문을 향해 돌아섰다. 그때 포비가 앞으로 걸어나왔다.

“잠깐만요, 앨리스. 당신이 이걸 가졌으면 해요.”

포비가 장갑낀 손을 펼치자 진주와 다이아몬드 브로치가 모습을 드러냈다.

앨리스는 멍한 표정으로 그것을 바라보았다.

"이 은색 돌들은 뭐예요?"

"신비의 달빛이에요."

포비가 부드럽게 말했다.

"당신이 봤던 진주들과는 다른 거예요. 아주아주 귀한 것이죠."

앨리스의 시선이 포비의 시선과 마주쳤다.

"이게 책 속에 감춰져 있던 거예요?"

"닐이 훔쳐서 책표지 속에 숨겨두었던 것 중의 하나예요. 와일드가 그걸 전부 내게 주었어요. 다른 것들은 내가 갖고 있지만 이 브로치는 당신에게 주고 싶었어요."

"왜죠?"

"비록 내가 당신에게 잡혀 있었고 당신이 나를 미워하긴 하지만, 그래도 당신은 내게 지옥의 밤을 보내게 하진 않았어요."

앨리스는 잠시 망설이다 손을 내밀어 브로치를 받았다.

"고마워요. 그 지옥에서 벗어나는 길을 찾는 데 이것을 쓰겠어요."

그녀는 책을 포비에게 건넸다.

"여기 있어요. 이제 이 책은 필요없게 됐어요."

그녀는 포비를 지나 어둠 속으로 사라졌다.

뿌듯함이 가브리엘의 가슴에서 솟구쳤다. 그는 포비를 바라보았다.

"초서의 말을 인용하면, 당신이야말로 용감하고 고결한 진짜 기사야."

포비는 그에게 환한 미소를 지었다. 가브리엘은 자신이 살아 있는 한 영원히 지속될 것 같은 무한한 경외감으로 그녀를 사랑한다는 것을 문득 깨달았다.

그는 그녀에게 그렇게 말하고 싶었다. 그러나 지금은 그럴 때가 아니었다.

"포비,"

닐이 애원했다.

"내 말을 들어야 해. 나의 사랑, 나를 도와줘야 돼."

포비는 더 이상 그를 바라보지 않았다.

"벡스터를 데려갈 수 있게 스팅턴이 깨어났는지 알아보는 게 좋겠소."

가브리엘이 앤터니에게 말했다.

"해적을 다루는 일에는 정말 진력이 났어요."

두 시간 후, 포비는 커다란 가브리엘의 침대에 누워 그가 마지막 옷을 벗는 모습을 물끄러미 바라보고 있었다. 촛불이 강인해 보이는 그의 허벅지와 둔부에 어른거렸다.

"당신의 몸매는 정말 근사해요."

그는 침대에 올라 그녀 옆으로 다가오면서 부드럽게 웃고는 그녀를 그의 가슴 쪽으로 끌어당겼다.

"당신이야말로 근사해, 내 사랑."

포비는 깜짝 놀랐다.

"방금 뭐라고 그랬어요?"

"당신이 근사하다고 그랬어."

"아니, 그 다음에 나를 뭐라고 불렀냐고요?"

그녀는 다급하게 물었다.

그는 빙그레 미소를 지었다.

"내 사랑이라고 부른 것 같은데?"

"아, 그래요. 난 그 소리가 좋아요."

"그건 사실이야. 당신을 사랑해. 당신이 내게 보낸 첫 편지를 뜯어본 날부터 당신을 사랑해 왔어."

"그랬군요."

그는 손으로 그녀의 얼굴을 감싸안았다.

"당신은 내 기념비적인 영원한 사랑 고백에도 그다지 놀라는 것 같지 않은데?"

그녀는 고개를 숙여 그의 목에 입을 맞췄다. 그녀가 다시 고개를 들었을 때 그녀의 눈동자는 보석처럼 반짝이고 있었다.

"당신이 사소하고 별로 중요하지 않은 모험들에서까지 나를 지나치게 간섭하려드는 것을 보고 나를 사랑하고 있을지도 모른다는 생각을 하기 시작했어요."

"난 의심스러울 수밖에 없었어."

그는 퉁명스럽게 말했다.

"당신이 하는 모험들은 사소하지도, 별로 중요하지 않은 것도 아니었으니까. 당신의 무모함은 한 남자를 거의 예전으로 돌려놓을 정도야."

"그런 모험들이 이제는 후회스러워요."

프비는 진심으로 말했다.

"그런 일은 앞으로 없을 거예요."

가브리엘은 부드럽게 웃었다.

"그렇다니 다행이군."

그는 두 손으로 그녀의 머리를 감싸안고 그녀의 입술에 키스했다.

"계속 나를 사랑한다고 말해줘, 그러면 나도 가끔씩은 당신의 무모함을 봐줄 수 있어. 내가 당신을 지켜줄 수 있는 한."

"사랑해요."

"사랑해."

가브리엘은 그녀의 입술에 대고 말했다.

"내 목숨보다 더."

포비는 '악마의 안개' 성에서 『무모한 모험』의 출판 기념회와 마창시합을 겸한 성대한 파티를 열었다. 두 가지 모두 그녀가 생각한 것 이상으로 성공적이었다.

대무도회가 열리던 날 밤, '악마의 안개' 성에는 중세 의상을 입은 사람들이 떼지어 몰려들었다. 화려한 차림의 손님들 사이사이에 기둥처럼 놓여 있는 옛 갑옷과 무기들이 더욱 편안한 분위기를 만들어주었다.

음악이 낡은 성벽에 울려퍼졌다. 포비는 '악마의 안개' 성이 중세 기사들과 귀부인들이 축제를 위해 모였던 수백 년 전의 모습과 너무 흡사하게 보이는 것이 무엇보다 자랑스러웠다.

"내가 정말 똑똑한 딸을 두었구나."

리디아는 대무도회장을 둘러보며 만족해했다.

"포비야, 정말 대단한 모임을 잘 치렀다."

"오늘 오후에 있었던 모의 마창시합을 말씀하시는 거예요?"

포비는 빙그레 미소를 지었다.

"그건 정말 기발했죠? 와일드의 도움이 없었다면 그렇게 하지 못했을 거예요. 세부적인 것들은 그 사람이 거의 다 했어요. 전 오히려 말들이 서로 부딪치지는 않을까, 사람들이 전투용 도끼로 다른 사람을 치지는 않을까 걱정했다구요. 하지만 다행히도 모든 게 완벽하게 치러졌어요."

리디아는 재미있어하며 눈썹을 치켜 올렸다.

"그 마창시합은 정말 훌륭했어, 하지만 대성공은 아니었어. 포비, 네 총명한 머리로 사교계에다 『모험』의 작가가 누구라는 것을 알릴 수도 있었잖아. 안주인의 지위라면 얼마든지 그럴 수 있는데."

"그건 쉽지 않았어요. 와일드가 그런 성공작의 작가라는 것을 밝히길 꺼려했어요. 그게 밝혀지면 그 사람은 수줍어할 거예요. 놀랍지 않아요?"

"정말 놀랍구나."

리디아는 남편이 천천히 다가오자 미소를 지었다.

"당신, 거기 계셨군요. 재미있으셨어요?"

"물론이지."

클레링턴은 샴페인을 한 모금 마시고 무도회장을 바라보았다.

"정말 대단한 곳이야. 저 무기들 좀 봐라. 아주 정교해. 오늘 아침 와일드가 지하실에서 아주 독특한 기계 조작법을 보여줬다고 내가 말했던가? 벽 속에 숨어 있는 장치인데, 문을 열었다 닫았다 하게 되어 있더라구. 너도 그 기계 장치를 본 적 있니, 포비?”

포비는 예전의 기억이 떠올라 몸서리를 쳤다.

“네, 아버지.”

“도르레 장치 설계가 아주 뛰어나더구나. 그게 수백 년 전에 고안된 것이라는 점을 생각해 보면 더욱 그렇지.”

“네, 그래요.”

포비는 메러디스와 그녀의 남편이 오는 것을 보고 말을 중단했다. 은색 천으로 가장자리를 두른 연분홍 드레스를 입은 메러디스는 언제나처럼 눈부셨다. 튜닉(고대 로마인이 입었던 가운 같은 옷)을 입은 트로우브리지가 포비에게 미소를 지었다.

“아주 독특한 파티야, 포비.”

트로우브리지가 말했다.

“정말 재미있고 대단히 성공적이야.”

“네, 맞아요.”

메러디스도 동의했다.

“안주인으로서 놀라운 데뷔를 했어, 포비. 그리고 모두들 너의 그 특이한 보석 얘기를 하더구나. 넌 이곳에 있는 모든 여자들의 부러움을 사고 있어.”

포비는 목에 두르고 있는 와일드가 준 목걸이의 무게를 느끼며 빙그레 미소를 지었다.

“이 목걸이가 좋아 보여?”

“그래, 대단히 근사해. 그 이상한 진주 때문이 아니라 목걸이가 너한테 너무나 잘 어울리기 때문에 모두들 그러는 거야. 게다가 그 붉은색 드레스와도 잘 어울리고.”

“고마워.”

포비는 진홍색 드레스 치맛자락을 힐끗 바라보았다.

“사실, 내가 입고 싶었던 드레스는 따로 있었어. 와일드가 사준 건데, 그 사람이 그 드레스는 중세 스타일과 맞지 않는다고 해서 대신 이 옷을 만든 거야.”

사람들 틈에서 앤터니가 나타났다.

“네 남편을 좀 봐라, 포비. 사람들의 칭찬에서 벗어나고 싶은 눈치야. 사람들이 문 쪽에서 그를 에워싸고 있잖니.”

포비는 가브리엘이 눈에 띄일 때까지 발끝으로 서서 찾아보았다. 그는 몇몇 열성적으로 보이는 사람들에게 에워싸인 채 아치 모양의 문 아래 서 있었다. 그는 포비와 눈이 마주치자 간절히 애원하는 표정을 지었다.

“잠깐만 실례하겠어요.”

포비가 가족들에게 양해를 구했다.

“앤터니 오빠 말이 맞아요. 가서 와일드를 구해와야겠어요.”

그녀는 치맛자락을 붙잡고 사람들 틈으로 서서히 나아가 가브리엘의 옆에 이르렀다. 그는 얼른 그녀의 손을 낚아챘다.

“제 아내와 할 얘기가 좀 있어서요.”

그는 에워싸고 있는 다른 사람들에게 말했다.

사람들은 눈치를 채고 마지못해 다른 사람들 속으로 돌아갔다. 가브리엘은 살았다는 표정으로 포비를 돌아보았다.

“이건 정말 경솔한 생각이었어. 난 이런 식으로 유명한 작가가 되는 건 싫어.”

“말도 안돼요. 대부분의 경우 당신은 ‘악마의 안개’ 성에 있으

면 안전할 거예요. 이따금씩 오늘 밤처럼 당신을 칭찬하는 사람
들을 몇 사람 정도 상대하면 될 거고요."

"그런 일이 정말 드물었으면 좋겠어."

가브리엘의 눈동자가 장난스럽게 빛났다.

"그럴 거예요."

그녀는 그에게 흡족한 미소를 지었다.

"당신의 직업상 그런 것들이 어떨지 생각해 봐요. 이 사람들이
영국으로 돌아가고 나면 우리도 다시 5천 부 내지 6천 부를 더
찍으러 돌아가야 할 거예요. 여기 있는 모든 사람들이 『모험』을
쓴 작가의 정체를 친구들에게 알리고 싶어할 거라구요. 그렇게
되면 레이시 서점도 돈을 좀 벌게 될 거구요."

"무슨 그런 끔찍한 생각을 다 하는 거야?"

"걱정마세요. 그 사실을 드러내려면 좀 시간이 걸릴 거예요."

그녀는 못내 즐거워하며 말했다.

"당신이 레이시의 동업자였다는 말은 식구들에게 언제 할 생
각이야?"

"언젠가는 하게 되겠죠."

포비는 그를 보며 씩 웃었다.

"그보다 내가 당신에게 하고 싶은 말이 있어요."

가브리엘은 그녀를 험상궂게 바라보았다.

"말하지 않은 비밀이 또 있는 거야?"

"아주 작은 비밀이죠."

포비의 얼굴이 붉어졌다.

"아기가 생긴 것 같아요."

가브리엘은 잠시 할 말을 잊은 채 그녀를 바라보기만 했다. 그의 녹색 눈동자가 밝아지면서 그의 입가에는 천천히 미소가 피어올랐다.

"지금보다 더 행복한 순간은 있을 수 없다고 생각했었어. 하지만 내가 잘못 생각했나봐."

그는 그녀를 품에 꼬옥 끌어안았다.

"가브리엘, 제발."

포비는 놀라며 주변을 재빨리 둘러보았다.

"대체 뭐하는 거예요? 설마 이렇게 사람들이 많은 데서 키스하진 못하겠죠?"

가브리엘은 돌에 새겨진 가훈을 올려다보았다.

나는 두려워하지 않는다.

그는 씩 웃었다.

"당신은 틀렸어. 난 두려워하지 않아. 그보다 더한 것은, 당신 역시 나만큼 겁이 없고 무모한 사람이기 때문에 내 키스를 받고 답례의 키스를 해줄 거라는 거야."

그는 혼신의 힘을 다해 사랑을 담아 그녀의 입술에 키스했다. 포비 또한 그의 목을 끌어안고 그에게 키스를 했다.

"첫아들의 이름을 아서라고 짓고 싶어요."

포비가 나지막이 속삭였다.

"좋아."

가브리엘의 눈동자는 따뜻하고 사랑스런 웃음을 머금고 있었다.

"그 이름밖에 없잖아? 아서가 생기고 나면 아서를 수행할 원탁의 기사가 있어야 하는데……."

"당신이 괜찮다면 젊은 기사 중의 몇몇은 여자가 어떨까요?"

"그것도 좋은 생각이야."

가브리엘은 그녀를 더 세게 끌어안았다.

"무모하고 다소 대담하기까지 한 엄마를 보필하려면 딸 몇 명 쯤 있는 것도 괜찮지. 난 해낼 수 있을 거야."

"당신은 그렇게 하실 수 있을 거예요. 언제나 그런 분이니까 요."

·

·

·

·

·

·

신비의 달빛

기억 속의 사랑!

『무모한 사랑(RECKLESS) 1·2』는 흡사 첫사랑의 기억을 더듬는 절절한 작업과도 같았다. 그러나 흔한 첫사랑이 주는 가슴아픔과는 좀 색다른, 오히려 가슴이 뛰는 모험이랄까?

작업 내내 주인공 포비처럼 전설적인 사랑과 낭만, 모험에 동반되는 흥분과 도전에 사로잡힌 느낌이었다.

폭풍우치는 서섹스 연안의 허물어져가는 상상 속의 이야기 같은 성, 황홀하고 현기증이 이는 가면 무도회, 퇴색한 기사와 겁없는 아가씨, 그리고 중세의 아름다운 사랑이 담긴 고서가 한데 어우러져 빚어내는 환상적인 이야기.

열여섯 살 포비의 눈에 가브리엘 배너는 위기에 처한 여자들을 구출해 내는 용감하고 고결한 마음을 지닌 완벽한 기사였다. 8년이란 세월이 흘러 그녀가 중요한 모험을 하기 위해 도움을 간절히 바라고 있을 때, 그녀에게는 가브리엘만한 적임자가 없다는 생각이 들었다.

그러나 한밤중에 인적이 드문 길로 상상 속의 기사를 유혹해 낸 포비는 꿈속에 그리던 영웅의 모습과는 너무도 다른 욕망에 가득한 남자와 대면하게 되고, 그가 그녀를 공포와 뻔뻔스러움 속으로 몰아가자 그녀는 자신이 엄청난 실수를 저질렀다는 두려움을 피할 수 없게 되는데……

단 한 번의 키스는 포비의 운명을 결정짓고, 이제 와일드 백작은 어떤 고난이 닥치더라도 지금까지 만난 여자 중에 가장 충동적이고 무모한 여자를 소유하기 위한 자신만의 모험을 계획한다.

만남, 사랑, 운명…….

어떻게 보면 인생은 참 평범한 궤도를 이루며 회전하고 있다는 생각이 들 때도 있다. 각자 나름대로의 독특한 사건이 자신의 인생을 특화해 내기도 하겠지만.

인생은 고요해 보이지만, 그래서 더더욱 앞을 예측할 수 없는 넓디넓은 바다로의 항해라고 했던가? 그만큼 생에 있어서의 선택은 모험이라는 단어를 적용해도 무방하리라.

그 어떤 말로써도 다 표현할 수 없는 '사랑'을 만들어나가는 것이 그 중 가장 중요한 것이라 생각한다. 그것이 없다면 우리가 가슴 깊이 품고 살아갈 이상, 희망, 야망 따위가 무슨 소용이 있을까.

남자나 여자나 나이를 불문하고 신의를 지키며 소중한 것을 성취할 때 그것이 가장 아름다워 보이는 것이다. '멋'이란 그런 것에서 보여지는 것이라 감히 말하고 싶다.

추운 겨울이지만, 사랑과 모험 속에서 잠시 바쁜 걸음을 쉬어 갈 수 있을 것이다. 아만다 퀵은 점점 새로운 로맨스로 독자들을 더욱 꼼짝 못하게 하고 있는 것 같다.

이은정